El secreto de sus ojos

Eduardo Sacheri nació en Buenos Aires en 1967. Es profesor y licenciado en Historia, y ejerce la docencia universitaria y secundaria. Comenzó a escribir cuentos a mediados de la década del noventa. Publicó los relatos de *Esperándolo a Tito y otros cuentos de fútbol* —editado en España como *Los traidores y otros cuentos*— (2000), *Te conozco, Mendizábal y otros cuentos* (2001), *Lo raro empezó después, cuentos de fútbol y otros relatos* (2004), *Un viejo que se pone de pie y otros cuentos* (2007), y las novelas *El secreto de sus ojos* (publicada originalmente en 2005 con el título *La pregunta de sus ojos*) y *Aráoz y la verdad* (Alfaguara, 2008). Algunas de sus narraciones han sido publicadas en medios gráficos de la Argentina, Colombia y España, e incluidas por el Ministerio de Educación de la Nación en sus campañas de estímulo de la lectura.

El secreto de sus ojos

EDUARDO SACHERI

punto de lectura

© 2005, Eduardo Alfredo Sacheri
Este libro, cuyo título original es *La pregunta de sus ojos*, fue publicado por primera
vez en Buenos Aires en 2005 y reeditado por Alfaguara en julio de 2009
© De esta edición:
2010, Santillana Ediciones Generales, S.L.
Torrelaguna, 60. 28043 Madrid (España)
Teléfono 91 744 90 60
www.puntodelectura.com

ISBN: 978-84-663-2269-0
Depósito legal: B-4.062-2011
Impreso en España – Printed in Spain

© Diseño de cartel: Pablo Dávila Castañeda
© Fotografía: María Antolini

Primera edición: marzo 2011

Impreso por blackprint
A CPI COMPANY

A mi abuelita Nelly.

*Por enseñarme
lo valioso que es
conservar y compartir
la memoria.*

Despedida

Benjamín Miguel Chaparro se detiene en seco y decide que no va. No va y punto. Al cuerno con todos. Aunque haya prometido lo contrario y aunque vengan preparando la despedida desde hace tres semanas y aunque hayan reservado la mesa para veintidós personas en El Candil y aunque Benítez y Machado hayan confirmado que se vienen desde el fin del mundo para celebrar la jubilación del dinosaurio.

Su gesto es tan abrupto que el hombre que viene caminando detrás de él, por Talcahuano y hacia el lado de Corrientes, casi se lo lleva por delante y a duras penas logra esquivarlo bajando un pie de la vereda al pavimento para seguir andando. Chaparro odia esas veredas angostas, ruidosas y sombrías. Lleva cuarenta años transitándolas, pero sabe que no va a extrañarlas a partir del lunes. Ni las veredas ni tantas otras cosas de esa ciudad que nunca ha sentido como suya.

No puede fallarles. Tiene que ir. Aunque sea porque Machado se viene expresamente desde Lomas de Zamora, con todos sus achaques a cuestas. Y Benítez otro tanto. Aunque desde Palermo hasta Tribunales no es un viaje tan largo, el pobre está bastante hecho puré, sinceramente. Pero Chaparro no quiere ir. Está seguro de muy pocas cosas, pero esa es una de sus escasas certezas.

Se mira en la vidriera de una librería comercial. Sesenta años. Alto. Canoso. La nariz aguileña, el rostro flaco. "Mierda", se ve obligado a concluir. Escruta el reflejo de sus propios ojos en el vidrio. Una novia que tuvo de joven solía burlarse de su manía de mirarse en las vidrieras. Ni a ella, ni a ninguna de las otras mujeres que han pasado por su vida, Chaparro ha llegado a confesarle la verdad: su hábito de mirarse en los espejos no tiene nada que ver ni con quererse ni con gustarse. Siempre ha sido ni más ni menos que otro intento de aprender a saber quién carajos es él mismo.

Pensar en eso lo ha puesto más triste todavía. Camina de nuevo, como si el movimiento pudiese librarlo de las esquirlas de esa nueva tristeza adicional, añadida. Se vigila de tanto en tanto en las vidrieras mientras avanza sin prisa por esa vereda que no conoce el sol de la tarde. Ya divisa el cartel de El Candil, cruzando la calle, treinta metros más, a mano izquierda. Mira la hora: dos menos cuarto. Deben estar casi todos. Él mismo ha despachado a los de su Secretaría a la una y veinte para no andar a las corridas. No están de turno hasta el mes que viene, y ya tienen acomodado el carro con las causas del turno anterior. Chaparro está satisfecho. Son buenos chicos. Trabajan bien. Aprenden rápido. El pensamiento siguiente es "voy a extrañarlos", y como Chaparro no quiere chapalear torpemente en la nostalgia vuelve a detenerse. Esta vez no hay nadie detrás para atropellarlo: los que vienen en su dirección tienen tiempo de sortear a ese hombre alto, de blazer azul y pantalón gris que ahora se mira en el vidrio de una agencia de lotería.

Gira en redondo. No va. Definitivamente no va. Tal vez si se apresura puede alcanzar a la doctora antes de que llegue a la despedida, porque se ha demorado terminando una prisión preventiva. No es la primera vez que se le ocurre la idea, pero sí es la primera que consigue acopiar la módica valentía que necesita para intentar llevarla a cabo. O tal vez es simplemente que lo otro, lo de quedarse a su propia despedida, es un infierno en el que no está dispuesto a cocinarse. ¿Sentarse a la cabecera de la mesa? ¿Benítez y Machado a sus lados, formando el trío de momias venerables? ¿La clásica pregunta del miserable de Álvarez, esa de "hacemos a la romana, les parece", para prorratear el vino de buena calidad que piensa zamparse? ¿Laura preguntándole a medio mundo quién está dispuesto a compartir una porción de canelones, para no salirse demasiado de la dieta que acaba de empezar el lunes pasado? ¿Varela agarrándose meticulosamente uno de esos pedos melancólicos que lo llevan a abrazarse, entre mocos, con amigos, conocidos y mozos? Esas imágenes de pesadilla lo hacen acelerar el paso. Sube las escalinatas de Talcahuano. Todavía no han cerrado la puerta principal. Se trepa al primer ascensor que tiene a tiro. No necesita aclararle al ascensorista que va al quinto piso, porque en el Palacio lo conocen hasta las piedras.

Avanza, a paso firme, haciendo ruido con los mocasines de suela sobre las baldosas blancas y negras del pasillo que corre paralelo a la calle Tucumán hasta encararse con la alta y angosta puerta de su Secretaría. Se detiene mentalmente en el posesivo "su". Sí, qué tanto. Es suya, y mucho más suya que del secretario García, o que de cualquiera de los otros secretarios que han precedido a García, o que de cualquiera de los que habrán de sucederlo.

Mientras abre la puerta el enorme manojo de llaves tintinea en el silencio del pasillo vacío. Cierra con cierta fuerza, para que la jueza se percate de que alguien ha entrado en la oficina. Momento: ¿por qué eso de "la jueza"? Porque lo es, claro, pero ¿por qué no Irene? Porque no, justamente por eso. Ya bastante tiene con ir a pedir lo que está por pedir, como para sumarle el descalabro de saber que se lo tiene que pedir a Irene y no simplemente a la doctora Hornos.

Da dos golpecitos suaves y escucha decir "adelante". Cuando traspone la puerta, ella se sorprende y le pregunta qué está haciendo todavía por ahí, que cómo no está ya en el restaurante. En realidad, le pregunta "¿qué estás haciendo por acá?" y "¿cómo no estás ya en el restaurante?", que no es lo mismo. Pero Chaparro quiere evitar enmarañarse en la cuestión del tuteo o, más correctamente hablando, del voseo, porque esa también puede ser una fuente de turbación que hunda en el fracaso su propósito manifiesto de requerirle lo que sobre la calle Talcahuano casi Corrientes ha decidido ir a solicitar. Y resulta descorazonador que delante de esa mujer surja semejante cantidad de turbaciones, pero Chaparro se disciplina al extremo para concluir que sí o sí, definitiva, total y absolutamente, tiene que cortarla con darse manija, dejarse de joder y pedir de una vez por todas lo que ha ido a pedir. "La máquina", suelta así, sin preámbulos. Bruto, infeliz, animal. Nada de sutilezas preparatorias. Nada de sabés qué pasa, Irene, que estuve pensando, que tal vez, que en una de esas, que podría ser, que qué te parece, o cualquiera de esas formas coloquiales que sobreabundan en el idioma castellano y que sirven precisamente para evitar eso que Chaparro ve en el rostro de Irene, o de la doctora, o de la jueza, esa perplejidad, ese quedarse sin responder por la sorpresa misma del arranque.

12

Chaparro entiende que, para variar, ha metido la pata. De modo que vuelve al principio, y trata de responder lo que la dama le ha preguntado sobre el almuerzo de despedida en el que se supone que, a esa hora, están homenajeándolo. Le habla de su temor a ponerse nostálgico, a terminar hablando de las mismas cosas de siempre con los mismos viejos de siempre, a hundirse en una melancolía patética, y, como todo eso se lo dice mirándola a los ojos, llega un momento en que empieza a sentir que el estómago se le va cayendo hacia los intestinos, que un sudor frío le riega la piel y que el corazón se le convierte en un redoblante. Como es una emoción tan profunda, tan vieja y tan inútil, Chaparro sale disparado a cerrar la ventana del despacho para despegarse como sea de esos ojos castaños. Pero como la ventana ya está cerrada decide abrirla, aunque resulta que afuera hace un ofri de padre y señor nuestro y por lo tanto decide cerrarla. Al final no tiene más alternativa que volver a su sitio, pero tiene el cuidado de quedarse de pie para no verla tan directamente por encima del escritorio y del expediente que ella tiene delante. Irene sigue sus movimientos, sus miradas y las inflexiones de su voz con la atención atentísima de siempre. Chaparro se queda callado porque sabe que si sigue en ese camino terminará diciéndole cosas irreparables y justo a tiempo vuelve a aquello de la máquina de escribir.

Le dice que, aunque no tiene ni idea de qué va a hacer de ahora en adelante, anda con ganas de probar el viejo proyecto de escribir un libro. En cuanto lo dice, se siente un imbécil. Viejo, dos veces divorciado, jubilado, con veleidades de escritor. El Hemingway de la tercera edad. El García Márquez del oeste del conurbano. Y encima esa chispa de súbito interés en los ojos de Irene, mejor dicho la doctora, o preferentemente la jueza. Pero ya está perdido, de modo que agrega alguna referencia a sus ganas de probar, a esto de que es un proyecto antiguo, ahora que tendrá más tiempo, tal vez, por qué no. Y ahí entra en escena la máquina. Chaparro se siente más cómodo porque por esa senda pisa un terreno más firme. "Imaginate, Irene, no me voy a poner a mis años a aprender computación, sabés. Y esa Remington la tengo incorporada en la punta de los dedos como si fueran una cuarta falange" (¿cuarta falange?, ¿pero de dónde ha sacado semejante imbecilidad?). "Ya sé que parece un tanque de guerra, con ese acero de cinco milímetros y ese color verde oliva y ese ruido de artillería en cada golpe de las teclas, pero me juego que si no va a complicárseme, y naturalmente se trataría de un préstamo, por supuesto, un par de meses, tres a lo sumo, porque tampoco me da el cuero como para escribir un libro demasiado extenso, imaginate" (ya está de nuevo, como siempre, burlándose de sí mismo). "Y por otra parte los chicos nuevos usan todos computadoras, y en el estante de arriba de todo hay otras tres máquinas arrumbadas, y en el peor de los casos ustedes me avisan y yo la traigo", dice Chaparro, pero no puede seguir porque ella alza una mano y le dice "quedate tranquilo, Benjamín, llevala sin problemas, es lo menos que puedo hacer por vos", y Chaparro traga saliva porque hay formas y formas de hablar y de decir, no solo por las palabras, con ese "vos" al final que suena muy pero muy "vos", sino que además hay tonos y tonos, y ese tono es el de ciertas ocasiones, ocasiones que Chaparro tiene grabadas una por una con tajos de fiebre en el monótono horizonte de su soledad, por más que haya dedicado casi tantas noches a tratar de olvidarlas como las que ha invertido en recordarlas, y por eso finalmente se pone de pie, le da las gracias, le tiende la mano, acepta la mejilla fragante que ella le ofrece, cierra los ojos mientras roza su piel con los labios como hace siempre que tiene ocasión de darle un beso para concentrarse mejor en ese contacto inocente y culpable y sale casi corriendo hacia la oficina contigua, levanta la máquina con dos ademanes rápidos y escapa sin mirar atrás por la estrecha puerta alta.

De nuevo recorre el pasillo, que ahora está más desierto que hace veinte minutos, baja en el ascensor ocho, avanza por el pasillo hacia Talcahuano y sale por la puerta chica, saludando con una inclinación de cabeza a los custodios, camina hasta cruzar Tucumán, espera cinco minutos y se trepa como puede al 115.

Cuando el colectivo gira en la esquina de Lavalle, Chaparro tuerce la cabeza a la izquierda, pero naturalmente a esa distancia no alcanza a ver el cartel de El Candil. Hacia allí estará caminando ahora Irene, o mejor dicho la doctora, o preferentemente la jueza, para explicarles a los demás que el homenajeado se ha pirado. No será tan grave. Están todos reunidos y con hambre.

Se palpa el bolsillo trasero del pantalón, saca la billetera y la coloca en el interior del saco. Nunca lo han bolsilleado en los cuarenta años que lleva en ese trabajo, y no tiene la intención de padecer el primer hurto en su última jornada en Tribunales. Llega a la estación de Once y camina tan rápido como puede. Sale primero el del andén tres, a Moreno parando en todas. En los últimos vagones, los más cercanos al acceso, todos los asientos están ocupados, pero a partir del cuarto sobran los lugares. Se pregunta, como siempre, si los que se quedan de pie en los vagones de atrás lo hacen porque se bajan pronto, porque quieren estirar las piernas o porque son estúpidos. Igual agradece que lo hagan. Chaparro quiere sentarse del lado de la ventanilla, del lado izquierdo para que no lo moleste el sol de la tarde, y pensar en qué carajo va a hacer con su vida de ahí en adelante.

1

No estoy demasiado seguro de los motivos que me llevan a escribir la historia de Ricardo Morales después de tantos años. Podría decir que lo que le pasó a ese hombre siempre ejerció en mí una oscura fascinación, como si me diera la oportunidad de ver reflejados, en esa vida destrozada por el dolor y la tragedia, los fantasmas de mis propios miedos. Muchas veces me ha sorprendido advertir en mi espíritu cierta alegría culposa frente a los horrores ajenos, como si la circunstancia de que a otros les sucedan cosas espantosas fuera un modo de alejar de mi propia vida esas tragedias. Una suerte de salvoconducto nacido de cierta obtusa ley de probabilidades: si a Fulano le ha ocurrido semejante cosa, difícilmente les pase a los conocidos de Fulano, entre los que yo me cuento. No es que pueda ufanarme de una vida pletórica de éxitos. Pero en la comparación de mis desdichas con las de Morales salgo ganando. De todos modos, no se trata de contar mi historia sino la de Morales, o la de Isidoro Gómez, que es la misma pero vista del otro lado, vista del revés, o algo así.

No es eso solo lo que me conduce a escribir estas páginas. Aunque esa especie de asombro morboso tenga su peso y su parte. Supongo que la cuento porque tengo tiempo. Mucho, demasiado tiempo. Tanto tiempo que las minucias cotidianas que componen mi vida se disuelven velozmente en la nada monótona que me rodea. Estar jubilado es peor de lo que me había imaginado. Debería haber aprendido eso. No lo de estar jubilado, sino eso de que las cosas que tememos suelen ser peores cuando ocurren que cuando las imaginamos. Durante años vi a mis compañeros del Juzgado despedirse del trabajo con el cándido optimismo de que ahora sí, por fin, iban a disfrutar de su tiempo y de su ocio. Los vi partir convencidos de que ganaban poco menos que el paraíso. Y los vi regresar aniquilados, velozmente derrotados por el desengaño. En dos semanas, en tres a lo sumo, consumían todos los supuestos placeres que creían haber postergado durante sus años de rutina y de trabajo. ¿Y para qué? Para caerse por el Juzgado cualquier tarde, como quien no quiere la cosa, para sacar charla, tomar un café o hasta ofrecer una mano con alguna causa medio complicada.

Por eso, por tantas y tantas veces en que tuve frente a mí a esos tipos estragados por una vejez vacía, por tantas y tantas ocasiones en que vi sus ojos implorando un rescate imposible, es que me juramenté no caer en esas bajezas cuando me tocara el turno. Nada de tiempo al divino botón. Nada de excursiones nostálgicas a ver cómo andan los muchachos. Nada de espectáculos deplorables para conmover durante cinco segundos a los que tienen la suerte de seguir funcionando.

Pues bueno, hace dos semanas que estoy jubilado y ya me sobra el tiempo. No es que no se me ocurran cosas para hacer. Se me ocurren un montón de cosas, pero todas me parecen inútiles. Tal vez la menos inútil sea esta. Jugar un par de meses a ser escritor, como me decía Silvia cuando todavía me amaba. En realidad, estoy mezclando dos épocas distintas, y dos modos de llamarme. Cuando todavía me amaba, me prometía un futuro en el que sería escritor, un escritor probablemente famoso. Después, cuando ya su amor se había licuado en el tedio de nuestro matrimonio, hablaba de eso de jugar al escritor desde la torre de ironía y desprecio mordaz que había elegido para atrincherarse y lanzarme sus balas. No puedo quejarme, porque yo también debo haberle propinado vilezas semejantes. Una lástima. Que lo que quede de diez años de matrimonio sea sobre todo el inventario vergonzoso del daño que nos hicimos. Por lo menos con Silvia llegamos a discutir. En mi primer matrimonio, con Marcela, ni siquiera pudimos hablar de esas cosas. Bah, ni de esas ni de otras. Parece mentira. Compartí buena parte de mi vida con dos mujeres y de ambas conservo a duras penas un puñado de recuerdos borrosos. Esa misma lejanía en la que ambas quedan en mi memoria es una prueba más (como si hiciese falta) de lo viejo que estoy. He sobrevivido a dos matrimonios con tiempo suficiente como para perdurar en esta meseta de soltería esteparia. La vida es larga, a fin de cuentas.

Igual nunca me tomé demasiado en serio lo de ser escritor. Ni cuando Silvia me lo decía admirada, ni cuando después me lo escupía sarcástica. Sí llegué a soñar (porque ciertos sueños se imponen aun a los corazones más escépticos) con esa escena idílica del escritor en su estudio, preferentemente con un gran ventanal, preferentemente con vista al mar, preferentemente desde la altura de un peñasco castigado por la intemperie.

Se ve que el hábito no hace al monje. Porque no ha bastado que acomode el living de mi casa al estereotipo de "santuario de escritor escribiendo" (es un espanto, ese gerundio de escritor-escribiendo queda como una patada en el hígado, qué mal me veo). Y eso que está lindo, la verdad. Me faltan el mar y la borrasca, cierto. Pero tengo el escritorio ordenado. Una resma de hojas oficio casi flamante, a un costado. Un cuaderno de notas, sin ninguna nota, al otro lado. En medio la máquina de escribir, una imponente Remington color verde oliva, apenas más chica que un tanque de guerra pero con acero igual de grueso, como solían bromear en el Juzgado, años atrás.

Me acerco a la ventana, que tal como quedó dicho no se asoma desde un peñasco a la tempestad oceánica sino a un prolijo jardincito de cinco por cuatro, y miro hacia la calle. No pasa nadie, como siempre. Treinta años antes estas calles estaban pobladas de pibes y de gente. Pero ahora son un desierto. Los pibes se han ido, y los viejos se han metido adentro. Como yo mismo. Suena risueño: tal vez seamos unos cuantos los que tenemos el escritorio preparado para el berretín de escribir una novela.

En realidad y muy en el fondo, sospecho que esta página que porfío en llenar de palabras va a terminar también, como las diecinueve que la precedieron, hecha un bollo en el rincón opuesto de la pieza. Porque a medida que descarto borradores no puedo evitar la tentación deportiva de arrojarlos, con un gallardo balanceo de muñeca y suerte despareja, al paragüero de mimbre que heredé ya no recuerdo de quién. Y me entusiasma tanto cuando encesto, y me envalentona tanto la minúscula frustración de mis tiros errados, que estoy casi más interesado en el próximo intento que en la remota posibilidad de que este sí sea, por fin, el inicio de la historia que supuestamente me propongo contar. Es evidente que estoy tan lejos de ser un escritor como de volverme basquetbolista a los sesenta años.

Durante varios días intenté encontrar respuestas a ciertas cuestiones cruciales de la obra antes de pretender escribirla, temiendo precisamente esto que me está pasando ahora: que se me evaporen los últimos restos de osadía en este correrme la cola delante de la máquina de escribir. Lo primero que pensé es que no tengo la imaginación suficiente como para escribir una novela. La solución que encontré fue escribir sin inventar nada, es decir, narrar una historia verdadera, algo de lo que yo hubiese sido, aunque indirectamente, testigo. Por eso decidí escribir la historia de Ricardo Morales. Por lo que dije al principio y porque es una historia que no necesita que yo le agregue nada, y porque sabiéndola cierta tal vez me atreva a contarla hasta el final, sin amedrentarme con la vergüenza de empezar a mentir para llenar baches, alargar la trama o convencer a quien la lea de que no la tire al cuerno apenas transcurridas quince páginas.

La primera dificultad concreta, una vez decidido el tema: ¿En qué persona gramatical voy a redactar esta cosa? Cuando hable de mí mismo, ¿diré "yo" o diré "Chaparro"? Es tétrico que este escollo baste para detener todo mi brío literario. Supongamos que elijo la tercera persona para el relato. Tal vez sea mejor, para no verme tentado a volcar impresiones y vivencias demasiado personales. Eso lo tengo claro. No pretendo hacer catarsis con este libro, o con este embrión de libro, hablando más exactamente. Pero la primera persona me queda más cómoda. Por inexperiencia, supongo, pero me queda más cómoda. ¿Y qué hago con las partes de la historia de las que no he sido directamente testigo, esas partes que intuyo pero no conozco a ciencia cierta? ¿Las cuento igual? ¿Las invento de pe a pa? ¿Las ignoro?

Vayamos por partes. Hagamos las cosas fáciles. Arrancaré en primera persona. Bastantes dificultades tengo como para buscarme otras. Y será mejor contar lo que sé y también lo que supongo, porque de lo contrario nadie va a entender un carajo. Ni yo mismo. Y otra cosa complicada, el léxico: en el renglón anterior resalta la palabra "carajo" como un cartel de neón en medio de las tinieblas. ¿Uso esas palabras burdas y soeces, o las elimino de mi lenguaje escrito? Cuántas dudas, carajo. Ahí está, de nuevo, el improperio. Al final tendré que concluir que soy un malhablado.

Y otra cosa, peor todavía: aun cuando tengo claro que voy a escribir la historia de Morales, esta tiene que empezar por el principio. Pero ¿cuál es ese principio? Aunque mis técnicas narrativas sean pedestres, soy capaz de advertir que el viejo recurso del "había una vez" no resulta adecuado al caso. ¿Y entonces? ¿Cuál es el principio? No es que esta historia no tenga un principio. El problema es que tiene como cuatro o cinco principios posibles y distintos. Un joven que se despide con un beso de su mujer, en el pasillo que da a la calle, antes de irse a trabajar. O dos tipos que dormitan sobre un escritorio y pegan un respingo cuando suena la campanilla estridente de un teléfono. O una chica recién recibida de maestra que posa para una foto grupal. O un empleado judicial, que soy yo, y que casi treinta años después de todos esos posibles principios recibe una carta manuscrita enviada por un remitente inverosímil.

¿Con cuál de todos estos voy a quedarme? Probablemente me quede con todos, elija uno cualquiera para arrancar y luego ubique los demás en el orden que me parezca menos azaroso, o a medida que los vaya escribiendo. Tal vez no importe tanto si fracaso. Ya llevo unas cuantas tardes dedicadas a esto. Y, en el peor de los casos, si destruyo un número suficiente de borradores, indefectiblemente voy a terminar mejorando mi tiro de larga distancia.

2

El 30 de mayo de 1968 fue el último día en que Ricardo Agustín Morales desayunó con Liliana Colotto, y durante el resto de su vida recordó no solo de qué charlaron, sino también qué tomaron, qué comieron, cuál era el color del camisón de ella y el efecto hermoso que producía un rayo de sol que le daba de costado, en la mejilla izquierda, ahí sentada en la cocina. La primera vez que Morales me lo contó pensé que estaba exagerando. Que no podía acordarse de semejante cantidad de detalles. Pero mi error de apreciación se debió a que todavía no lo conocía bastante e ignoraba que Morales, con esa cara de idiota redomado que tenía, era un tipo de una inteligencia, una memoria y una capacidad de observación como yo jamás en la vida había visto, ni volvería a ver. Había un motivo para que Morales tuviera semejante fidelidad en el recuerdo. Ese hombre recordaba así cada cosa que había tenido que ver con su esposa.

Más adelante, cuando Morales se permitiera hablarme de sí mismo, me tocaría escucharlo describirse como un tipo anodino, grisáceo, con un destino propio de esa chatura. Morales se catalogaba sin compasión como ese hombre que transita la familia, las escuelas y los empleos sin dejar huella alguna en los otros. Nunca había tenido nada bueno, ni nada especial, y siempre le había parecido justo. Así hasta Liliana. Porque ella había sido las dos cosas. Enormemente, lo había sido. Por eso atesoró esa mañana en su recuerdo, y no porque fuera la última. La guardó como había guardado todas las anteriores del año y pico que llevaban casados. Cuando después me contó con lujo de detalles todo lo que había pasado en ese desayuno, no hizo como el común de los mortales, que tratan de reconstruir desde vestigios casi ilusorios, o desde lo que recuerdan fragmentariamente de otras ocasiones similares, situaciones o sensaciones que han perdido para siempre. Morales no. Porque sentía que tener a Liliana era una felicidad abusiva, que nada tenía que ver con lo que había sido el resto de su vida. Y que, como el cosmos tiende al equilibrio, él tendría tarde o temprano que perderla para que las cosas volviesen a su orden debido. Cada uno de sus recuerdos con ella estaba teñido de esa sensación de naufragio inminente, de catástrofe a la vuelta de la esquina.

Jamás se había destacado en nada. Ni en la escuela, ni en los deportes, ni siquiera en la familia había merecido más que algún ocasional elogio por cualidades en el fondo intrascendentes. Pero el 16 de noviembre de 1966 había conocido a Liliana, y con eso había bastado para cambiarle la vida. Con ella, por ella, gracias a ella, él había sido distinto. Desde que la vio atravesar la puerta giratoria del banco, y preguntar a un custodio cuál era la cola para depósitos, y acercarse a la ventanilla cuatro con pasos cortos y firmes, sintió que esa mujer iba a cambiarle la vida. Aferrado a la certidumbre desesperada de que en esa mujer se jugaba su destino, Morales había osado sobreponerse a su timidez, sacarle conversación mientras contaba el dinero, sonreírle con toda la cara, mirarla a los ojos y sostener en ella la mirada, desear en voz alta que volviese pronto, revisar el archivo para averiguar a qué empresa pertenecía la cuenta corriente en la que había depositado, inventar un pretexto para llamar allí y recabar algún dato de esa joven.

Tiempo después, cuando ya podían considerarse oficialmente novios, Liliana le había confesado que esa temeridad, ese metódico arrojo de perseguirla sin resignarse a negativas, le había agradado hasta el punto de decidirla a aceptar finalmente sus invitaciones. Y que al conocerlo mejor, y conocer su timidez, su cortedad, su eterna vergüenza, había entendido más profundamente esa valentía inusual como la mejor prueba de un amor verdadero. Liliana decía que un hombre que es capaz, por el amor de una mujer, de cambiar su forma de ser, es un hombre que merece ser correspondido. Ricardo Morales tampoco olvidó esa conversación, y decidió seguir siendo así para siempre y para ella. Nunca se había sentido digno de nada, y mucho menos de semejante mujer. Pero supo que iba a aprovechar mientras pudiera. Hasta que el hechizo se rompiera y todo volviese a ser ratones y calabazas.

Por todo eso Morales recordaría para siempre que el 30 de mayo de 1968 Liliana tenía puesto el camisón verde agua, y se había recogido el pelo en un rodete sencillo del que escapaban algunas hebras de pelo castaño, y el sol que entraba oblicuo por la ventana de la cocina le daba en la mejilla izquierda y se la encendía y la volvía aún más hermosa, y que habían tomado té con leche y comido tostadas con manteca, y que habían hablado de qué muebles quedarían mejor en la sala, y que él se había levantado de la mesa para traer desde el comedor unos planitos que había estado haciendo para distribuir los muebles de la manera más armoniosa posible, y que ella se había reído de su manía de planificar todo, y lo había mirado profundamente y le había sonreído y le había dicho que no se tomara tanto trabajo con esos muebles viejos, pobrecito, porque más temprano que tarde tendrían que transformar la sala en dormitorio, y él, lento y distraído o mejor, obnubilado en la adoración de esa mujer de otra galaxia, no habría de reparar en la indirecta, aunque sí atinaría a tomarla de la cintura para caminar juntos hasta la puerta de calle, para besarla lentamente en el umbral, para decirle adiós con la mano al salir, sin saber que era para siempre.

Cine

Benjamín Chaparro acciona varias veces el espaciador de la máquina de escribir para liberar la hoja. La toma por los bordes, apenas con las puntas de los dedos, y la apoya como si fuera una granada sin espita sobre las otras dieciséis o diecisiete que también se han salvado de volar hacia el cesto hechas un bollo. Lo enternece ligeramente advertir que las hojas escritas forman ya un mínimo espesor, un cierto cuerpo.

Se incorpora, satisfecho. Dos días atrás estaba desesperado por la certeza de que jamás podría escribir su libro, ahogado en la nebulosa del principio. Ahora ese principio está escrito. Bien o mal, pero escrito. Eso lo pone contento, aunque también siga ansioso. Pero ansioso por seguir, por contar lo ocurrido con esas personas. Se pregunta si esta será la sensación que tienen los escritores cuando narran. Esa módica omnipotencia de jugar con las vidas de sus personajes. No está seguro, pero, si es así, la sensación le agrada.

Consulta el reloj y ve que son las siete de la tarde. Le duele la espalda. Ha estado ahí sentado casi todo el día. Decide premiarse y festejar el envión inicial. Busca la billetera sobre un estante, revisa que tenga algún dinero y se va al cine. Lo que más disfruta del programa no es tanto ver tal o cual película, sino saber que después va a contárselo a Irene, cuando la vea. Se lo comentará de refilón, como de costado, como quien no quiere la cosa. Y ella le preguntará por la película. Les gusta hablar de cine. Tienen gustos parecidos. Y algo le dice a Chaparro que a Irene le agradaría que pudiesen ir juntos. No pueden, claro. No corresponde. Y tal vez sea idea de él, a fin de cuentas. ¿De dónde saca eso de que a ella le gustaría acompañarlo? De su propio deseo de que a ella le guste. ¿Tiene acaso alguna certeza? Ninguna. Nunca. Jamás.

Cuando sonó el teléfono del despacho del juez, el 30 de mayo de 1968 a las ocho y cinco de la mañana, yo estaba tan cansado que incorporé el ruido de los timbrazos a lo que estaba soñando, y recién al cuarto o quinto repique atiné a abrir los ojos. No levanté enseguida el auricular, como si mi ingreso en la vigilia hubiese sido demasiado traumático como para completarlo de inmediato sosteniendo una conversación telefónica.

De todos modos, pronto me distrajeron los saltos y los gritos que Pedro Romano se puso a dar a mi alrededor. Festejaba ese llamado y yo, con cierta lógica perversa, aceptaba mi parte en su festejo poniendo cara de fastidio mientras me restregaba los ojos antes de atender. Acabábamos de pasar la noche allí, en el despacho del juez, de a ratos repantigados en los sillones amplios de cuero oscuro, de a ratos dormitando con la cabeza y los brazos apoyados sobre el escritorio. Al empezar a saltar, Romano había pateado la bandeja con los platos de la cena, y una de las tazas que habíamos usado como vasos había salido rodando hasta el pie de la biblioteca. Demoré todavía un segundo más en atender, y lo dediqué a insultar para mis adentros al imbécil del juez, que porfiaba en hacernos pernoctar allí durante la quincena en la que estábamos de turno. Una semana le tocaba a la Secretaría de Romano, la otra semana a la mía, pero

¿cómo resolver el problema del décimo quinto día? El idiota de Fortuna Lacalle había decidido, salomónicamente, jodernos la vida a los dos. Las causas se repartían según la comisaría de origen, salvo las de delitos graves, digamos los homicidios. Esas causas debían repartirse, el décimo quinto día del turno, entre las dos Secretarías del Juzgado según la hora de notificación que nos hiciera la policía. Romano festejaba con los brazos en alto al grito de "ocho y cinco, Chaparrito, ocho y cinco", porque si sonaba el teléfono del despacho del juez a esa hora era precisamente para avisar de un homicidio, y lo que festejaba Romano era ni más ni menos que fueran más de las ocho, porque las horas impares eran suyas, y las horas pares mías, y acababa de librarse de un expediente denso y complicado por cinco escasos minutos.

Ahora que lo pienso, ahora que lo escribo, puedo advertir con qué profundo cinismo nos movíamos. Casi como si se tratara de un desafío deportivo. En ningún momento nos deteníamos a pensar que si sonaba ese teléfono, cinco minutos antes o cinco minutos después de las ocho, era porque acababan de matar a alguien. Para nosotros era una simple competencia de oficina: laburás vos o laburo yo. A ver quién es el más piola, a ver quién tiene más suerte de los dos. Había sido Romano. Y aunque en esa época yo todavía no lo aborrecía, porque faltaba un tiempo, no demasiado largo, para que empezara a demostrarme que era un ser despreciable, sentí un ardiente deseo de partirle el teléfono en la cabeza. En lugar de eso puse cara de superado, carraspeé para aclararme la garganta, levanté el auricular y dije, gravemente: "Juzgado de Instrucción, buenos días".

Bajé las escalinatas de la calle Talcahuano puteando mi destino. En esa época todavía me cuestionaba —me reprochaba, más bien— no haber terminado mis estudios de Derecho. Y en ocasiones como esa mis reproches sonaban bastante convincentes. Si hubiese terminado mis estudios —me decía—, ya podría ser, con veintiocho años de edad y diez de experiencia en el fuero, secretario de un Juzgado, y no seguiría estancado, empantanado, clavado con chinches en ese Juzgado de Instrucción maldito como prosecretario. Y más adelante fiscal, ¿por qué no? O defensor oficial, qué tanto. ¿No estaba cansado de ver transitar por las filas judiciales a un ejército de otarios que hacían carrera, que ascendían, que volaban, que podían despegar de sitios como el mío? Lo estaba. Seguro que lo estaba.

"Complejo de oficial primero". Mi dolencia debería tener nombre científico. "Dícese del empleado judicial que, por no tener título de abogado, queda limitado en el escalafón a ser el jefe administrativo de una Secretaría, y ejerce un importante poder sobre escribientes, pinches y meritorios, pero nunca, en la puta vida, superará esa posición jerárquica, y por lo tanto se cargará meticulosamente de frustración viendo cómo otros, a veces más capaces y otras muchas infinitamente más boludos, lo sobrepasan como meteoros hacia el estrellato tribunalicio". Linda definición, para las publicaciones especializadas en materia forense.

Tal vez me la rechazarían por lo de "puta vida" o lo de "más boludos". O, más probablemente, porque quienes dirigen esas publicaciones sí son abogados.

Adalberto Rivadero, el primer oficial primero que tuve como jefe cuando entré como meritorio, me dijo una verdad suprema: "Mirá, Chaparrito: los Juzgados son como islas; podés caer en Tahití o en Sing-Sing". La cara de ese antiguo maestro, que me miraba desde la grisácea veteranía que yo mismo padezco ahora, me indicaba a las claras que él se sentía más un habitante de esta última. "Y otra cosa, pibe —agregaba mirándome con la tristeza de quien sabe que dice la verdad, pero que sabe también que esa verdad es inútil—, la isla depende del juez que te toque. Si te toca un tipo piola, estás salvado. Si te toca un hijo de puta, el asunto se complica. Pero lo peor son los boludos, Chaparro. Ojo con los boludos, muchacho. Si te toca un boludo, estás frito".

Esa máxima de Adalberto Rivadero, que merecería un lugar de privilegio, en letras de bronce, junto a la estatua de ojos vendados que preside el Palacio de Justicia, me machacaba la cabeza mientras bajaba las escalinatas tratando de orientarme sobre qué colectivo me convenía tomar. Porque el 30 de mayo de 1968 yo sabía que estaba perdido. Trabajaba en un Juzgado que había sabido funcionar bien, pero que ahora estaba en manos de un boludo. Y un boludo de la peor especie: un boludo con ansias de rápidos ascensos. Porque el boludo que se siente en la cúspide de sus posibilidades tiende a reducir al mínimo sus acciones. Intuye, oscuramente al menos, que es un boludo. Y si se considera en la cima, se siente satisfecho. Y por lo tanto teme. Teme que los demás noten a simple vista que es un boludo. Teme mandarse una macana que les demuestre a los demás, si no lo han advertido, que es un boludo. Y se llama a sosiego. Disminuye al extremo sus movimientos y deja que la vida le pase por el costado. Y sus empleados, por lo tanto, pueden trabajar tranquilos, hacer lo que saben, y hasta combinar sus conocimientos con la inacción de su líder y hacerlo parecer inteligente o, al menos, un poco menos boludo.

Pero el boludo que quiere ascender suma dos dificultades: por empezar se siente pletórico de energías, lleno de entusiasmo, desbordante de iniciativas. Energías, entusiasmo e iniciativas que le brotan como un manantial, y que desea exhibir sin tapujos frente a sus superiores, para que ellos adviertan por fin que tienen entre sus manos un diamante desperdiciado en un cargo inferior al de sus merecimientos morales e intelectuales. Y aquí entra a tallar la otra dificultad: esta categoría particular de boludo suma, a la osadía, la inconciencia. Porque si atesora el sueño de ascender es porque se siente con méritos como para hacerlo, y puede llegar a sentirse hasta injustamente tratado por la vida y por el prójimo por negarle esa aspiración que considera intrínsecamente legítima. La inconciencia y el empuje, entonces, tornan peligroso al boludo. Lo colocan en el estatus de amenaza no tanto para sí como para terceros. Los terceros que precisamente están bajo sus órdenes. Uno de los cuales, pongamos por caso, tiene que abandonar la tibia hospitalidad de la Secretaría nada menos que para concurrir a la escena de un crimen. Y por eso, justamente, desciende los escalones de la entrada de Talcahuano con un rosario de insultos en los labios.

Ese era yo, el damnificado que en el más íntimo de sus fueros sospecha que el único boludo de la historia no es el juez que desea quedar como un niño aplicado frente a sus superiores de la Cámara de Apelaciones, sino que a ese boludo hay que agregar este otro boludo que por pusilánime, por cómodo, por distraído, no terminó sus estudios de Derecho y en consecuencia jamás en la vida va a ascender más allá de prosecretario, y que por lo tanto es como un tren que llegó a la terminal y tiene enfrente uno de esos grandes parantes de madera y hierro, una señal inequívoca de que hasta acá llegaste, macho. Vía muerta, ramal terminado, eso es todo. Y de acá en adelante verá desfilar a un sinnúmero de secretarios que le darán órdenes que deberá acatar porque son sus superiores y son abogados, y a un sinnúmero de jueces que les darán órdenes a los secretarios que se las transmitirán a uno, como esta que yo estaba cumpliendo, justamente. La que decía que en cada causa de homicidio que surgiera mientras estuviésemos de turno el oficial primero de la Secretaría a la que le toque debía concurrir a la escena del crimen a supervisar la tarea policial.

Una sola vez, la primera, me atreví a consultar con mi excelso magistrado, y tratando de no parecer arrogante, cuál era la utilidad de semejante diligencia, siendo la Policía Federal la encargada de instruir la primera etapa del sumario. Y su Señoría me respondió que no importaba, que él quería que se hiciera. Y esa fue toda la respuesta, y yo me sentí, en el silencio subsiguiente, una rata pordiosera, que debe callar lo que todos los presentes saben. Que tu nuevo juez es un imbécil y que los secretarios no van a decir nada. Que el secretario de la n.º 18 no piensa oponerse porque ha detectado, con creces, que su nuevo jefe es un boludo de raza y en consecuencia se dispone a mover todas las influencias posibles para zarpar hacia otra isla en la que soplen mejores vientos. Y que Julio Carlos Pérez, el de la n.º 19, es decir el tuyo, tu jefe inmediato, difícilmente note que el juez es un boludo porque él también lo es, y en grado superlativo, y por lo tanto estás perdido. ¿Qué te queda entonces? Nada. No te queda nada. O te queda, cuanto mucho, rezarle una novena a san Calixto para que el boludo mayor logre lo que se propone y ascienda a camarista pronto, y tal vez allí se calme, se sienta realizado, y pase a esa otra categoría de boludo consumado, realizado, pacífico y contemplativo que puebla algunos de los despachos más ilustres de la Justicia.

Pero eso no había ocurrido, y yo estaba ahí. Preguntándole a un quiosquero qué colectivo podía dejarme bien en Niceto Vega y Bonpland, empezando a marearme preventivamente frente a la escena que me tocaría presenciar, tratando de darme ánimos aunque más no fuera por el lado del pudor y diciéndome que no podía flaquear delante del montón de canas que iban a estar apelotonados en esa casa, aunque me diera una impresión horrible ver un cadáver, un cadáver reciente, un cadáver nuevo, un cadáver nacido no de la ley natural de la vida y de la muerte sino de la decisión rotunda y salvaje de un asesino que andaba suelto por ahí, mientras yo sacaba el boleto, lo guardaba para rendirlo como gasto a la vuelta, me sentaba más bien al fondo porque tenía para rato hasta Palermo, y seguía puteando entre dientes por no haber tenido la módica disciplina, la minúscula entereza, la modesta fuerza de voluntad que habría necesitado para recibirme de abogado.

Desde que di vuelta a la esquina se me empezó a enturbiar el estómago con la fanfarria estéril que despliega la policía en estos casos. Tres patrulleros, la ambulancia, una docena de canas yendo y viniendo sin nada que hacer pero sin la menor intención de retirarse. Como no estaba dispuesto a darles la satisfacción de advertir mi flojera, encaré con paso rápido mientras palpaba el bolsillo trasero del pantalón. Cuando el primer zumbo me salió al cruce, le puse delante de las narices la credencial y sin condescender a mirarlo le dije que era el prosecretario Chaparro del Juzgado de Instrucción n.º 41, y que me condujera ante el oficial a cargo del operativo. El uniformado actuó según la lógica de hierro que le permitía deslizarse sin dolor por la senda policial: todo lo que tenga una raya más que él en la manga debe ser obedecido, todo lo que tenga una raya menos debe ser basureado. Mi tono perentorio me ponía —aun ayuno de charreteras— en la primera categoría, de modo que con una venia torpe me pidió que lo siguiera "al interior".

Era una casa vieja, convertida en varios departamentos a los que se accedía por un pasillo lateral feo pero prolijo, que algunas macetas de malvones intentaban inútilmente decorar de tanto en tanto. En dos o tres ocasiones tuvimos que ladear el cuerpo para no chocarnos con más policías que salían del anteúltimo departamento. Calculé que en total los policías debían superar la veintena, y volvió a desagradarme ese placer morboso que muchos encuentran en la contemplación de la tragedia. Como en los accidentes ferroviarios, esos a los que tuve sí o sí que acostumbrarme por viajar todos los días en el Sarmiento. Nunca entendí del todo a los que se amontonan alrededor del tren detenido para espiar entre las ruedas y los rieles el cuerpo destrozado de la víctima y el trabajo sangriento de los bomberos. Alguna vez sospeché que en realidad lo que me molestaba era mi propia flojera. Y me obligué a aproximarme. Pero me horroricé sin retorno no tanto con el espectáculo atroz de la muerte sino con las expresiones jubilosas, festivas, de algunos de los curiosos. Como si se tratara de un espectáculo montado gratuitamente para su deleite, o como si debieran capturar hasta el último detalle para referir el asunto a sus compañeros de trabajo, miraban sin parpadear y con los labios algo separados en una media sonrisa absorta y embelesada. Pues, bueno, estaba seguro de encontrar, cuando cruzara el umbral, unas cuantas de esas miradas bajo las gorras azules.

Entré en una sala prolija, llena de adornos en el modular y en las paredes. El juego de comedor, cuya mesa y sus seis sillas se apelotonaban como podían entre esas paredes demasiado juntas, tenía poco que ver con los pequeños sillones de la sala, y ningún parentesco con el estilo de los adornos. "Recién casados", intuí. Avancé un par de metros hacia la puerta que daba al resto de la casa, pero me topé enseguida con una muralla azul de uniformes dispuestos en círculo. No había que ser demasiado inteligente para saber que allí yacía el cadáver. Algunos en silencio, otros lanzando comentarios en voz alta para demostrar su hombría ante la muerte, pero todos con los ojos clavados en el piso.

"El oficial a cargo, por favor". Hablé sin preguntar, buscando el registro exacto, un poco duro, un poco cansado, que sirviera para demostrarle a esa caterva de zánganos que me debían una módica pleitesía porque representaba a una instancia superior. Algo así como llevar al plano grupal la experiencia de mando-obediencia que había puesto en práctica con el morocho que me había salido al cruce en la vereda. Se volvieron a mirarme y me respondió la voz del oficial inspector Báez casi desde el fondo de la pieza. Estaba sentado en la cama matrimonial, como pude entrever cuando algunos policías se hicieron a un lado para dejarme pasar.

Igual no había modo de llegar hasta él, porque la cama ocupaba casi todo el recinto, y junto a ella yacía el cadáver, y cuando abrieron el surco supuse que si no quería pasar por blando tenía que detenerme a mirar a la muerta.

Sabía que era una mujer porque el policía que había llamado al Juzgado a las ocho y cinco me había comunicado, en esa extraña jerga que los policías emplean al parecer con cierto deleite, que se trataba de "un NN femenino joven". Esa supuesta neutralidad del lenguaje, esa suposición de que estaban hablando en términos forenses, a veces me causaba gracia, pero en general me producía fastidio. ¿Por qué no decir directamente que la víctima era una mujer joven de la que aún ignoraban el nombre, y que parecía tener poco más de veinte años?

Sospeché que había sido hermosa, porque más allá del feo color cárdeno que había tomado su piel mientras la estrangulaban, y de la deformación esperable en un rostro congelado en la crispación del horror y la falta de oxígeno, existía en esa chica una majestad que ni siquiera una muerte horrible había podido borrar. Tuve la certeza bochornosa de que el crecido número de policías que andaban pululando por ahí tenía que ver precisamente con eso, con que fuera hermosa y con que estuviese desnuda, tirada de mal modo boca arriba a los pies de la cama sobre el parqué claro del dormitorio, y con que a varios de los que estaban ahí les encantaba mirarla impunemente.

Báez se había puesto de pie y caminaba hacia mí por el costado de la cama matrimonial. Me estrechó la mano sin sonreír. Lo conocía lo suficiente para saber que le gustaba su trabajo, aunque no disfrutaba del dolor del que solía nacer ese trabajo. Si no había echado a los curiosos de azul era simplemente porque no había reparado en ellos demasiado, o porque los sabía parte del folclore policial, o un poco por las dos cosas. Le pregunté si habían llegado los de las pericias. El tiempo iba a demostrarme que jamás en la vida tendría la ocasión de conocer a otro policía que fuese por lo menos la mitad de honesto y lúcido que Alfredo Báez, pero esa mañana, entre todas las cosas que ignoraba, también ignoraba esa, de modo que me tomé la libertad de indignarme por el escaso cuidado que parecía poner en la preservación de las huellas de la escena del crimen. De haberlo conocido un poco más, habría entendido que lo que en Báez parecía indolencia era, en verdad, la resignada entereza del que está de vuelta en medio de una manada de pánfilos en eterno viaje de ida. Báez dio vuelta un par de hojas de su libreta y me informó de lo que llevaba averiguado hasta el momento.

—Se llama Liliana Colotto. Veintitrés años. Maestra. Casada desde principios del año pasado con Ricardo Agustín Morales, cajero del Banco Provincia. La vecina de atrás nos dijo que sintió gritos a las ocho menos cuarto. Se asomó por la mirilla. Su puerta, al ser la última, no está de costado sino de frente, y abarca todo el largo del pasillo. Vio salir a un muchacho petisito. Cree que morocho, o castaño oscuro. Ahí se puso un poco pesada tratando de distinguir a los morochos de los castaño-oscuros. Se ve que no tiene mucha gente para conversar, la vieja. Le llamó la atención, porque el marido sale muy temprano a la mañana. Siete y diez, siete y cuarto. Y ella los ruidos los escuchó después. El que salió no cerró la puerta del departamento. Por eso la vieja esperó un segundo a que cerrara la de la calle y se asomó al pasillo. La llamó a la chica pero no le respondieron —Báez dio vuelta la última hoja—. Eso es todo. Bah, digamos que se asomó y vio a la chica desde la puerta, tirada acá donde usted la ve, muy quieta, y nos llamó.

—El que salió, ¿pudo ser el marido?

—Según la vieja, no. Le pregunté concretamente y lo negó. Dijo que el marido es rubio y alto, y este era petiso y de pelo muy oscuro. Aparte se salía de la vaina por hablar mal de la piba, con eso de recibir a un visitante veinte minutos después de que salió el marido. Igual todavía no fui a notificarlo. Si quiere, vamos juntos. Trabaja en la sucursal... por acá la tengo... Acá en Capital.

Se oyeron pasos en la entrada y algunos saludos murmurados.

—Ah, acá estás —dijo Báez a un hombre obeso que traía un portafolios en la mano—. Vení cuando quieras, que nosotros estamos al pedo.

Pareció que el otro no iba a contestar, porque se tomó su tiempo. Miró largamente el cadáver. Se puso en cuclillas. Volvió a pararse. Apoyó el portafolios sobre la cama y sacó algunos instrumentos y un par de guantes de goma.

—¿Por qué no te vas a cagar, Báez? —contestó por fin, aunque sin énfasis.

—Porque estoy acá como un boludo esperándote a vos, Falcone.

El médico pericial no creyó necesario seguir conversando. Se puso a trabajar revisando el cadáver. Le separó levemente las piernas con ademanes delicados, como si la mujer pudiera aún sentir y padecer esas acciones. Tanteó sobre la cama y tiró del maletín para volcarlo hacia su lado. Extrajo una especie de cánula y un tubo de ensayo. Levanté la vista para no impresionarme. Sobre la cómoda había un florero con flores artificiales y el retrato de un matrimonio mayor. ¿Los padres de él o de ella? Sobre la cama, un crucifijo. Sobre cada mesa de luz, un pequeño portarretrato con forma de corazón y la foto de un novio y una novia de gesto tenso, contenido.

Me los imaginé el día del casamiento, en el estudio del fotógrafo. A las claras se veía que no les sobraba el dinero, pero ella habría insistido en cumplir esos ritos iniciáticos. Me sentí un sinvergüenza por andar explorando la decoración y el pasado de esa mujer, casi como si la hubiese estado mirando a ella, desnuda y fría, sobre el piso del dormitorio. Falcone se puso por fin de pie resoplando.

—¿Y? —preguntó Báez.

—La violaron y la estrangularon. Después te lo confirmo, pero es una fija.

Falcone contestó mientras abría el ropero de segunda mano. Sacó una manta liviana, que se ve que los recién casados usarían en verano y por eso estaba prolijamente doblada en el estante. La extendió sobre el cuerpo de la chica con gestos veloces y certeros. Supuse que el médico viviría solo, o que su mujer lo obligaba a tenderse la cama. De todas maneras, le agradecí ese gesto de respeto.

—Los de huellas están en camino. ¿Quedará alguna o la manga de pajeros que me crucé en la puerta habrá toqueteado todo?

—Pará, Falcone, que no soy tan boludo —Báez se defendió pero parecía más aburrido que molesto—. Yo voy a ver al marido al laburo —se volvió hacia mí—: ¿Viene?

—Voy —acepté, tratando de que mi voz no sonara desesperada por rajar de una vez por todas. Cualquier cosa con tal de salir de ese sitio.

La puerta estaba bloqueada por tres o cuatro policías que charlaban en voz alta.

—¡A ver, carajo! —tronó Báez, que como todos los oficiales aprovechaba cada oportunidad que se le presentaba para gritarles a sus subordinados, como si se tratase de un modo extraordinariamente eficaz y económico de convencerlos de ser humildes y sumisos—. ¡Se corren de acá y se van a hacer algo útil, me cacho! ¡Al que lo vea al pedo lo dejo guardado el fin de semana!

Los otros se dispersaron, obedientes.

6

Cuando entramos al banco tuve una sensación extraña. Era un gran salón cuadrado, con amplios y fríos paneles de mármol en las paredes. Del techo, altísimo, bajaban a intervalos regulares caños negros y escuálidos sosteniendo unas tulipas vetustas que iluminaban malamente la estancia. Una hilera continua de altos mostradores de fórmica gris rematados por paneles de vidrio separaba el área de los empleados del espacio destinado al público. Un ordenanza limpiaba, aburrido, los cristales a la altura de esos orificios circulares a través de los cuales los clientes se hacían oír. Yo odiaba los ambientes enormes, y pensé que debía ser espantoso trabajar todos los días en un sitio como ese. Hasta me resultó reconfortante evocar la Secretaría del Juzgado, con sus anaqueles atiborrados de expedientes desde el piso hasta el techo, sus pasillos mínimos, su desvaído aroma a maderas envejecidas.

Pero la sensación extraña tenía que ver con otra cosa. Apenas traspuse la puerta, siguiendo a Báez, abarqué de un rápido vistazo a la veintena de empleados, que, aunque a esa hora todavía no habían empezado a atender al público, ya lucían ensimismados sobre los escritorios. Era como si la horrenda noticia que traíamos aún no tuviese un destinatario fijo. No al menos mientras el custodio que nos había abierto la puerta no avanzara hasta el fondo, levantara la tapa de uno de los mostradores, pasase del lado del personal del banco y se dirigiese hasta el hombre indicado. Me preguntaba quién sería Morales, mientras pasaba la vista de unos a otros. Traté de recordar la foto nupcial de la mesa de luz de su dormitorio, pero no lo conseguí, tal vez por el apuro o por la aprensión con que la había mirado.

Sentía como si la tragedia todavía estuviese sobrevolando esas veinte vidas sin decidirse a posarse en ninguna. Era ridículo, claro, porque solo uno de esos hombres podía ser Ricardo Agustín Morales. Los demás no. Los demás estaban a salvo del horror que veníamos a comunicarle. Pero mientras el custodio no detuviese su marcha junto a uno de los hombres que trabajaban allí, todos (los jóvenes, al menos) se me antojaban blancos móviles, víctimas sujetas al azar espantoso de recibir (contra todas las posibilidades, más allá de todos los pronósticos, por encima de todas las certidumbres con que los seres humanos sobrellevamos cada día la angustia escalofriante de saber que todo lo que amamos puede extinguirse de un momento a otro) la noticia que desquiciaría su vida.

El custodio avanzó entre varios escritorios y se inclinó al oído de un muchacho joven que sumaba cheques en una gran máquina de calcular. Yo estaba por empezar a compadecerlo a la distancia cuando, como si los acontecimientos se acomodaran repentinamente a mi teoría de que el drama vacilaba antes de posarse en los hombros de su destinatario, el muchacho alzó la mano en dirección a una puerta que se abría en los fondos del amplísimo local, y fue como si ese gesto de extender el brazo hubiese salvado al muchacho que sumaba cheques del calvario inminente de haber perdido a su mujer de un modo espantoso.

Báez y yo seguimos el gesto del brazo y, casi como en un sincronizado movimiento teatral, la puerta del fondo se abrió para dejar ver a un hombre joven y alto, con el pelo engominado muy tirante hacia atrás, un bigotito serio, un saco azul y una corbata de nudo estrecho, que avanzó con los últimos latidos de su inocencia hacia el escritorio desde el que lo contemplaban, curiosos, el custodio y el empleado de los cheques.

El policía le indicó que lo buscábamos. "Ahora", pensé. "En este momento exacto este muchacho acaba de penetrar en un túnel sin fondo del que probablemente no salga en el resto de su vida". Alzó la vista hacia nosotros. Nos miró primero sorprendido, pero enseguida desconfiado. El custodio debía habernos presentado a ambos como policías. Siempre hacen lo mismo. Simplifican hacia la imagen más sencilla. Un policía es algo conocido por todo el mundo. Un prosecretario de un Juzgado de Instrucción en lo Criminal es una especie más exótica. De manera que ahí estábamos, con los cuchillos listos para hundirlos en la yugular del chico que nos miraba sin decidirse todavía a angustiarse.

Me aproximé al mostrador rebatible por el que el muchacho estaba saliéndonos presuroso al encuentro. Había decidido presentarme por mi nombre pero dejar que Báez fuera el que hablase. Ya habría tiempo de explicarle quién era el policía y quién el funcionario de Justicia. Además, Báez parecía acostumbrado a comunicar primicias espantosas. Y yo, al fin y al cabo, no tenía por qué carajo estar ahí, siendo testigo de cómo se le pulverizaba la vida a un joven bancario. Si estaba, se lo debía exclusivamente al pelotudo del doctor Fortuna Lacalle y a su perentoria ansiedad por ascender cuanto antes a juez de Cámara.

7

Mientras nos apretujábamos con Báez y el flamante viudo en la cocinita del banco, pensé que la vida era una cosa rara. Me sentía triste, pero, ¿qué era, exactamente, lo que me ponía así de triste? Difícilmente fueran el aturdimiento, la palidez, los ojos abiertos y a la deriva de ese muchacho al que Báez acababa de decirle que veníamos a comunicarle que la esposa había sido asesinada en su casa. Tampoco el dolor de ese chico. Uno no ve el dolor. No puede verlo, sencillamente porque el dolor no se ve, en ninguna circunstancia. Pueden verse, cuanto mucho, algunos de sus mínimos signos exteriores. Pero esos signos siempre me han parecido máscaras antes que síntomas. ¿Cómo puede expresar el hombre la angustia atroz de su alma? ¿Llorando a chorros y dando alaridos? ¿Balbuceando unas palabras inconexas? ¿Gimiendo? ¿Soltando unas pocas lágrimas? Yo sentía que todas esas muestras posibles de dolor eran solo capaces de insultar a ese dolor, de menospreciarlo, de profanarlo, de colocarlo a la altura de muestras gratis.

Mientras contemplaba el rostro aterido del muchacho, y escuchaba lo que le decía Báez acerca de un reconocimiento en la morgue, creí entender que lo que a veces nos conmueve del dolor ajeno es el temor atávico de que ese dolor nos transite a nosotros. En 1968 yo llevaba tres años de casado y creía o prefería creer, o deseaba fervientemente creer, o intentaba desesperadamente creer que estaba enamorado de mi esposa. Y mientras contemplaba ese cuerpo derrumbado en un banquito estropeado, esos ojos pequeños y fijos en la llama azul de la hornalla, esa corbata de nudo estrecho que caía como una plomada entre las piernas abiertas, esas manos crispadas en las sienes, me ponía en el lugar de ese hombre mutilado que se había quedado sin vida y me horrorizaba por eso.

Morales había dejado los ojos abandonados en el fuego que él mismo había encendido cinco minutos antes con la idea de hacerse unos mates, cuando aún no habíamos irrumpido salvajemente en su existencia. Y yo creía entender lo que pasaba por la mente de ese chico, mientras respondía con monosílabos de autómata las preguntas metódicas que le dirigía Báez. El muchacho no estaba atento a la hora en que abandonó su casa esa mañana, ni a recordar con precisión cuántas personas pueden tener la llave de su casa, ni a haber visto ningún rostro sospechoso en las inmediaciones de su vivienda. Me parecía más probable que en medio de semejante naufragio el muchacho estuviera haciendo el inventario de todo lo que acababa de perder.

Su mujer ya no lo acompañaría a hacer las compras esa tarde ni ninguna otra, ni volvería a ofrecerle su cuerpo de marfil, ni quedaría embarazada de sus hijos, ni envejecería a su lado, ni caminaría con él por la playa de Punta Mogotes, ni se reiría soltando algunas lágrimas con algún capítulo especialmente gracioso de "Los Tres Chiflados" por Canal 13. Yo no conocía esos detalles (que recién con el tiempo Morales transigiría en contarme), pero sí podía apreciar en el rostro desquiciado del chico cómo el futuro le estallaba en escombros.

Cuando Báez le preguntó si tenía algún enemigo declarado, no pude menos que sentir, allá en el fondo, el impulso de reírme con sarcasmo. Como no fuera alguien a quien el muchacho le hubiera entregado mal un vuelto u omitido el sello de "pagado" en la boleta de la luz... ¿quién podría tener algo contra ese pibe que, luego de negar sin énfasis con la cabeza, volvía a dejar quieta la expresión impávida sobre la llama azul de la hornalla?

A medida que transcurrían los minutos, y el interrogatorio de Báez se internaba en detalles que a Morales y a mí nos tenían sin cuidado, vi cómo la expresión del chico se iba vaciando, los rasgos se le distendían paulatinamente en una expresión neutra, y las lágrimas y el sudor que en un primer momento habían asomado a su piel se secaban definitivamente. Como si una vez frío, una vez vacante de emociones y sentimientos, una vez asentada la humareda del polvo de su vida hecha ruinas, Morales pudiera avizorar, más allá, en qué consistiría su futuro, y comprobara sin lugar para el equívoco que sí, que no había duda alguna, que su futuro era nada.

8

—Está resuelto, Benjamín. Asunto terminado.

Pedro Romano me soltó la frase con expresión de triunfo, acodado sobre mi escritorio, mientras me deslizaba ante las narices un papel con dos nombres manuscritos. Acababa de colgar el teléfono. Lo había visto sosteniendo una larga conversación en la que había alternado unas cuantas exclamaciones vociferadas (para que a nadie le quedasen dudas de que se traía entre manos algo muy importante) con largas parrafadas en un susurro conspirativo. En mi distracción inicial me había preguntado para qué cuernos venía a hablar por teléfono a mi Secretaría en lugar de quedarse en la suya. Cuando vi que el juez Fortuna estaba en el despacho del secretario Pérez, entendí que Romano pretendía lucirse. Como yo me consideraba un tipo compasivo, y como estaba naturalmente en la más absoluta ignorancia de todas las derivaciones que los hechos de ese día iban a tener en los años siguientes, me causaba más gracia que fastidio que Romano pugnara por deslumbrar a nuestros superiores. No tanto por el intento de lucimiento sino por la calidad moral e intelectual del superior ante el cual Romano pretendía destacarse. Hacerse el empleado modelo delante de un juez podía resultarme ligeramente patético, pero hacerlo sin advertir que el juez en cuestión era un idiota de marca mayor que no iba a notar ese lucimiento me dejaba sin palabras. Más allá de eso, que una vez terminada su conversación telefónica Pedro Romano me dijese que el caso estaba resuelto, alargándome un papel con dos nombres escritos y mirándome con cara de "acá te hice el favor aunque no me corresponde porque la causa es de tu Secretaría", me sorprendió profundamente.

—Albañiles. Están trabajando en el departamento tres. Cambiando los pisos.

Al parecer Romano consideraba que el estilo telegráfico, salpicado de silencios teatrales, aumentaba el dramatismo de su primicia. Me pregunté cómo un tipo tan limitado había llegado a ser prosecretario. Me respondí que un buen casamiento obra milagros. Su mujer no era particularmente linda, ni particularmente simpática, ni particularmente inteligente. Pero era particularmente hija de un coronel de infantería, y eso en la Argentina de Onganía era un mérito sobresaliente. Evoqué la ceremonia del casamiento, plagada de gorras verdes, y creció mi fastidio.

—La vieron pasar. La piba les gustó. Tuvieron la idea —Romano había pasado de la identificación de los seguros autores a la reconstrucción del propio crimen—. Se ve que el martes vieron salir temprano al marido. Tomaron coraje. Se mandaron.

Si seguía hablando como un telegrama colacionado, iba a sugerirle que se fuera al infierno. Me ilusioné falsamente cuando dejó de reclinarse sobre mi sitio con las manos apoyadas en el escritorio. Pero no se incorporó para irse, sino para dejarse caer en la silla que tenía más cerca. La arrimó con varios balanceos de cadera, y volvió a quedar con los ojos a la altura de los míos.

—Se pasaron de rosca, y terminaron haciéndola mierda.

No habló más. Tal vez estaba a la espera de una ovación cerrada o de los flashes de los reporteros gráficos.

—¿Quién te pasó el dato? —pregunté, y de inmediato arriesgué la respuesta que intuía—: ¿Sicora?

—Precisamente —el tono de voz de Romano incluía, por primera vez, un levísimo matiz de duda—. ¿Por qué?

¿Lo puteaba o lo dejaba así nomás? Opté por la variante pacífica. El oficial ayudante Sicora, de Homicidios, era un especialista en escabullirle el bulto al trabajo. Odiaba contactar gente, aborrecía caminar la calle, detestaba el laburo propio de un investigador. O sea, su único parecido con Báez estaba, creo, en el blanco del ojo. Sicora armaba sus hipótesis desde el living de su casa, encajándole el sambenito de homicida al primer perejil que se le ponía a tiro. Lo que más me calentaba no era lo de Sicora, sino que el pelotudo de Romano le llevase el apunte. Que Sicora era un palurdo y un vago lo sabían hasta las monjas de clausura. ¿Cómo podía ignorarlo este muchacho, que aunque fuera de oídas tenía la obligación de saber cómo eran las cosas en la instrucción de un sumario penal?

Pese a todo no quería calentarme. A fin de cuentas Romano era un colega, y yo tenía suficiente experiencia en la Justicia como para advertir que las heridas verbales son difíciles de sanar.

Viré parcialmente el destino de mis preguntas.

—Aparte... ¿el caso no lo estaba llevando Báez?

Mi delicadeza no tuvo premio. Romano me contestó con irónica frialdad.

—Báez tampoco creo que sea Spencer Tracy. Y no puede con todo, ¿no te parece?

Me estaba saturando, y los restos de mi paciencia se me escurrían como arena entre los dedos.

—No, no me parece. Sobre todo si la alternativa es que la causa la empiece un vago y un pelotudo como Sicora.

Romano no recogió el guante por la ofensa que acababa de propinarle a su fuente. En cambio, y como transigiendo en desasnarme, se tomó los dedos de la mano izquierda y empezó a enumerar.

—Son dos. Albañiles. Laburaban en el departamento de adelante, o casi. No son del barrio, ni los conoce nadie. ¿Te das cuenta?

Romano se detuvo, como confiando en cautivarme con sus argumentos. Por fin agregó, sacudiendo la cabeza y adelantando el mentón, como decidiéndose a exponer el argumento definitivo:

—Y aparte son dos negritos con cara de chorros, no sé si me entendés.

En esa época, por joven o por tierno, o por ambas razones, me costaba calificar a mis conocidos como hijos de puta. Pero Romano parecía cada vez más dispuesto a dejarme sin margen para la clemencia. Más de una vez lo había visto sobrar a un detenido morochito y con cara de pobre. También lo había visto desangrarse en gentilezas con los abogados más o menos célebres en el ambiente. Le dije lo que me salió del alma:

—Ah, bueno. Si los querés procesar por negros, avisame.

Pensé en agregar "aguantame que reviso qué artículo del Código podemos aplicarles", pero decidí que esa ironía era demasiado ingenua e iba a perjudicar el efecto. Vi, de todos modos, que el otro hacía un esfuerzo atroz para no insultarme, y cuando habló no quedaba en su voz ni el último vestigio de la floja simpatía con la que había empezado.

—Voy a la seccional. Me dijo Sicora que los tenía listos para interrogarlos.

—¿Listos? —el fastidio me ponía ya al borde del estallido—. Entonces seguro que ya los recagaron a patadas. Voy yo. No te olvides de que la causa es mía.

En general, me desagradaban los celos forenses que llevaban a algunos conocidos a usar posesivos con los expedientes, pero este tipo me había desbordado la paciencia. En mi casa me habían enseñado a no putear a la gente en la cara. Por eso me controlé, me calcé el saco y me despedí con un seco "hasta luego". Solo me permití cerrar la puerta con bastante más fuerza que la necesaria.

9

Entré en la comisaría con el aire de perdonavidas que solía adoptar frente a los uniformados y que usualmente me daba buenos resultados. Esperé dos minutos, después de anunciarme, hasta que Sicora me salió al encuentro luciendo una sonrisa satisfecha. Evidentemente su amigo Romano no había considerado necesario ponerlo en autos de mi cólera.

—Los tengo listos para declarar —blandió dos carpetas de cartulina de las que asomaban unas cuantas actuaciones—. Sebastián Zamora. Paraguayo, 38 años. Albañil. Vive en Los Polvorines. El otro es José Carlos Almandós, 26 años. También albañil. Este por lo menos es argentino, pero vive en Ciudad Oculta.

Traté de sonar natural al preguntar:

—¿Hizo rueda de personas?

Sicora me miró con la boca entreabierta.

—¿Cruzó esta pista con los testigos? Hablo de los que recopiló Báez.

Sicora dominó un tartamudeo incipiente y respondió:

—Todavía no. Llamé al Juzgado y me dijo el oficial primero Romano que le diera para adelante, que él se ocupaba de avisarle al marido y que...

—No digo con el marido —no lo dejé terminar—, sino con la vecina del departamento del fondo, que vio salir al homicida y llamó a la policía. O con los dueños de los otros departamentos, incluido el tres, donde trabajaban estos tipos.

Cuando vi la expresión de desconcierto en la cara de Sicora comprendí que la idiotez de ese fulano era tan abismal que yo nunca sería capaz de considerarla en toda su magnitud. Seguí:

—¿No me dirá que no cotejó este asunto con lo que traía laburado Báez, cierto? —nuevo silencio—. Traiga los papeles de Báez y lléveme con los detenidos.

Sicora era demasiado estúpido como para protestar o quejarse de que un civil le diese órdenes. Fue a buscar las declaraciones, pero no me llevó con los presos. Mala señal. Me acomodé como pude en un escritorio abarrotado de cajas desbordadas de papeles, casi atravesado en el pasillo que llevaba a las celdas. Apenas me puse a revisar las actuaciones, me detuve en la declaración de una tal Estela Bermúdez; la leí con atención, la saqué de la carpeta y la dejé a un costado. Levanté hacia Sicora una mirada que, calculo, echaba chispas.

—¿Usted revisó esta declaración de Estela Bermúdez?

Sicora desvió la mirada un segundo, como si tratase de hacer memoria, o de hacer tiempo para decidir lo que le convenía contestar, y enseguida volvió a enfocarme, frunciendo el ceño.

—¿Quién es esa Bermúdez?

Yo esperaba esa pregunta.

—La dueña del departamento tres, Sicora.

El policía se sabía completamente a la deriva.

—Cuando Báez le tomó declaración —traté de que mi voz sonara pacífica, porque me parecía el mejor modo de humillarlo—, la mujer informó que tenía a dos albañiles trabajando, pero que no habían ido ni el lunes ni el martes. El lunes porque llovió todo el día. Y el martes porque, como estaban trabajando en la terraza, necesitaban que secase bien para poder manipular el alquitrán, de manera que la llamaron por teléfono y quedaron directamente para el jueves.

Le tendí la hoja para que la leyese por sus medios, pero Sicora, echando mano a los últimos vestigios de su dignidad, contraatacó preguntándome:

—¿Y qué tiene que ver? ¿No pudieron decir precisamente eso para cubrirse, e ir igual, matar a la chica y tomarse el buque?

—Y, dígame, Sicora, ¿no leyó, tanto en esta declaración como en la de los otros dueños, que la puerta de entrada, la de la calle al pasillo, se cierra siempre con llave, y que tienen que salir a abrir y cerrar a los visitantes? Está en todas las declaraciones. Digo, por no ir directamente a la declaración de la vecina que hizo la denuncia, y que en todo momento dice que el agresor fue uno solo.

Alcé el manojo que había formado con todos los testimonios y los adelanté sobre el escritorio, pero Sicora no atinó a tomarlos. Se me quedó mirando, cada vez más desencajado. Sentí un escalofrío cuando comprendí el motivo. Le di una orden perentoria:

—Lléveme con los presos.

Sicora se incorporó como si hubiese estado sentado sobre un resorte.

—Este, eh... están en el horario de comida. Están sirviendo el rancho.

Insistí.

—No puedo ni esperar ni venir más tarde. Quiero verlos. Y quiero que me contacte rápido con Báez.

Sicora dudó todavía un momento más. Después vociferó un apellido y un agente emergió desde el fondo del pasillo de las celdas.

—Acompañe al señor hasta el calabozo de los... de esos dos.

Caminé por un pasillo hacia el que daban las rejas de cuatro pares de celdas. Nos detuvimos frente a la última de la izquierda. No había olor a comida. El agente maniobró con la puerta, que se abrió con un chirrido. La luz estaba encendida. Dos hombres yacían acostados en los camastros que ocupaban las paredes laterales. Uno dormía y ni se movió cuando entramos. El otro, que permanecía acostado boca arriba y que se tapaba la cara con los brazos recogidos, giró el cuerpo para vernos. Saludé y el otro farfulló una respuesta. Nos miramos un instante.

—Llame a Sicora —ordené al agente que me acompañaba. Dudó.

—No puedo dejarlo solo en la celda.

Me tenían harto. Alcé la voz cuando insistí.

—Llámelo o usted también se va a comer un sumario.

El policía salió. Decidí tratar de que la rabia y el espanto no se me colaran en la voz:

—¿Cómo se siente?

El otro pareció sonreír, por debajo de la costra de sangre seca que le cubría el rostro bajo la nariz. Le faltaban dos dientes delanteros, y estuve seguro de que la pérdida era reciente. Como pudo, el hombre se las compuso para decirme que ahora le dolía un poco menos, pero que a su compadre le habían pegado muchas patadas en las costillas, y que había estado llorando hasta conseguir dormirse, rato atrás.

Volvió el agente. Dijo que Sicora había salido.

—Entonces traiga al comisario.

—Está almorzando.

—¡Me importa tres carajos! —vociferé. Estaba indignado. De lo contrario no era frecuente que transigiera a usar esos modales cuartelarios.

Cuando tres horas después volví a Tribunales, en lugar de entrar a mi Secretaría fui derecho a la 18. Atravesé los estrechos desfiladeros que separaban los escritorios y avancé entre las altas moles de los ficheros sin saludar a nadie. Cuando llegué hasta el escritorio de Romano, que leía el diario con aire ausente, fue mi turno de ponerle un papel frente a la cara.

—Escuchame bien. Vengo de la Cámara, y de hacerles a vos y a ese reverendo pelotudo de tu amigo Sicora una denuncia por apremios. A tus dos sospechosos los están revisando los médicos forenses, por orden mía.

Trataba de no descontrolarme. Romano había bajado el diario, e intentaba pensar. Continué:

—Y me juego las bolas que la idea de cagarlos a trompadas fue tuya, y no del idiota de Sicora. Él los fajó para hacerse el héroe y quedar bien con el Juzgado. Pedazo de boludo. Así que te recomiendo dos cosas. Si querés cagar a tortazos a alguien, hacelo vos mismo. Y segundo: si vas a fajar a alguno, fijate que tenga algo que ver con algo, porque te la agarraste con dos pobres laburantes.

Me di vuelta. Dejé la copia de la denuncia en el escritorio más próximo. Los otros empleados, naturalmente, me miraban en el colmo de la sorpresa.

—Cuando termines de leerla, mandala a mi Secretaría.

Tal vez me hubiera convenido callarme, pero, así como me costaba engranar, también me costaba enfriarme una vez que se me volaban los patos.

—Siempre pensé que eras medio pelotudo, Romano. Pero no. Bah, sí, pelotudo sos. Pero lo que seguro sos es un tipo muy, pero muy, pero muy hijo de puta.

Entonces desconocía todas las dificultades que había sembrado ese día en mi propio destino, y que tarde o temprano tendría que cosechar. Supongo que nadie es capaz de leer, en la borra del presente, las señales de sus futuras tragedias.

10

Tomé la decisión de ayudar a Ricardo Morales en todo lo que fuera posible esa misma tarde, durante la primera conversación que mantuvimos a solas, en un bar de la calle Tucumán al 1400, sentados junto a la ventana guillotina que nos separaba de la vereda, mientras afuera escampaba después de llover a baldazos.

Desde el momento en que le rajé la puteada a Romano, y me senté resollando e intentando calmarme, tomé conciencia de que el pobre viudo estaría viniendo a los tiros hasta el Juzgado, convencido de que estaba por enterarse de la verdad. De hecho llegó veinte minutos después. Escuché los dos golpes tímidos que dio en la alta puerta de la Secretaría, y el impersonal "pase" de alguno de los pinches.

—Lo buscan, jefe —me anunció el pibe que lo había atendido.

Levanté la cabeza y me tomé un instante para pensar que, si el meritorio nuevo no me tuteaba, yo seguramente acababa de trasponer la puerta de ingreso a la madurez.

—Me llamaron al banco —dijo Morales cuando me vio aparecer en la mesa de entradas. Tal vez me reconocía como uno de los dos que habían ido a darle la noticia de la muerte de Liliana.

—Sí, ya sé —no fui capaz de decir algo más preciso.

Supuse que iba a preguntarme si "era cierto que en la causa había novedades importantes" o si "era verdad que acababan de caer los asesinos", dependiendo de que el idiota de Romano hubiese elegido un tono *La Nación* o un estilo *Crónica* para darse aires cuando le comunicó la supuesta primicia. Pero, para mi sorpresa, Morales se contentó con permanecer muy tieso, con las manos suavemente apoyadas sobre el mostrador y los ojos muy fijos en los míos.

Fue peor, porque sentí que ese silencio era el de un desamparado que está convencido de que nada saldrá como se ha atrevido secretamente a soñarlo. Tal vez por eso me decidí a invitarlo a tomar un café. Era consciente de que me estaba saliendo de las normas más elementales de la asepsia judicial. Me consolé diciéndome que lo hacía por compasión, o por enmendar de algún modo la estúpida precipitación de Romano.

Salimos por la puerta de Tucumán, y nos topamos con un aguacero feroz que caía oblicuo por las ráfagas de viento. Cruzamos, a los saltos, la calle que comenzaba a anegarse. Morales me siguió dócilmente por el desfiladero que dibujé, pegado a las vidrieras, bajo los toldos, intentando protegerme. Con la misma mansedumbre, o apatía, se dejó conducir hasta la otra cuadra, cruzando Uruguay, hasta un bar y hasta una mesa pegada a la ventana, y aceptó el café que encargué al mozo con gesto veloz. Después no tuvimos nada que hacer.

—Qué tiempo de porquería, ¿no? —dije, en un intento por sortear el mutismo incómodo en el que nos habíamos hundido.

Morales dejó largo rato los ojos olvidados en la vereda regada por el diluvio.

—Lo mandamos llamar —me sentí en la obligación corporativa de usar la primera persona del plural, aunque ese "nos" me atase al hijo de puta de Romano—, pero tengo que decirle algo.

Volví a trabarme. ¿Cómo empezar? ¿Tal vez con un "lo ilusionamos al pedo, discúlpenos"?

—Pierda cuidado —Morales al fin me miraba. En su rostro se trazó apenas una sonrisa—: acaba de decírmelo.

Lo miré, confundido.

—El "pero" —intentó aclarar Morales. Abrí la boca como para responder, aunque no entendía el sentido de lo que el viudo pretendía decirme. Viendo mis brazadas de náufrago, continuó—: El "pero". Usted acaba de decirme "lo mandamos llamar, pero...". Es suficiente. Ya entendí. Si hubiese dicho "lo mandamos llamar y..." o "lo mandamos llamar porque...", hubiese significado algo. No lo hizo. Dijo "pero".

Morales volvió a mirar la lluvia y supuse erradamente que había terminado.

—Es la palabra más puta que conozco —Morales volvió a arrancar, pero no me sonó a que eso fuese una conversación, sino un monólogo íntimo al que le ponía voz por pura distracción—. "Te quiero, pero..."; "podría ser, pero..."; "no es grave, pero..."; "lo intenté, pero...". ¿Se da cuenta? Una palabra de mierda que sirve para dinamitar lo que era, o lo que podría haber sido, pero no es.

Miré el perfil de ese hombre que veía caer la lluvia. Había supuesto que era un sencillo muchachito de horizontes pequeños cuyo mundo acababa de desmoronarse. Pero sus palabras, y el tono en el que las decía, eran las de un hombre acostumbrado a caminar por el dolor. Parecía alguien preparado desde siempre para que lo golpease la peor de las derrotas.

—Eso me simplifica un poco las cosas —aunque fuera un poco vergonzoso, encontraba en esa sabia melancolía la escotilla para escabullirme de una extraña sensación de culpa que me estaba cercando.

—Dele, lo escucho —Morales giró la silla hacia mi lado, como para focalizar más fácilmente la atención en mí, o como si quisiera evitar que la lluvia volviese a hipnotizarlo.

Le conté. Ahora no me sentí obligado a usar plurales que disfrazaran las responsabilidades de Romano y de Sicora. Que se fueran al demonio. Terminé contándole que acababa de irme hasta la Cámara para radicar la denuncia contra los dos, y que estaba a la espera del informe de los médicos forenses sobre los golpes que habían sufrido los albañiles.

—Pobres tipos —dijo Morales—. El baile en el que los metieron.

Lo dijo en un tono tan neutro, tan falto de emoción, que daba la impresión de estar hablando de algo que le era totalmente ajeno. Yo había temido que Morales desaprobase mis acciones, que se empeñase fanáticamente en aferrarse a esa pista que Romano y el otro idiota habían construido con el humo de su propia estupidez. Ahora estaba empezando a entender que el muchacho era demasiado inteligente para encontrar consuelo en cualquier historia que no fuera la verdad.

—Si lo agarran, ¿qué van a hacerle? —Morales habló sin dejar de mirar la lluvia, que se había convertido en una llovizna tenue.

No pude evitar que las palabras del Código me vinieran a la mente, con aquello de prisión perpetua, más la eventual accesoria de reclusión por tiempo indeterminado, para el que "matare para preparar, facilitar, consumar u ocultar otro delito". Creí entender que a ese hombre ninguna verdad podía lastimarlo, simplemente porque no le quedaba ningún retazo ileso en el alma como para que pudiera llagársele.

—Es homicidio calificado. Artículo 80, inciso 7 del Código Penal. Le corresponde perpetua.

—Prisión perpetua... —Morales repitió, como en un esfuerzo por captar el fondo de la idea. Noté que no decía "cadena perpetua" como casi todo el mundo que desconoce el Derecho, y que usa el léxico aprendido de las películas. Ese muchacho seguía sorprendiéndome.

—¿Lo desilusiona? —me atreví a preguntarle.

Temí haber sonado insolente con esa pregunta tan personal. Después de todo, éramos dos desconocidos. Morales volvió a mirarme con una repentina perplejidad que me pareció sincera.

—No —contestó por fin—. Me parece justo.

Callé. Tal vez era mi obligación aclararle que, aun cuando le aplicaran la accesoria de reclusión por tiempo indeterminado del artículo 52 del Código Penal, si el asesino no era reincidente, a los veinte o veinticinco años podría salir en libertad condicional. Pero me dio la impresión de que eso sí podría aumentar su dolor. Como tenía la vista clavada en Morales, que a su vez miraba la vereda, advertí que de repente el ceño de mi interlocutor se ensombrecía en un gesto de contrariedad. Miré yo también hacia afuera. Había dejado de llover, y el sol iluminaba las calles empapadas y refulgía en los charcos, como si alumbrase por primera vez.

—Odio cuando pasa esto —dijo de repente Morales, como si yo debiese estar al tanto de lo que significaba "esto"—. Nunca pude soportar ver salir el sol después de una tormenta. Mi idea de un día de lluvia es que debe llover hasta la noche. Que el sol salga a la mañana siguiente, vaya y pase, pero ¿así?... Que el sol interrumpa donde nadie lo llama... En los días de lluvia el sol es un intruso imperdonable. —Morales se detuvo un segundo y dejó entrever una sonrisa ausente—. No se preocupe. Estará pensando que la tragedia me ha fundido los sesos. No es para tanto.

Yo no sabía qué contestar, pero Morales, de nuevo, no parecía esperar una respuesta.

—Me encantan los días de lluvia. Desde chico. Siempre me ha parecido una imbecilidad que la gente hable de "mal tiempo" cuando llueve. ¿Mal tiempo por qué? Usted mismo dijo algo sobre eso al salir de Tribunales ¿cierto? Pero sospecho que lo dijo por decir algo, porque estaba muy incómodo y no sabía cómo llenar ese silencio. Igual no es nada.

Seguí callado.

—En serio. Es natural. Supongo que yo soy el raro. Pero siento que la lluvia tiene una inmerecida mala fama. El sol... no sé. Con el sol parece todo demasiado fácil. Como en las películas de este pibe... ¿cómo se llama? Palito Ortega. Esa supuesta ingenuidad siempre me saca de quicio. El sol tiene demasiada propaganda, creo. Y por eso me irrita que se inmiscuya en los días de lluvia. Como si el maldito sencillamente no tolerase que de vez en cuando los que no lo veneramos como idólatras pudiésemos disfrutar de un día completo.

A esa altura, yo lo contemplaba absorto. Era el discurso más largo que le había oído decir.

—Un día perfecto, para mí, es así —Morales se permitió una mínima gesticulación con las manos, como si bosquejara la acción de una película que pensase dirigir—: Una mañana cargada de nubarrones, unos cuantos truenos, y una buena lluvia de todo el día. No digo un aguacero, porque los imbéciles solares se quejan el doble si la ciudad se llena de agua. No, alcanza con una lluvia pareja que dure hasta la noche. Hasta la noche tarde, eso sí. Para que uno pueda dormirse con el ruido de las gotas. Y si podemos agregarle de nuevo unos truenos, mejor.

Se quedó un minuto en silencio, como si recordase alguna noche como esa.

—Pero esto... —torció la boca en una mueca de disgusto—, esto es una estafa.

Dejé la vista un largo rato clavada en el rostro de Morales, que seguía vuelto hacia la calle con expresión defraudada. Tendía a creer que mi trabajo me había vuelto inmune a las emociones. Pero ese muchacho que se desparramaba en la silla con el desvalimiento de un espantapájaros, y que miraba abatido hacia la calle, acababa de ponerle palabras a algo que yo había sentido desde chico. Fue en ese momento cuando tomé conciencia, creo, de que Morales me recordaba mucho, o demasiado, a mí mismo, o al "mí mismo" que habría sido si, exhausto, me hubiese cansado de aparentar la seguridad y la fortaleza que me calzaba todas las mañanas, al instante siguiente de despertar, como si fuese un traje o, peor aún, un disfraz. Supongo que por eso decidí ayudarlo en todo lo que me fuera posible.

11

Aunque sabía que el momento de archivar esa causa iba a llegar, intenté posponerlo a través del mecanismo más antiguo y más inútil que conocía: borrarlo de mi mente cada vez que me asaltaba su recuerdo. Y por eso, por la futilidad de mis resistencias y por la inevitabilidad de las circunstancias, el momento llegó con una puntualidad rigurosa que me desbarató esas jugarretas de negación y aplazamiento.

Estaba sentado en mi rincón de la Secretaría, un día de fines de agosto, despachando una excarcelación. Advertí que el secretario Pérez se aproximaba con una causa en la mano. Cuando la dejó caer sobre el vidrio de mi escritorio, el expediente hizo un ruido fláccido.

—Te dejo el homicidio de Palermo para sobreseer —dijo antes de volver a su despacho.

En la jerga que gastábamos allí, "dejarme el homicidio" era pedirme que despachara una resolución, el "de Palermo" aludía a la zona del hecho, porque no teníamos detenidos con cuyo apellido identificarla, y el "para sobreseer" tenía que ver precisamente con la resolución que Pérez me pedía que despachase: tres meses de trámite sin hallazgos positivos, ningún dato para proseguir el sumario hacia ningún lado. Palo y a la bolsa. Adiós al caso. Mil veces había redactado medidas como esa, o las había ordenado a mis subordinados en las causas más sencillas. Pero aquí me resistía, porque no se trataba para mí del homicidio de Palermo, sino de la causa por la muerte de la mujer de Ricardo Agustín Morales, a quien yo me había propuesto ayudar en lo que pudiera. Y hasta ese momento la verdad era que había podido bastante poco.

Aparté la causa en la que había estado trabajando y acerqué hacia mí el expediente de carátula azul. "Liliana Emma Colotto s/homicidio". Di vuelta las hojas. Me encontré con el resultado previsible. El acta inicial de la policía, con la declaración del oficial que había llegado en primer lugar a la escena del crimen, alertado por la vecina del fondo. La descripción del hallazgo del cuerpo. La solicitud de las pericias. La nota dejando constancia de haber avisado al Juzgado de Instrucción, o sea a mí. A mí recibiendo la noticia medio dormido sobre el amplio escritorio del despacho del juez, con el cornudo de Romano festejando a los saltos a mi lado. Las declaraciones que Báez había recabado entre los testigos. Las fotos de la escena del crimen. Las pasé rápido, aunque creí reconocer la punta de mi zapato muy cerca de la mano de la víctima, en uno de los planos oblicuos que tomaban el cadáver desde la derecha. Volví rápidamente las hojas de la autopsia —esas descripciones me asqueaban—, pero me detuve en sus conclusiones.

Violación... muerte por estrangulamiento... ¿y esa tercera conclusión? Se me había pasado por alto al recibir la pericia, unas semanas atrás. Aunque no pareciera posible, esa historia era capaz de multiplicar el dolor más allá de la muerte. Seguí leyendo el resto de la causa repentinamente angustiado, aunque no volví a dar con otro dato inesperado. Venía la parodia bestial de Romano y Sicora con los albañiles: las dos hojas escuálidas de las "manifestaciones espontáneas" en las que el turro de Sicora fraguaba, a golpes, la confesión de los pobres tipos. Después, la copia de mi denuncia ante la Cámara por los apremios ilegales y las pericias sobre las lesiones de los dos detenidos.

Me acordé de Romano, como me ocurría cada vez que veía su escritorio vacío. Lo habían sumariado y suspendido preventivamente, apenas hecha mi denuncia. Al principio había temido que sus empleados me guardasen rencor: a fin de cuentas éramos todos compañeros del mismo Juzgado. Pero mis relaciones con ellos siguieron siendo tan cordiales que hasta me pregunté si secretamente no me agradecían haberles sacado a ese palurdo de encima. Seguí avanzando, aunque quedaban muy pocas fojas. La remisión de la causa desde la comisaría hasta el Juzgado, las declaraciones de los mismos testigos en nuestra Secretaría, donde se habían limitado a ratificar lo que ya habían dicho. Por último, algún informe forense complementario (algo del estudio sobre las vísceras que no agregaba nada y que, de todos modos, salteé, aprensivo).

Cuando di vuelta la última hoja leí, escrita en lápiz en el margen, la fecha de ese día. La había anotado Pérez, siguiendo las expresas directivas del juez: "Toda causa que llega desde la comisaría sin sospechosos ni autores conocidos, hay que limpiarla en dos meses. Máximo tres". Ojalá Fortuna hubiese sostenido ese principio por metódico. Pero no, lo hacía simplemente por mediocre. Su verdadero lema era "cuantas menos causas, mejor". Por eso la manía de archivar las causas sin procesados cuanto antes, sin importar que fueran hurtos u homicidios.

Me imaginé el paso siguiente. Debería colocar una hoja con membrete en la máquina, el encabezado de rigor y una resolución de diez líneas, dictando el sobreseimiento en la causa, sin procesados, y encomendando a la policía que continuara con la pesquisa para dar con los culpables. Eso para guardar las apariencias. En los hechos era un módico certificado de defunción para el expediente: la causa al archivo y hasta nunca.

Revisé de nuevo todo el legajo. Verdaderamente no había nada por ningún lado. Aunque Fortuna fuese un chanta y Pérez un alcahuete estaban en lo cierto, mierda. Llegué a la autopsia y de nuevo me detuve en las conclusiones. Me pregunté si Morales sabría aquello de lo que yo acababa de enterarme. Supuse que no. Pensé en esa mujer joven y hermosa. Joven, hermosa, violada, muerta y abandonada sobre el parqué del dormitorio.

A Morales tenía que decírselo. Tenía la certeza de que en el alma de ese hombre existía un inmenso lugar para guardar el dolor, pero no para almacenar el engaño. No obstante, comunicarle aquello y al mismo tiempo decirle que la causa estaba muerta en el archivo era demasiado cruel como para que pudiese tolerarlo.

Del primer cajón del escritorio saqué una goma. Borré prolijamente la fecha escrita en el margen de la última hoja, y la cambié por otra para la que faltaban tres meses más, con la delicadeza algo titubeante de quien imita la letra de otra persona. Me incorporé y abandoné el expediente en uno de esos estantes en los que sabía, por experiencia, que nadie iba a poner un dedo durante décadas salvo una expresa orden mía en contrario. Ni el juez ni el secretario iban a preguntar por esa causa. Volví al escritorio y pasé un largo rato mordisqueando el capuchón de la birome y pensando cuál sería la mejor manera de explicarle a Morales que, en el momento de ser violada y asesinada, su mujer tenía casi dos meses de embarazo.

Teléfono

Chaparro sabe que se arrepentirá de llamarla, pero, como todo lo que tiene que ver con ella, también la posibilidad de escuchar su voz lo atrae con una fuerza irresistible. Por eso ha estado avanzando paso a paso, y arrepintiéndose de hacerlo momento a momento, desde el instante en que alumbró la idea hasta que la oye levantar el auricular.

Comienza diciéndose que necesita saber un dato puntual del sumario. ¿Es cierta esa necesidad? Primero se responde que sí, porque después de treinta años un montón de datos menores (fechas, lugares, el encadenamiento preciso de ciertos detalles) conservan apenas un registro borroso en su memoria. Pero en seguida se objeta que semejante prurito es obsesivo, desmesurado. ¿Importa tanto saber si la causa ha estado inactiva durante cinco meses o durante seis? No está documentando una prisión preventiva, sino narrando una tragedia de la que ha tenido el dudoso honor de ser una mezcla de testigo y protagonista. Tanta rigurosidad es, entonces, innecesaria. Pero ese razonamiento tan equilibrado no lo sustrae a la minúscula obstinación de revisar la causa. Demora dos días, durante los cuales apenas consigue pergeñar un par de páginas inservibles, hasta ser capaz de confesarse que la idea de revisar el expediente lo cautiva solo porque le da una excusa cristalina y aséptica para visitar a Irene.

Ella sabe —él se lo ha contado— que está "escribiendo su libro". Bien. Es natural que un escritor necesite cotejar un par de datos tan antiguos. Macanudo. La causa está en el Archivo General, en el subsuelo del Palacio. ¿Qué mejor atajo para facilitarle a Chaparro el acceso al viejo expediente que un llamado informal de la jueza de instrucción del Juzgado en el que se ha tramitado esa vieja causa? Redondo. Tendrá la oportunidad de tomar un café con Irene y de darse aires de escritor en acción. A ella le gusta ese proyecto en el que lo ve embarcado. E Irene se pone más hermosa todavía cuando habla de algo que la entusiasma. Por lo tanto, excusa perfecta. ¿Por qué, entonces, se pone tan nervioso, y retrocede justo antes de decidirse a llamarla? Precisamente porque todo es un pretexto. En el fondo es así de simple. Todo es, al cabo, una coartada para estar cerca de ella. Y Chaparro se siente morir ante la mínima posibilidad de quedar expuesto delante de la mujer a la que ama.

Él conoce a la gente del Archivo. La mayoría ha entrado al Poder Judicial después que él. Si se presenta en la mesa de entradas y pide ver un expediente, difícilmente vayan a ponerle objeciones. Y aun en ese caso, siempre tiene la posibilidad de pedirle al pibe García, el secretario, que llame desde el Juzgado para que le allanen el camino. ¿Qué sentido tiene entonces recurrir a Irene?

Ninguno, salvo tener cinco minutos a solas con ella con una coartada sólida detrás de la cual guarecerse. Sin una pantalla así, no puede. Aunque quiera, no lo logra. Le da terror empezar a incendiarse desde las tripas hacia fuera, atropellarse en las palabras, largarse a tiritar y a sudar frío.

Es ridícula su vergüenza. Sobre todo tratándose de dos personas grandes. ¿Por qué no decirle sencillamente la verdad? Visitarla en su despacho sin pretextos, y darle a entender lo que siente. Son adultos. Debería bastar con algunas medias palabras, algún gesto mundano que a ella le dé a entender su interés, y que Irene se imagine el resto.

¿Por qué no puede hacer eso? Porque no. Por eso. Porque lleva tantos años callándoselo que Chaparro prefiere que lo entierren con la verdad a cuestas antes que soltar de mal modo una versión edulcorada, dietética, digerible de lo que siente por ella.

No puede presentarse y decirle con naturalidad: "Mirá, Irene, quería que supieras que te amo con locura desde hace unas tres décadas, con ciertos períodos menos virulentos durante los muchos años en que no trabajamos juntos".

Chaparro deambula como un autómata por la cocina y el comedor. Abre y cierra cincuenta veces la heladera. Está tan enroscado en su disyuntiva que, aunque en casi todos sus paseos, tarde o temprano, se detiene frente al escritorio, es incapaz de advertir que esas hojas desparramadas son, pese a todos sus pronósticos fatalistas, el embrión de su dichoso libro.

Mira el teléfono por centésima vez, como si el aparato pudiera ayudarlo a decidirse. Súbitamente da un par de pasos hacia él, y las pulsaciones se le aceleran. Ya está arrepentido de lo que va a hacer antes de marcar los tres primeros números, pero sigue adelante, porque está decidido a materializar su deseo al mismo tiempo que se arrepiente de su decisión, en esa mezcla de cinismo y esperanza que es el sello de su vida.

Marca el directo del despacho de ella. No tiene el menor interés en que sus antiguos empleados se enteren del llamado. Atienden al tercer timbrazo.

"¿Hola?" Es la voz de Irene. A Chaparro vuelve a sorprenderlo esa casi imperceptible señal de independencia de criterio en la mujer a la que adora: todo el mundo, apenas ingresa en Tribunales, copia de sus compañeros la burocrática fórmula de responder el teléfono identificándose con un monocorde "Juzgado" o "Secretaría", o, en el colmo de la amabilidad, le agrega un "buen día". Irene no.

Desde su primer día en el Poder Judicial decidió iniciar sus conversaciones con ese "¿Hola?" cálido y familiar, como si estuviese atendiendo un llamado de su abuelita. Chaparro lo sabe porque fue su primer jefe. Acababan de ascenderlo a oficial primero cuando Irene ingresó como meritoria a la Secretaría. En una decisión de la que luego se arrepentiría a medias, no la tuteó cuando se la presentaron. Lo habían educado en un respeto severo por las mujeres, aun por las jovencitas recién salidas del secundario que se aproximaran tendiéndole la mano y saludándolo con un lacónico "Encantada". Por eso le lanzó un "Cómo le va, un gusto tenerla con nosotros". Chaparro tenía entonces veintiocho años, diez más que su nueva empleada, y estaba convencido de que un jefe debe mantener siempre claras las jerarquías con los subordinados. Había titubeado un poco al mirarla a los ojos, porque esa chica miraba al fondo de los ojos de uno, y era como si le embocara una pedrada certera en las propias órbitas con sus iris negrísimos. Salió del paso soltando enseguida la mano que ella le había tendido y derivando de inmediato en el escribiente la tarea de instruirla en sus labores básicas. Como estaban de turno y tapados de trabajo, la pusieron a atender el teléfono. Al cuarto o quinto "¿Hola?" de la nueva meritoria, Chaparro había creído oportuno explicarle, desde el más estricto virtuosismo tribunalicio, que era infinitamente más útil que su expresión al levantar el teléfono fuese "Secretaría 19", en lugar de ese otro saludo tan coloquial y doméstico, porque ahorraba en la conversación el tiempo que debería emplear su interlocutor en sobreponerse a la sorpresa de su excentricidad y en verificar que había efectivamente llamado a un Juzgado. Ya antes de terminar su exposición Chaparro se había sentido un idiota, aunque no estaba seguro si por la estupidez intrínseca de su recomendación o por el gesto púdicamente divertido con el que lo miró Irene, quien pese a todo asintió un par de veces, como aceptando la observación. No obstante, cuando tres minutos después el teléfono volvió a sonar, ella contestó con un "¿Hola?" tan familiar y tan escasamente jurídico como todos los anteriores. No había osadía en su voz. No la animaba ni el más minúsculo desafío. Tal vez por eso Chaparro no pudo enojarse y dio el asunto por terminado.

Irene siguió respondiendo así durante toda la vida, como este día de agosto, treinta años después de su primer encuentro, cuando él termina de dar vueltas por su casa, de rondar el teléfono, de levantar el tubo y de volver a colgarlo veinte veces, hasta que finalmente decide —o no puede evitar, lo que en Chaparro es más bien el modo en que germinan las decisiones profundas— llamarla a su despacho, y recibe ese "¿Hola?" que le hace saltar el corazón en el pecho.

Coartadas y partidas

Benjamín Chaparro va directamente al despacho de la jueza. No pasa por su Secretaría, ni por la n.º 18. Está tan turbado por la inminencia de ver a Irene que tiene la sospecha de que, si se cruza con cualquier conocido, todo el mundo se percatará de que el amor le desborda por las orejas. Golpea dos veces. La voz de Irene lo invita a pasar. Asoma la cabeza con ese gesto involuntario y tímido que, a solas, aborrece. El rostro de ella se ilumina con una sonrisa cuando lo ve.

—Adelante, Benjamín. Pasá.

Chaparro avanza, sintiendo que comienza a incendiarse. ¿Se habrá puesto colorado? La mira intentando que no se le note que está igual de maravillado que la primera vez. Es alta, y tiene el rostro angosto. De joven era un poco huesuda. Los años, ¿los hijos?, la han redondeado leve y provechosamente. Se saludan con un beso en la mejilla. Recién cuando se sientan, uno a cada lado del amplio escritorio de roble, Chaparro suelta el aire que viene conteniendo desde el instante anterior al beso. Ahora puede respirar tranquilo: al no haberlo olido, es posible que el perfume de ella no lo mantenga en vilo las próximas dos o tres noches. Sonríen sin hablar, algo avergonzados, como si se sorprendiesen el uno al otro en un acto divertido pero censurable. Chaparro demora el momento de pronunciar sus primeras palabras, porque la ve ruborizarse y eso lo hace sentir extrañamente feliz. Pero cuando ella lo mira al fondo de los ojos, y parece interrogarlo por detrás de todas sus coartadas, él siente que ha perdido la iniciativa y que es preferible volver al libreto mental que ha traído redactado.

Le cuenta lo que necesita, y para justificar el pedido le resume un poco en qué anda con el asunto de "su libro". Le refiere (y se entusiasma mientras lo hace) una síntesis de esa historia que ella conoce apenas superficialmente, por comentarios del propio Chaparro y de los otros dinosaurios del Juzgado. Cuando termina, Irene lo mira divertida.

—¿Querés que les pegue un llamado a los del Archivo?

—Si podés... me gustaría —Chaparro traga saliva.

—No hay problema, Benjamín —ella frunce ligeramente el ceño—. Pero mirá que te conocen más a vos que a mí.

"Mierda", piensa Chaparro. ¿Tan inocente es su coartada?

—Lo que pasa es que se trata de una causa del tiempo de ñaupa, ¿sabés? —a Chaparro se le queman los papeles.

—Sí, lo sé. Alguna vez me contaste de ese asunto. La causa llegó después de que me mandaste ascendida al Juzgado 11, ¿cierto?

¿Hay una segunda intención por detrás de ese "me mandaste ascendida"? Si la hay, Irene es más perspicaz de lo que Chaparro quiere suponer. En 1967, más precisamente en octubre, dos semanas después de que se la presentaran como meritoria, y cuando Chaparro había abandonado definitivamente su pretensión de que atendiese el teléfono como Dios manda, soñó con ella. Se despertó temblando. Era un hombre casado, y por entonces todavía porfiaba por convencerse de que tenía un buen matrimonio con Marcela. Trató de olvidar el asunto pero volvió a soñar con ella las cinco noches siguientes. La última vez la imagen de Irene era tan vívida, y el fulgor de su piel desnuda resultaba tan convincente, que a Chaparro le dieron ganas de llorar cuando despertó y descubrió que no había sucedido de verdad. Esa mañana llegó al Juzgado y decidió purgar su alma del amor que empezaba a consumirlo. Telefoneó a todos los colegas con los que tenía cierta confianza. Les habló maravillas de una meritoria que estaba dando sus primeros pasos en la Justicia, que estudiaba Derecho y que merecía un cargo rentado. Chaparro era ya entonces un muchacho respetado en el ambiente, probablemente querido. Unos meses después lo llamó uno de ellos para ofrecerle un puesto de pinche "para la chica". Chaparro interrumpió el silencio de radio en el que se había sumergido con ella durante todo ese tiempo para comunicarle la buena nueva. Irene se puso contentísima, y a él esa alegría le dolió en algún lado. Que no lamentara irse significaba que no dejaba nada en la Secretaría. Nada que fuese a extrañar. Se dijo que era lógico. Estaba de novia con un muchacho que estudiaba Ingeniería, amigo de uno de sus hermanos mayores. Chaparro ya se había sentido mal delante de Marcela por ese amor arrebatado que empezaba a consumirlo. Saberse no correspondido, además de infiel, lo hacía sentirse solo. Se dijo que era mejor así. Arrancar de cuajo una planta que, de todos modos, no tenía brotes ni futuro.

Eso fue en marzo de 1968, poco antes de que llegase la causa de Morales. Desde entonces la perdió de vista. Tribunales tenía esa rara lógica. Alguien que trabaja dos pisos más abajo pasa a vivir en otra dimensión, poco menos. Hasta 1976 no tuvo noticias de ella, pero en febrero de ese año le llovió como secretaria: se había recibido de abogada y la habían nombrado. Tampoco entonces era un buen momento para que Chaparro se atreviese a nada. Era un hombre libre, porque se había separado de Marcela varios años antes, pero el día que volvieron a verse Irene traspuso la puerta de la Secretaría precedida por una considerable panza de seis meses de embarazo. Chaparro se desayunó entonces (porque no había querido saber nada de ella, porque sentía que así se preservaba, que se ahorraba el estiletazo de aceptar que ella tenía una vida que él se estaba perdiendo) con que ella se había casado dos años antes con el antiguo estudiante devenido ingeniero y que estaba esperando a su primogénito.

Cuando Irene retornó de su licencia por maternidad, era Chaparro el que había partido. A ella le resultó sorprendente que su prosecretario hubiese aceptado una vacante en el Juzgado Federal de San Salvador de Jujuy, pero le explicaron a media voz que se lo había sugerido el juez Aguirregaray en persona. Aunque Irene no era muy ducha en cuestiones políticas, identificó con facilidad la entonación torva y conspirativa del comentario: evidentemente Chaparro corría algún tipo de peligro si se quedaba en Buenos Aires en el frío invierno de 1976.

En los años siguientes, ambos recibieron noticias fragmentarias de la suerte corrida por el otro. Chaparro supo que Irene siguió subiendo los peldaños del escalafón: fiscal en 1981, secretaria de Cámara unos años después. A su vez, ella se enteró de que él había vuelto a Buenos Aires en 1983, cuando el Proceso agonizaba. Llegaba casado con una jujeña de la que habría de separarse tiempo después. Esos, los años de la década de los ochenta, marcaron la época en la que más desconectados estuvieron: cruzaron apenas un par de conversaciones fugaces en algún encuentro callejero. Irene se enteró de que la jujeña de Chaparro se llamaba Silvia y de que no tenían hijos. Él supo que Irene seguía casada con el ingeniero y que sus tres nenas crecían sin sobresaltos.

Volvieron a encontrarse unos años más tarde, en 1992. Hacía tiempo ya que Chaparro había atravesado su segunda separación, y se había convencido de que el mejor modo de terminar sus días sería en una circunspecta soledad. Evidentemente no estaba hecho para el matrimonio. Tenía más de cincuenta años. Tal vez era un buen momento para prescindir de las mujeres. Estaba preparado para no necesitarlas. Para lo que no estaba listo era para que a principios de ese año el juez Alberti se jubilara e Irene llegase nombrada como nueva jueza.

Al encontrarse frente a frente, en el mismo despacho en el que ahora están sentados, los dos sonrieron, como veteranos de una guerra en la que todos los demás eran reclutas bisoños. "Ya nos conocemos", había dicho Irene, sonriendo, y Chaparro había sentido que los veinticinco años que lo separaban de la seguidilla de sueños que le habían sacudido el alma hasta los cimientos se hacían polvo sin dejar vestigios. Esa mujer no tenía derecho a ejercer esa sonrisa. Pero todavía era "de Arcuri", con lo que el ingeniero seguía casado con ella, y ese era el tipo de obstáculo que Chaparro no estaba dispuesto a intentar sortear. No a esa altura de su vida, por lo menos. De manera que la saludó con un apretón de manos y un espantoso "Qué dice, doctora" que estableció una prudente distancia entre los dos. Ella aceptó ese límite y se trataron con una cortesía distante durante los dos años siguientes, aunque se veían ocho o nueve horas por día, cinco días a la semana.

Una mañana cualquiera Irene pasó sin preámbulos a tratarlo de vos. Con su naturalidad de toda la vida, simplemente un lunes le dijo "Qué tal, Benjamín. Necesito que me ayudes con la excarcelación de los Zapata, ¿podés?". Chaparro pudo. Y así habían seguido las cosas en los años siguientes, hasta que él le anunció que se jubilaba. ¿La había sorprendido la noticia? El optimista empedernido que habitaba en Chaparro quiso insinuarle que la cara de ella se había transformado en una mueca de tristeza contenida y sorpresa mal disimulada. Pero no había motivo para eso. Se suponía que todo el mundo en el Juzgado estaba al tanto. ¿La perturbaba entonces que se fuera?

De todos modos, Chaparro cortó esas elucubraciones desde la raíz. Se preguntó —no pudo evitarlo— si valía la pena confesarle la verdad a esa mujer a la que amaba y se respondió que no, que de ningún modo. Declararle su amor a esa mujer, ¿no era reconocer que la había amado durante casi treinta años? ¿No era confesar que se había pasado la vida queriéndola en la lejanía? ¡No! Podía contestar con enjundia. De hecho, apenas habían compartido algún tiempo juntos en esa ponchada de tiempo. Pero en lo más recóndito de su alma Chaparro sabía que nunca había dejado de amarla, y que una mezcla de azar, sentido común y cobardía la habían mantenido siempre ajena. Era dueño de su silencio. Si hablaba, terminaría hundido en el pantano de la compasión de ella. Estaba decidido a evitarle y a evitarse cualquier frase al estilo de "pobre Benjamín, yo no sabía...". De solo pensarlo a Chaparro se le nublaba la vista de rabia y de vergüenza. Que su amor muriese con él, pero que no se ensuciara.

—Benjamín... ¿no es esa causa?

Chaparro se sobresalta. Irene lo mira, sonriente, interrogativa, y él se pregunta cuánto tiempo habrá estado con cara de bobo. En realidad, no puede haber sido mucho. Está tan acostumbrado a pensar en esa historia, que ama y que le duele, que por lo menos la piensa rápido.

—Sí, sí. Esa causa.

—Bueno, ahí los llamo.

Irene demora un segundo, sosteniéndole la mirada, antes de buscar en su agenda el número del Archivo. Por fin a Chaparro se le destrenzan las tripas cuando ella baja los ojos hacia la libreta y el teléfono. Se comunica y saluda con la familiaridad de siempre, mientras pide hablar con el director. Tiene los ojos bien abiertos, y sonríe con esa expresión algo absorta de quien habla con alguien sin verlo. Así como está, de perfil, vuelta casi hacia la ventana, Chaparro puede observarla a su antojo. De todos modos, se contiene. Sabe por experiencia que, después de un rato de mirarla, lo gana la angustia de no poder arrebatarla en sus brazos y besarla minuciosa e infatigablemente. Termina siendo preferible mirar para otro lado.

—Ya está, Benjamín —dice cuando cuelga—. Ningún problema. En el Archivo te conocen hasta las baldosas.

—¿Es un cumplido o un chiste por mi vejez, doctora?

Ella se pone seria. Solo sus ojos siguen sonriendo, levísimamente.

—¿Debo suponer que hasta que vuelvas a necesitarnos no vas a asomar la nariz por estos lados?

"Si es por necesitarte, no podría salir de esta oficina por el resto de mi vida". Esa es la respuesta que le daría Chaparro si tuviera las agallas.

—Cualquiera de estos días me pego una vuelta, Irene —contesta en voz alta, porque no las tiene.

Ella no responde. Se incorpora del asiento, le acerca la cara y le da un beso lleno y sonoro en la mejilla izquierda. Chaparro siente el espesor de sus labios, el roce ínfimo de su pelo, la tibieza de su cuerpo inminente y una maldita fragancia silvestre que se le va directo al cerebro, a la memoria, al deseo de tenerla y a un insomnio de tres noches con sus días.

Archivo

Entrar en el Archivo General le ocasiona siempre la misma sensación. Al principio un efecto opresivo, como si estuviese ingresando en un sepulcro. Pero después, una vez dentro de esa especie de mazmorra muda y oscura, caminar por esos pasillos estrechos y flanqueados por estanterías gigantescas y abarrotadas de legajos le genera un infrecuente sentimiento de seguridad, de cobijo.

Unos pasos delante de él camina el empleado que le sirve de guía. Chaparro piensa cuán fácil nos resulta detectar el paso del tiempo en la decadencia física de quienes tenemos alrededor. Conoce a ese hombre desde hace... ¿cuánto? ¿Treinta años? Seguro que está excedido de la edad de jubilarse. Cojea levemente de la pierna izquierda. A cada paso la suela de su mocasín deja un ligerísimo eco como de papel de lija sobre las baldosas. ¿Por qué sigue trabajando? Chaparro supone que después de tantos años de custodiar esa silenciosa catacumba, en la que todos los sonidos mueren en los anaqueles atiborrados, el mundo exterior debe haberse convertido, para ese hombre, en una especie de estallido atronador, turbio y desagradable. Pensar que ese hombre no está tal vez en una cárcel, sino en un refugio, lo tranquiliza.

Al rato de andar, y cuando Chaparro ya está por completo desorientado en ese laberinto en penumbras, el viejo se detiene frente a un anaquel exactamente igual a los otros mil que previamente han dejado atrás y levanta la vista por primera vez. Hasta entonces ha avanzado sin voltear la vista ni una sola vez hacia los lados, girando de tanto en tanto a derecha e izquierda con la circunspecta determinación de un ratón acostumbrado a las tinieblas. Alza los brazos hacia un estante que parece estar fuera de su alcance. Suelta un mínimo quejido al estirar sus coyunturas gastadas. Tira de un paquete de expedientes identificado con un número de cinco cifras. Cuando lo captura, reemprende la marcha. Chaparro lo sigue hasta el final de ese pasillo y gira tras él hacia la derecha. Si todos los corredores están escasamente iluminados, este se encuentra casi a oscuras. Tanto que Chaparro se detiene en un intento de que sus ojos se habitúen a la oscuridad, porque teme llevarse por delante las estanterías, perdido en ese pozo de límites negros. Los pasos del archivero siguen alejándose hasta que dejan de oírse, como si acabara de internarse en un mar de niebla. Después de unos segundos en los que a Chaparro está a punto de atraparlo la angustia súbita de la soledad, siente un chasquido lejano: el viejo acaba de encender un velador que se apoya sobre una mesa desnuda. Una silla destartalada completa el mobiliario del "rincón de lectura" que el otro parece estar acondicionándole. Camina hacia allí casi contento de escapar del agujero insondable del corredor.

El viejo abre el paquete de expedientes con dos movimientos de experto. Deja el lazo de hilo sisal a un costado para poder rehacer el paquete cuando el visitante haya terminado. Separa el expediente que han ido a buscar. Los tres cuerpos vienen unidos por un cordel blanco. Los apila meticulosamente sobre la madera y acomoda la silla en ese sitio.

—Aquí le dejo —la voz es cascada, más bien aguda; la voz de un hombre que se adentra decididamente en la vejez—. Cuando termine, deje nomás las cosas como están. Yo vengo y las ordeno. —Empieza a caminar hasta que se detiene y se da vuelta, como recordando algo—: Para salir tiene que avanzar en diagonal. En cada encrucijada doble una vez a la izquierda, una a la derecha, y así —acompaña sus palabras con un gesto vago del brazo—. Si escucha ruidos, no se preocupe: son estas ratas de mierda que andan por todos lados. Ya no sabemos qué ponerles: veneno, trampas... probamos de todo. Todos los días saco un montón de ratas muertas. Pero cada día son más, no menos. Igual no van a molestarlo. No les gusta la luz.

—Gracias —responde Chaparro, pero el viejo ya le ha dado la espalda y se pierde al girar al fondo del corredor.

Sastre

En la metódica costura de los lomos Chaparro identifica la mano experta de Pablo Sandoval; y, como siempre que cualquier nimiedad se lo trae a la memoria, vuelve a extrañarlo. El mejor empleado con el que ha trabajado. Rápido para aprender, estupenda redacción, una memoria prodigiosa. Un momento. Como siempre que lo recuerda, Chaparro advierte que acaba de cometer la misma injusticia de todas las otras veces. Ha iniciado su recuerdo de Pablo Sandoval como una evocación elogiosa a su mejor empleado. Y está mal. No porque ese recuerdo sea falaz. Por supuesto que Sandoval ha sido el mejor colaborador con el que Chaparro ha contado. Pero para hacerle justicia a Pablo Sandoval debe decir que ha sido un buen amigo que, además, fue un empleado excepcional.

La única precaución que debía tomar Chaparro cuando trabajaban juntos, al atardecer, cuando Sandoval juntaba sus cosas y lo saludaba con un "hasta mañana", era esperar unos minutos y asomarse por la ventana de la Secretaría. Si lo veía cruzando Tucumán hacia el lado de Córdoba todo estaba en orden: su empleado se dirigía a casa como un buen hombre y un mejor marido. Si, en cambio, pasaban los minutos y Sandoval no cruzaba por allí, Chaparro se preparaba para lo peor, porque su auxiliar había ido a tomar un subte que lo acercara a los bares mugrientos de Paseo Colón, con el irrevocable propósito de mamarse hasta el desmayo. Su jefe cerraba entonces la ventana y llamaba por teléfono a la mujer de Sandoval para avisarle que su marido iba a llegar más tarde, pero que él iba a acompañarlo. Ella suspiraba, agradecía y colgaba.

Seguía trabajando un rato, probablemente hasta que se hiciera de noche. Después salía por la entrada de guardia, sobre Talcahuano, y comía cualquier cosa en un café de Corrientes. Antes de la medianoche, tomaba un taxi hasta el Bajo y lo hacía detenerse, sucesivamente, en los tres o cuatro bares de siempre. Cuando lograba ubicar a Sandoval, le daba una palmada en el hombro, le hurgaba en los bolsillos para comprobar si le quedaba algún peso con que pagar las últimas copas y ponía la diferencia. Después lo cargaba hasta el taxi y rumbeaban para la casa. Cuando se detenían ante la puerta, su esposa salía del zaguán y se apresuraba a pagarle al taxista. Chaparro no insistía, porque hubiese sido como violar un acuerdo tácito con ella y con el propio Sandoval. Por eso se limitaba a cargarlo y depositarlo en la puerta de calle, donde la esposa tomaba la posta, salvo que el estado de su marido fuese demasiado lamentable y obligase a Chaparro a llevarlo hasta la cama. Ella le sonreía triste y lo despedía con un "mil gracias".

Al día siguiente Sandoval faltaba al trabajo. Pero al otro volvía, con las ojeras profundas y el gesto estragado. Cuando estaba de ese ánimo sombrío, Chaparro sabía que no podía trabajar como siempre. Era inútil, como si de pronto el alcohol le hubiese borrado todas las marcas de la memoria y los insondables circuitos de la inteligencia. Entonces lo ponía a coser expedientes. Sin mediar palabra, le ponía sobre el escritorio el hilo blanco y la aguja colchonera, y el tipo solito se encaminaba hacia el estante correspondiente y empezaba a archivar que era un contento. Con ademanes de cirujano, con soltura de artista, con solemnidades de celebrante, Sandoval parecía un encuadernador consumado. Cuando terminaba con una causa, cada cuerpo parecía el tomo de una enciclopedia. A los tres o cuatro días, cuando lo peor de su depresión había pasado, el propio Sandoval se le acercaba sonriendo a devolverle el hilo y la aguja, como dándose de alta.

Murió a principios de los ochenta, mientras Chaparro estaba en San Salvador de Jujuy. Dejarle un abrazo a la viuda, y a Sandoval un postrer homenaje, fue impulso suficiente para que Chaparro se gastase sus buenos pesos en el pasaje de avión, asistiera al entierro y, sobre todo, dejara entre paréntesis por dos días su temor a terminar muerto a manos de un grupo de asesinos que, para peor, la estaban pifiando.

Ahora, cuando han pasado casi veinte años, Chaparro se olvida por un momento de lo que ha ido a hacer y tensa el hilo que recorre uno de los lomos. Lo suelta y comprueba que tiene la firmeza exacta. Es como si Sandoval le hubiese dejado ese recado tácito para que Chaparro lo recuerde también a él como uno de los actores de esa historia que ahora se empeña en contar. Y lo bien que hace.

Chaparro sonríe pensando que Sandoval y su espíritu sutil habrían apreciado ese encadenamiento de minucias, ese resucitar ínfimo, ese ingreso tangencial a un homenaje merecido por parte de su amigo y su jefe, dos décadas después, por el sendero sinuoso del elogio póstumo a sus virtudes de sastre.

Fojas

Chaparro sujeta el primero de los cuerpos y lo acerca hacia la luz de la lámpara. Tiene dos carátulas de cartón, sucesivas. La de abajo, en grandes letras hechas con marcador negro, dice "Liliana Emma Colotto s/homicidio", y los datos del Juzgado. La otra, la exterior, dice en cambio "Isidoro Antonio Gómez, homicidio calificado, art. 80 inc. 7 del Código Penal". Abre el expediente y, aunque no repara en ello, se topa con las mismas actuaciones policiales, las mismas declaraciones testimoniales, la misma pericia forense que revisó en agosto de 1968, cuando le ordenaron sobreseer sin procesados y él decidió hacerse olímpicamente el otario.

Avanza algunas páginas. Aunque se arrepiente casi de inmediato, no puede sustraerse al impulso de volver a mirar las fotografías de la escena del crimen. Treinta años después, Liliana Emma Colotto de Morales sigue tendida sobre el parqué del dormitorio, abandonada y desvalida, los ojos fijos y muertos muy abiertos, la piel cárdena en el cuello. Chaparro siente el mismo pudor que el día del asesinato, porque recuerda las miradas lascivas de los policías que rodeaban el cuerpo antes de que Báez los sacara carpiendo, y no está seguro de si su pudor tiene que ver con esas miradas o con evocar su propio deseo obsceno de perderse él también en la contemplación de ese cuerpo maravilloso que acababa de morir.

Avanza dando vuelta, una por una, las hojas de la autopsia pero no las lee, ni siquiera a saltos. Entrecierra los ojos y se concentra en el perfume a viejo que esas hojas sueltan en el aire quieto del Archivo. Llevan allí más de veinte años, encimadas unas sobre las otras, y Chaparro no puede esquivarle el bulto a una imagen que lo seduce desde niño. Se imagina siendo él una de esas hojas. Una cualquiera. Se piensa aguardando años y años, en la más completa oscuridad, con el rostro pegado a la hoja de enfrente, inundado a perpetuidad por la lustrosa suavidad de la página contigua. Si uno es una de esas hojas —piensa Chaparro—, los pasos que a intervalos de meses o de años retumban en el pasillo no sirven para medir el tiempo. Alcanzan apenas para sondear la profundidad pavorosa de la soledad. De repente, sin aviso, sin síntomas que anuncien el cataclismo y le permitan prepararse, siente una sacudida. Otra. Otra más. Lo marea un súbito balanceo, ligeramente rítmico, como si alguien estuviese trasladando hacia algún sitio la uniforme masa de papel que a uno lo protege o lo aprisiona. De nuevo la quietud, pero un rumor de hojas que pasan de un lado a otro. Y de repente la herida enceguecida de la luz en el momento en que le toca a él, o a la página que él es, a la hoja en la que se ha convertido. No desaprovecha esta oportunidad de volver a ver el mundo, aunque la Creación se halle circunscripta a un rostro, un rostro de hombre, de hombre maduro, de pelo grisáceo, de ojos pequeños, de nariz aguileña, que apenas lo contempla y en seguida gira la cabeza hacia la página que sigue, esa que ha estado durante años y años con uno, contra uno, piel sobre piel, letras sobre letras. Y después la mano ensombrece la superficie porque avanza hacia la esquina y levanta esa hoja vecina hacia uno y vuelven a fundirse en el instante exacto en el que la luz se extingue otra vez y uno comprende que acaba de iniciar otra eternidad de oscuridad y silencio.

A Chaparro lo acomete una absurda piedad mientras imagina la repentina esperanza y el catastrófico desengaño que sus manos generan en cada una de las hojas, a medida que avanza en su recorrida. Pero cuando llega a la foja 208, casi al principio del segundo cuerpo, se detiene porque ha llegado a destino.

Es un decreto de cuatro líneas, tecleado con su Remington, sin lugar a dudas. Las "e" se levantan un poco de la línea que forman las otras letras. Las "a" tienen la panza rellena porque la tecla está muy gastada.

Una comparecencia, falsamente fechada a mediados de agosto de 1968, en la que Ricardo Agustín Morales manifiesta tener datos relevantes para el esclarecimiento del hecho. Un poco más abajo, un decreto firmado por el juez Fortuna Lacalle ordenando ampliar su declaración testimonial.

A fojas 209, la declaración testimonial de Morales, con una fecha ficticia de principios de septiembre. Es un texto sensiblemente más largo que los otros, en el que por primera vez aparece el nombre de Isidoro Antonio Gómez. A fojas 210, un nuevo decreto de fecha 17 de septiembre ordena librar oficios a la Policía Federal y a la de la provincia de Tucumán solicitando la "averiguación de paradero y comparendo" del citado Gómez. Todo lleva las firmas del juez y el secretario. La de Fortuna Lacalle es enorme, presuntuosa, llena de firuletes inútiles. La de Pérez es pequeña y anodina, como su autor.

Chaparro mira la hora. Siente los ojos un poco irritados. Esa lámpara encendida, sola en medio de la oscuridad, le ha enturbiado la vista. Es casi mediodía, y el archivero va a ponerse nervioso si no lo ve salir pronto. Es difícil que en su libro cite textualmente estos tediosos despachos judiciales. Pero le han servido para volver al clima de esos días. A esos encuentros estériles que mantenía con Morales para no desahuciarlo de un plumazo, o para decirle en todo caso poco a poco que la causa estaba agonizando porque no había a quién echarle la culpa. Al calor insoportable de ese diciembre de infierno.

Chaparro se incorpora y emprolija los cuerpos de la causa uno sobre otro. No apaga la lámpara, porque teme desorientarse por completo si recorre ese pasillo a oscuras. Desanda el camino hacia la entrada haciendo el zigzag que el empleado le ha recomendado. Cuando le falta poco para llegar, se sobresalta al torcer uno de los últimos recodos. Allí, en uno de los pasillos estrechos, con las piernas estiradas y los ojos fijos en el anaquel de enfrente, está sentado el viejo. Chaparro siente la misma aprehensión helada que lo asaltaba cuando iban a casa de su tía Margarita, que era ciega de nacimiento. Al final de la visita, al anochecer y mientras los acompañaba hasta la puerta, la tía apagaba las luces a medida que avanzaban hacia la entrada, para no olvidarse ninguna encendida y "gastar electricidad al cuete". Cuando lo despedía tendiendo la cara absorta hacia él, para que la besara en la mejilla, el pequeño Benjamín veía la casa en tinieblas a las espaldas de la anciana. La imagen de su tía sentada, por ejemplo cenando, hundida en la negrura, o recorriendo a tientas el agujero sin fondo de las habitaciones, lo seguía hasta que tomaba el tren, en Floresta. Y lo aterraba.

Chaparro se despide del empleado con un lacónico "Buen día" y sale del Archivo casi corriendo. Sube a la planta baja del Palacio y poco después se alegra de recuperar la Buenos Aires aturdida de sol y de sonidos que lo espera en las escalinatas de Lavalle.

Tres horas después, si algún transeúnte atinara a pasar por la vereda de su casa de Castelar, podría escuchar, en el absoluto silencio de la calle, el tableteo frenético de una máquina de escribir, o ver por el ventanal la silueta de Chaparro inclinado sobre el escritorio y sobre esas teclas que trazan los párrafos de la que al parecer es la segunda parte de su historia. De todos modos, nadie lo escucha ni lo ve. La calle está desierta.

12

No me atreví a decirle que no, aunque tenía fundadas sospechas de que iba a pasar un mal rato.

Morales me lo había anticipado en nuestro último encuentro:

—Voy a deshacerme de las fotos —me había dicho, cuando casi estábamos despidiéndonos.

Le pregunté por qué, aunque al mismo tiempo que se lo preguntaba intuía que de todas maneras iba a decírmelo.

—Porque no puedo tolerar ver su rostro sin que ella pueda devolverme la mirada. Pero me gustaría compartirlas con usted antes de quemarlas. No sé por qué. Mostrárselas tal vez sea un buen modo de despedirme de las fotos.

Pude contestarle que no, que siempre odié mirar fotografías. Pero no tuve los reflejos necesarios, o estaba desarrollando con ese muchacho una tendencia a consentirlo, o me atacó la misma torpeza repentina de toda mi vida para oponerme a los pedidos de los demás. Lo cierto es que acepté.

Pactamos vernos tres semanas después. Estaba empezando diciembre. Yo tenía la causa cajoneada desde agosto, y más temprano que tarde me vería obligado a resucitarla, revisarla y sobreseerla sin procesar a nadie. Aunque me disgustara el panorama, la causa, Morales y yo mismo (hasta tal punto me había comprometido en aquel lío) íbamos rectamente a chocarnos contra una pared de cemento. Tal vez también por eso acepté lo de las fotos.

Salí del Juzgado con el tiempo justo y me apresuré la cuadra y media que me separaba del bar en el que siempre lo citaba. Morales ya había tomado posesión de una mesa doble y, con la parsimoniosa atención de un filatelista, armaba pilas con las fotos que iba extrayendo de una caja de zapatos de hombre. Me le acerqué sin prisa y por encima de su hombro entreví su despliegue de recuerdos sangrantes.

Crujió la madera del piso y Morales se volvió a mirarme. Tenía calzados unos anteojos de bibliotecario y una lapicera entre los labios. Con una mueca a modo de saludo me indicó que me sentase enfrente. Cuando lo hice, noté que las pilas de fotos estaban dispuestas hacia mi lado, como si se tratase de una exposición doméstica en la que Morales se disponía a servirme de guía.

—Ya casi estoy listo —dijo, mientras sacaba un último manojo de fotos de la caja y empezaba a distribuirlas en las pilas que ya estaban frente a mí.

Cada vez que acomodaba una foto tomaba la lapicera que sostenía con la boca y tachaba uno de los renglones de una larga lista numerada. No cabía la menor duda de que era un tipo de una prolijidad escrupulosa. Mientras tildaba las últimas, advertí que la lista llegaba al número ciento setenta y cuatro, y temí que se me hiciera tardísimo para cenar. Me reprendí ligeramente por no haber llamado a Marcela antes de salir de la Secretaría. Conseguir un teléfono público al salir iba a ser un calvario, pero no podía dejar de avisarle de mi retraso. ¿Para qué agregar otro leño a la hoguera helada de nuestros desencuentros? No era que peleáramos. No. Diría que ni siquiera peleábamos, aunque solo yo parecía resentir esa situación de frialdad creciente.

—Se las pongo en orden. Estas primeras —dijo alargándome un primer grupo de fotografías— son de Liliana cuando era chica.

Noté que ya entonces era preciosa. ¿O yo la veía así porque recordaba con nitidez sus últimas imágenes, esas en las que en medio del horror su belleza seguía porfiando por abrirse paso? Las fotos de la niña eran las clásicas de aquella época. Unas cuantas tomas en el estudio del fotógrafo. Nada de instantáneas. La mejor ropa, el peinado más esmerado. Me imaginé a los padres haciendo morisquetas detrás del fotógrafo para generar esas sonrisas huidizas que probablemente se tornarían confusas después de cada fogonazo del flash.

—Estas son de Liliana ya jovencita. El cumpleaños de quince... esas cosas. Todavía no había venido a Buenos Aires, ¿sabe?

—No sabía que su esposa no era de aquí. ¿Usted tampoco es de acá?

—Yo sí. Yo me crié en Beccar. Pero Liliana es de Tucumán. De la capital, de San Miguel. Vino ya recibida de maestra, a vivir con unas tías.

Se notaba que la familia había comprado una cámara, porque las fotos ya no eran tan escasas. Un grupo de chicas en malla, acompañadas por una matrona de edad indefinible y de aspecto riguroso, a la orilla de un río. Dos chicas con delantales blancos portando la bandera argentina, una de ellas Liliana. Un perro blanco y peludo, petiso, jugando con una chica, por supuesto Liliana.

Las fotos del cumpleaños de quince. Unas cuantas de estas impresas en tamaño más grande. Liliana con un vestido claro y un collar de dos vueltas, maquillada de un modo algo artificioso, tal vez con demasiada sombra en los párpados. La foto al lado de cada mesa del salón, con cada grupo de invitados: un grupo de viejos venerables, seguramente abuelos y tíos abuelos, otra con un grupo de chicas, algunas repetidas de la foto en malla junto al río, otra con un grupo de muchachos encorsetados en trajes alquilados o prestados, otra con un conjunto de chiquilinas y chiquilines, sobrinos quizá. Las fotos del vals, en la pista improvisada delante de las mesas, con el papá, con el abuelo, con el hermano y luego con un sinnúmero de muchachos tal vez encandilados por la circunstancia de estar momentáneamente autorizados a posar la mano en la cintura de semejante belleza.

Un picnic en un lugar difícil de identificar, que bien podría haber sido Palermo, pero por la cara de Liliana, cara de dieciséis o a lo sumo diecisiete, debería ser todavía Tucumán, con un grupo de chicos y de chicas tirados en el pasto, cerca de un río o un arroyo.

—Estas son de nuestro noviazgo —aclaró Morales, alcanzándole otro pilón. Eran unas pocas. Morales agregó, en un tono como de disculpa—: No son muchas. Estuvimos solamente un año de novios.

Me alegré de la noticia. No quería pasar por desaprensivo, pero quería terminar cuanto antes con aquello, y todavía faltaba repasar muchas imágenes. Sentía lo mismo que cada vez que me ponía a mirar fotografías: una curiosidad sincera, un interés genuino por esas vidas insinuadas en el silencio perpetuo de esos cartones lustrosos; pero también una melancolía profunda, una sensación de pérdida, de nostalgia incurable, de paraíso perdido detrás de cada uno de esos instantes minúsculos llegados desde el pasado como polizones cándidos. Ya estaba agobiado por esa melancolía, y todavía me restaba ver buena parte del conjunto. Alargué los dedos hacia una, como si salir del libreto que Morales tenía preparado me devolviera una libertad que, de todos modos, me servía de bien poco.

—Esas son de cuando Liliana se recibió de maestra —Morales me ilustró sin asomo de rencor por lo que yo había temido que tomara por impertinencia—. Ejerció un año solo, antes de venirse.

Estas fotos eran recientes. Los peinados de las mujeres, las solapas de los trajes de los hombres, los nudos de las corbatas, tenían un aire de "hacía poco" que me resultaba menos nostalgioso. Se veía que en la familia de esa chica gustaban de festejar cosas. Siempre la mesa bien provista, algún adorno alusivo en la pared, un montón de sillas a los lados para darle sitio a la muchedumbre de amigos, familiares y vecinos que se repetían en cada ocasión.

No sé por qué reparé en lo que terminé reparando. Supongo que porque siempre me ha gustado ver las cosas un poco de costado, como prestando atención a los segundos planos. Dejé de voltear el grupo de fotos que tenía entre las manos y me quedé contemplando largo rato la que aferraba en ese momento. Una Liliana exultante, ataviada con un vestido claro y sencillo, liviano, probablemente veraniego, mostraba su diploma, de pie en medio de un círculo de chicas y chicos jóvenes. Alcé los ojos hacia Morales:

—¿Me puede pasar de nuevo las fotos del cumpleaños de quince? —busqué que mi pedido sonase casual.

Morales me hizo caso, aunque me miró algo extrañado. Cuando me alcanzó las que le había pedido, no demoré demasiado en ubicar la que me interesaba: una de las fotos del baile, en la que Liliana posaba junto a un señor gordo, calvo y sonriente, probablemente un tío, y otra en la que bailaba con un muchacho que apenas se veía, pues tenía la mirada torvamente enfocada hacia abajo. Las dejé al tope de la pila, que acomodé junto a las del diploma.

—Ahora búsqueme por favor esas fotos de un picnic, en una especie de parque con muchos árboles que me estuvo mostrando antes. ¿Sabe a cuáles me refiero?

Morales asintió. No me dijo nada, y precisamente por eso me di cuenta de que percibía la confusa urgencia de mis palabras y no quería distraerme pidiendo una explicación por esas órdenes intempestivas. Cuando las tuve en las manos, seleccioné velozmente dos. Eran planos amplios, que abarcaban a todo el grupo.

—¿Qué pasa? —se atrevió Morales, con voz estrangulada por la duda, después de un largo minuto.

Yo había separado cuatro de las fotos, y ahora revisaba los pilones sin prestar atención a nada que no fuera la posibilidad de volver a encontrar un rostro repetido. Hallé otras dos que me interesaron. Tenía seis en las manos. Aparté las otras ciento sesenta y ocho con cierta brusquedad. Tal vez debería haberme explicado con Morales, o al menos hacerle un gesto que diera a entender que había escuchado su pregunta.

Pero mi idea era tan repentina, y al mismo tiempo tan aventurada, que oscuramente temía que si la enunciaba en voz alta iba a desintegrarse sin remedio. Por fin, en lugar de responderle, le devolví otra pregunta:

—¿Conoce a este pibe? —hablé mientras terminaba de despejar la mesa de un manotazo, a riesgo de tirar todas las fotos al piso, y le puse delante, algo desordenadas por el apresuramiento, las seis que me habían sobresaltado.

Morales las contempló, obediente pero perplejo. Nunca hasta ese viernes a la tarde se había topado con esos rasgos, pero estaba condenado a seguir viéndolos frente a sí a perpetuidad, aunque tuviera los ojos cerrados. Como todo eso iba a pasar, pero Morales aún lo ignoraba, me respondió sencillamente:

—No.

Las giré hacia mí, tratando de no mancharlas con los dedos. En las dos fotos del picnic un muchacho de remera clara, pantalón oscuro y zapatillas, casi en el extremo izquierdo del grupo, ofrecía a la cámara un perfil de tez muy pálida, de nariz ganchuda, de pelo negro y crespo. El mismo pibe, sentado casi a oscuras junto a una mesa llena de platos con sobras y botellas medio vacías, alzaba los ojos hacia la pareja que bailaba el vals, más precisamente hacia esa Liliana de largo pelo lacio y maquillaje algo cargado que compartía el primer plano con un señor mayor. En la otra foto de la misma noche se veía mejor al joven con los brazos rígidos, extendidos hacia la muchacha, como queriendo y temiendo tocarla, y la vista clavada en el piso y no en su rostro, ni mucho menos en su escote promisorio.

La quinta era, seguro, en el living de la casa de ella. Diploma de maestra en el centro, sostenido con orgullo y con sonrisa sin límite por la misma chica de las otras fotos, aquí algo mayor. Conjunto de amigos (¿vecinos?) alrededor de la egresada, a la que flanquean un hombre y una mujer, seguramente orgullosos padres. El pibe en este caso a la derecha: de nuevo el pelo negro y encrespado, la misma nariz, idéntico gesto duro, la mirada que no busca la cámara sino a la chica cuya sonrisa ilumina la foto por todos lados.

Y la última, la mejor (por la desnuda sencillez con que proclamaba desde el silencio congelado la verdad que crecía ante mis ojos con dimensiones de certeza): el muchacho casi de espaldas a la acción (que nuevamente repite el conjunto en torno a la egresada, ahora sin el diploma) con la vista clavada en una repisa que tiene al lado, contra la pared. Sobre ese estante, casi a la altura de su nariz, un portarretrato lleno de la cara sonriente de la misma chica, obviamente Liliana Emma Colotto, pero con la ventaja adicional, para ese pibe que la contempla en éxtasis, de que allí sobre la repisa ella está totalmente expuesta, ajena, y a merced de ese muchacho absorto. Por eso ni siquiera se percata de que están sacando otra foto, con todos los amigos, familiares y vecinos mirando a la cámara menos él, porque él prefiere perderse en ese culto silencioso, a salvo de la mirada de los otros. No puede saber, claro, que otro tipo a mil quinientos kilómetros de allí, a varios años de distancia de entonces, sí lo está viendo mientras él la ve a ella. Que otro tipo que soy yo acaba de detectarlo casi por milagro, si queremos pensar que es bueno dar con la verdad, o con fatal perspicacia, si preferimos considerar que no siempre la verdad es el mejor puerto para nuestras incertidumbres, o con una suerte inadmisible, si nos limitamos a comprobar el delicado y aparentemente azaroso encadenamiento de los hechos.

Por un momento pensé que Morales estaría por completo ajeno a la revolución mental que me consumía. Pero cuando conseguí enfocar una mínima parte de mi atención en él, noté que hurgaba en su portafolios como un colegial aplicado. Sacó una especie de álbum de tapas duras con viñetas doradas. Lo abrió. No tenía fotos: las láminas de cartulina, separadas por hojas de papel manteca, estaban vacías. Tardé en advertir que cada lámina tenía varias marcas en las que la lustrosa superficie aparecía levemente despellejada, y entendí que Morales había arrancado las fotos para armarlas en las pilas que me había ofrecido. Pero entonces ¿qué estaba haciendo ahora? Con lo detallista que era, me parecía difícil que estuviese comprobando si se le había quedado alguna foto traspapelada. Pasaba hoja por hoja, con los ademanes precisos de quien no quiere equivocarse. El álbum era grueso. Llegando al final se detuvo en una página. Allí el papel manteca divisor estaba lleno de marcas sinuosas, hechas con lo que parecía tinta china. Al pie, en un rincón, había una lista de palabras que parecían nombres de personas.

Morales alzó los ojos hacia las fotos que acababa de mostrarle. Escogió una de las del picnic. Levantó el papel manteca de las marcas y le deslizó la fotografía debajo. Entonces entendí, cuando las marcas de tinta china se ajustaron a las siluetas de la foto. Encajaban perfectamente y cada una tenía escrito un número. Morales apoyó el dedo sobre la silueta que dejaba a duras penas adivinar la figura del perpetuo observador de Liliana.

—Diecinueve —murmuró.

Ambos dirigimos la vista hacia la nómina de los asistentes.

—Picnic en la quinta de Rosita Calamaro, el 21 de septiembre de 1962 —Morales leyó el encabezado, y después fue bajando con el índice derecho hasta el renglón que buscaba—. Número diecinueve: Isidoro Gómez.

13

Aunque ya la había leído dos veces, una cuando la recibió y otra en voz alta, Delfor Colotto decidió hacerlo una vez más mientras su mujer iba a hacer las compras, para asegurarse de haberla entendido bien. Se calzó los lentes y se sentó en la mecedora de la galería. Leía lentamente para no tener que acompañarse con los labios: estando en el jardín de adelante lo habría puesto incómodo que alguien lo viera.

Al concluir se sacó los anteojos y dobló la carta en sus pliegues originales. Era un papel suave y muy blanco, que contrastaba con la lija gruesa que era la piel de sus manos. La había entendido, pese a su temor inicial de que alguna de las palabras que cruzaban con trazos negros y elegantes las dos carillas le resultara demasiado confusa. "Imperiosamente" era la única que lo había puesto en aprietos. Tenía una idea de lo que podía significar, pero para estar seguro había echado mano al diccionario que la nena había dejado en casa y santo remedio: su yerno necesitaba ayuda... urgente, mucha, sí o sí. De ahí en adelante había entendido todo. Su yerno terminaba diciendo que "lo dejo en sus manos" porque estaba "seguro de que se le ocurrirá el mejor modo". Ese era el asunto espinoso que había tenido a Delfor Colotto en ascuas desde la llegada de la carta, dos días atrás: cuál sería ese mejor modo.

Se puso de pie. Quedándose ahí sentado lo único que iba a lograr sería ponerse más y más ansioso.

Tal vez no fuera un buen plan, pero no se le ocurría otro. Su yerno debería haber sido más claro en esa carta. El hombre sentía que no había sido del todo sincero con él. ¿Lo consideraba poco digno de confianza? O peor, ¿pensaría que por no haber terminado la escuela era medio tonto? "Mejor no darse manija", pensó Colotto. Tal vez no le daba otros detalles para no ponerlo más nervioso todavía. En ese caso, hacía bien. Si ya así, con lo poco que sabía y lo mucho que se imaginaba, estaba como loco y apenas había pegado un ojo en dos noches. Capaz que sabiendo más, o confirmando lo que temía, era peor. Aparte, el yerno siempre le había caído bien, aunque eso de "siempre" quedara un poco grande porque ¿cuántas veces lo habían visto? Tres, cuatro veces lo más. Tanto no lo conocía, era cierto, pero al fin y al cabo no era culpa del pibe, caray.

Pensar eso le dio el empujón que le faltaba. Entró a la casa, caminó hasta el dormitorio y sobre la camiseta se calzó la camisa que colgaba prolijamente del respaldo de la silla. Se la acomodó dentro del pantalón y volvió a ajustarse el cinturón. Salió a la vereda y caminó hasta la esquina. Devolvió el saludo a un par de vecinos que tomaban mate en la vereda. Diciembre se había descolgado con unos calores de infierno, y algunos buscaban una bocanada de aire en la intemperie del atardecer.

En la esquina dobló a la derecha. "Es nuestra misma manzana", pensó. Y se sintió incómodo, como burlado. Se detuvo delante de una casa parecida a la suya propia y a todas las otras construidas con el plan de vivienda del gobierno. El módico jardín delantero, la galería, la puerta flanqueada por dos ventanas, el techo americano. Golpeó las manos. Un par de perros llegaron corriendo y ladrando desde la parte de atrás. Una voz de mujer que venía del interior de la casa los hizo callar casi por completo. Una señora más bien bajita, de piel blanca y ojos claros, salió secándose las manos en el delantal de cocina que llevaba sobre la pollera.

—¿Qué dice, don Colotto? Qué sorpresa verlo por acá.

—Acá andamos, doña Clarisa. Tirando.

La mujer pareció dudar acerca de cómo continuar el diálogo.

—¿Y cómo anda su señora? Hace tiempo que no la veo por el barrio.

—Ahí anda, ¿sabe? Un poco más compuesta —el hombre se rascó la cabeza y frunció el gesto.

La mujer lo interpretó como un deseo de cambiar de tema, y por eso adelantó la mano para abrir el portoncito negro mientras volvía a hablar:

—Pero pase, pase. ¿Le puedo convidar un mate?

—No, doña, muchas gracias —exhibió las palmas de ambas manos, como reafirmando serenamente su negativa—. Le agradezco pero ando de pasada, nomás. La verdad que andaba necesitando ubicarlo a su sobrino el Humberto.

—Ah...

—Es por una changa. Allá en el corralón municipal el supervisor me ofreció unos trabajitos de albañilería en su casa, ¿vio?, y capaz que necesito un peón, y se me ocurrió que a lo mejor el Humberto...

—Pero qué lástima, don Colotto. Pasa que se fue a ayudarlo a mi hermano, sabe, al campo, por allá por Simoca.

—Ah, claro —Colotto pensó que el asunto le estaba saliendo demasiado bien. Igual, de cierto modo, que la charla se diera de acuerdo con sus planes le agregaba un poco más de nervios, si era eso posible—. Qué macana. Yo más que nada por no llevar a alguno que uno no conoce, vio.

—Ay, se lo agradezco, don Delfor. Haberse acordado...

—Y dígame, doña Clarisa —ahora. Era ahora o nunca—: ¿Y el Isidoro en qué anda? ¿No puede llegar a interesarle la changa?

—Noooo... —era un no agudo, largo, convencido, confiado, inocente—, el Isidoro ya va para un año que se fue a Buenos Aires, ¿no sabía? Bueno. Un año no. Un poco menos, la verdad. Pasa que una, como extraña, piensa que es más, ¿sabe?

Colotto abrió mucho los ojos. La mujer lo habrá interpretado como simple sorpresa.

—Déjeme pensar. Estamos a primeros de diciembre... —alzó las manos y empezó a sacar cuentas con los dedos— hace cosa de diez meses que se fue. Fines de marzo, sabe. Pensé que sabía. Claro, yo con lo del reuma salgo tan poco...

—Claro, doña, claro —"Falta poco, Delfor. Controlate, por el amor de Dios te lo pido", se dijo—. No tenía ni idea, mire. Me lo hacía acá, trabajando por la zona.

—No... el verano pasado andaba muy flojo de trabajo. Alguna changuita suelta. Poco y nada. Bah, yo le decía que ponía poco empeño. Él a veces se enojaba, vio, pero era cierto. Andaba metido en su pieza todo el día, con cara de malo, mirando el techo. Ni salía. Ni a divertirse digo. Yo le preguntaba, qué te pasa, Isidorito, contale a mamá lo que te pasa. Pero él, nada, fíjese. Y... salió igual de reservado que el padre, que en paz descanse, que para sacarle dos palabras era un triunfo, sabe. Así que yo lo dejaba. Andaba por la casa como un león enjaulado, con cara larga. Hasta que un día me soltó eso de que se iba a Buenos Aires, que acá no quería saber más nada. De entrada me puse triste, vio. Mi único hijo, y tan lejos: una tiene su corazoncito. Pero lo veía tan mal, tan... como enojado, ¿vio?, que al final casi me pareció bien que se fuera.

La mujer tenía ganas de seguir contando, pero tanto tiempo de pie le fatigaba las articulaciones y la obligaba a cambiar permanentemente la pierna de apoyo. Terminó recostándose contra el pilar.

—Igual, no sabe, don Delfor. Todos los meses me manda un giro. Siempre. Entre eso y la pensión me las arreglo de lo más bien, sabe.

"Me falta una", pensó Colotto. "Una más".

—Pero qué bien, doña. Cuánto me alegro. Mire que, como están las cosas, conseguir trabajo fijo tan rápido...

—Pero, claro —confirmó la mujer, entusiasmada—, es lo que yo le digo. Tenés que correrte a agradecerle a la Virgen del Milagro, Isidorito. Bah, le digo Isidoro porque si no le molesta. Un milagro, como están las cosas. Hay que ser agradecido. Porque de entrada había ido con una recomendación para una imprenta que le consiguió mi cuñado, pero eso no salió. Igual enseguida, enseguidita, le salió algo en una obra. Y aparte parece que es una obra grande, y tiene para rato.

—No diga... ¿parece de cuento, no? —Colotto tragó saliva.

111

—¡La verdad, don Colotto, la verdad! Un edificio por ahí por Caballito, me dijo. Ahí nomás de... ¿Primera Junta, puede ser? Cerquita del tren ese, el sute. Un edificio como de veinte pisos.

De lo que siguió diciendo la mujer, Delfor Colotto se perdió buena parte porque se había quedado pensando si tenía que alegrarse o entristecerse por lo que estaba averiguando. Trató de concentrarse en lo que la señora decía, y dejar sus dudas para luego. Estaba hablando de llegarse hasta Salta para la fiesta del Milagro, si el reuma la dejaba, porque ella era muy devota de la Virgen.

—Bueno, doña Clarisa. La voy dejando —de repente recordó su excusa—: Y si llega a saber de alguien que necesite la changa... alguien recomendable, claro.

—No se preocupe, don Delfor. Aunque acá metida, de poco y nada me entero; pero cualquier cosa le aviso, y que Dios lo bendiga.

Delfor Colotto caminó hasta su casa envuelto en la luz mortecina de los focos callejeros recién encendidos. Era curioso. Hacía dos años había removido cielo y tierra, como presidente de la Sociedad de Fomento, para que pusieran el alumbrado público. Ahora eso, como casi todo lo demás, le importaba un carajo.

Entró en su casa y miró la hora. Era tarde para ir hasta la telefónica. Tendría que ser a la mañana siguiente. Escuchó un ruido de cacerolas. Su mujer trajinaba en la cocina. Decidió que por el momento no iba a decirle nada. Se quitó la camisa mientras iba hacia el dormitorio. La colgó de nuevo en el respaldo de la silla. Volvió a salir y se sentó en la galería. Corría un poco de fresco.

14

Me encontré con Báez diez días después de la tarde de las fotos. Fui a verlo a Homicidios luego de combinar un encuentro por teléfono. Abrió la puerta de su despacho, me hizo pasar y me invitó un café que le encargó a un ordenanza. Como siempre me ocurría al compartir un rato con él, me dejé ganar por un respeto admirativo e incómodo.

Era un hombre de expresión dura, montada en un físico de ropero. Me llevaba... ¿cuánto? Quince, veinte años. Difícil calcularlo con exactitud, porque usaba un bigote grueso que hubiese hecho parecer viejo a un adolescente. Lo que despertaba mi admiración era, creo, su forma serena y directa de ejercer la autoridad. Lo había visto muchas veces moverse entre los otros policías con la contenida seguridad de un pontífice convencido de su derecho a mandar. Y yo, que ya llevaba un par de años como oficial primero del Juzgado, sentía que jamás en la vida iba a conseguir dar una orden sin tener el alma en vilo. Temía casi tanto que se ofendieran por mi solicitud como que no me obedecieran, o que lo hicieran burlándose a mis espaldas, lo que me resultaba casi más angustiante. Seguro que a Báez no lo inquietaban semejantes elucubraciones.

Esa tarde, sin embargo, yo me sentía con una leve ventaja sobre ese hombre al que admiraba. Venía cabalgando sobre la euforia de mi corazonada fotográfica. Lo que había comenzado poco menos que como una observación estética se había transformado en una pista, la única con que contábamos.

En esos tiempos yo era incapaz de manejar mi vida con sentimientos moderados. O me tenía por un oscuro funcionario rutinario y traslúcido que vegetaba a duras penas en un puesto acorde a sus mediocres facultades y a sus limitadas aspiraciones, o me veía como un genio incomprendido, desperdiciado en el ejercicio tedioso de funciones subalternas propias de espíritus menos favorecidos por la naturaleza. La mayor parte del tiempo me la pasaba en la primera de esas dos posiciones. Muy eventualmente me movía a la segunda, a la que más temprano que tarde renunciaba, arrancado de ese oasis por una brutal desilusión. Yo lo ignoraba, pero me faltaban veinte minutos para una de esas purgas funestas que me demolían la autoestima.

Comencé contándole el episodio de las fotos. Primero se las describí. Recién después se las mostré. Me agradó la atención que le dedicaba a mi relato. Me preguntaba detalles, y la mayor parte de las veces yo podía satisfacer su curiosidad. Báez siempre se había mostrado muy respetuoso por mi manejo del Derecho. Nunca temía, en nuestras conversaciones, exhibir lagunas en su conocimiento de esas materias (otro motivo para admirarlo, yo que vivía mis propias ignorancias como ignominiosas). Pero en esta ocasión yo me estaba aventurando en su propio terreno, y me daba toda la impresión de que no lo estaba haciendo sin criterio. Cuando terminé de mostrarle las fotos, le conté las instrucciones que le había dado al viudo: Morales debía escribirle a su suegro para que averiguase el paradero actual de Isidoro Gómez. Para que no lo traicionaran los nervios, para que no pretendiese una absurda venganza personal, debería limitarse a obtener esa información y trasmitírsela a Morales, trámite que se verificó con resultados auspiciosos. Tan auspiciosos, proseguí relatándole a Báez, que le ordené a Morales que requiriese del padre de su mujer una segunda tanda de informes, ahora entre otros vecinos y posibles amistades en común. Nos basamos para eso en la nómina de aquel famoso picnic primaveral. Cuando yo me disponía a exponer esa nueva tanda de hallazgos, que confirmaban el progresivo retraimiento de Gómez, su decisión aparentemente intempestiva de viajar a Buenos Aires, la materialización de su venida unas cuantas semanas antes de que se produjera el asesinato, Báez me cortó con una pregunta:

—¿Cuánto hace de la visita de este hombre a la madre del sospechoso?

Saqué cuentas, algo extrañado. ¿No quería escuchar las constataciones que estaba a punto de revelarle? ¿No quería saber que un par de amigos del barrio habían corroborado que ese muchacho llevaba años enamorado en secreto de la víctima?

—Diez días, once a lo sumo.

Báez miró el teléfono negro y anticuado que tenía sobre el escritorio. Sin aviso levantó el auricular y discó un número de tres cifras.

—Necesito que se venga inmediatamente para acá. Sí. Usted solo. Gracias —dijo en un murmullo a quien lo atendió.

Cuando colgó, y como si yo me hubiese desintegrado, buscó con ademanes rápidos en los cajones del escritorio hasta que dio con un bloc de hojas lisas a medio usar y se lanzó a escribir en trazos desprolijos y grandes. Parecía un médico de rostro severo recetándome vaya uno a saber qué medicamento. Si hubiese estado menos tenso, la imagen me habría resultado divertida. Antes de que terminara, sonaron dos golpes en la puerta y entró un suboficial mayor que nos dio los buenos días y se plantó junto al escritorio. En seguida Báez soltó la lapicera, cortó la hoja y se la alcanzó al policía.

—A ver, Leguizamón. Intente encontrar a este tipo. Acá le anoté todos los datos que pueden resultarle de utilidad. Si lo llega a encontrar, guarda. Capaz que es peligroso. Me lo trae detenido y después le buscamos la vuelta acá con el doctor.

No me sorprendió el apelativo de doctor, ni se me pasó por la cabeza corregirlo. Entre los policías prefieren llamar doctores a todos los empleados judiciales con cierta antigüedad, no sea cosa que alguno se les ofenda. Hacen bien. No he conocido ninguna secta tan sensible a los títulos honoríficos como la de los abogados. Lo que sí me turbó fue la frase con la que terminó sus órdenes.

—Y métale pata. Sospecho que, si es el que buscamos, ya debe habérsenos hecho humo.

15

La frase de Báez me convirtió en una estatua de sal. ¿A qué venía semejante pronóstico funesto? Aguardé lo más compuesto que pude que se retirara el suboficial y después le pregunté, casi vociferando:

—¿Cómo "hecho humo"? ¿Por qué? —me agarraba tan desprevenido su fatalidad que sencillamente me aferré a sus últimas palabras y se las devolví en forma de pregunta, aunque sin vislumbrar ni de lejos la naturaleza de la objeción que intentaba formularme. Del deseo de pasar por perspicaz delante de Báez no me quedaban ni vestigios.

El policía, supongo que porque me respetaba, intentó ser prudente.

—Mire, Chaparro —hizo una pausa, encendió un 43/70 y desplazó su pocillo hacia un costado, como si fuera un obstáculo que pudiera interferir en que me llegaran sus palabras—: si este tipo es el que estamos buscando (y ojo que por lo que me cuenta es perfectamente posible que lo sea), no va a ser tan fácil de agarrar, no crea. Podrá ser todo lo hijo de puta que quiera, pero no parece ser un calentón que haga las cosas a los ponchazos. Hay otros que sí, guarda. Existen perejiles a los que uno los agarra porque se mandan tal número de macanas que solamente les falta colgarse un cartel al pecho que diga "fui yo, métanme en cana". Pero este pibe...

El policía se detuvo un momento, como si sopesase la catadura intelectual del sospechoso y le resultase digna de respeto. Soltó el humo del cigarrillo por la nariz. Ese tabaco negro apestaba. Sentí que me irritaba las mucosas, pero un orgullo cerril me impidió toser y pestañear como hubiera querido.

—La mina de la que está perdidamente enamorado se va a Buenos Aires. No piensa en seguirla. No le da el cuero. O sí le da, pero necesita tiempo para rajarse de su casa —Báez armaba su hipótesis mientras hablaba conmigo. A medida que avanzaba, dejaba algunas lagunas para más adelante, y en otras se detenía para disiparlas con razonamientos certeros—. Aparte, capaz que ya le había hablado allá en Tucumán. Y la piba nada. Le habrá dado una vergüenza tan enorme por el desaire, que al tipo le habrán entrado ganas de que se lo tragara la tierra. Supongo que por eso se queda, y no la retiene, no tiene con qué, ni la sigue. ¿Para qué va a intentarlo?

Báez sopesaba sus propios argumentos. Por fin continuó:

—Sí. Seguro que la encaró y rebotó como una Pulpo. Por eso se llamó a cuarteles de invierno. Pero de repente le llega el dato de que se casa. No está listo para eso, pero tampoco puede reaccionar. ¿Qué es reaccionar para ese pibe? ¿Cómo hacerlo? Deja pasar el tiempo. Pero es al pedo. No se la olvida. Al contrario. Junta bronca. Junta rabia. Empieza a sentirse estafado. ¿Cómo es eso de que "la Liliana" se esté por casar con un porteño al que recién conoce? ¿Y él? ¿Está pintado, él? Se pasa los días pensando en eso, como usted me cuenta. O como la madre del pibe le cuenta al tipo que usted le mandó. Todo el día en la cama mirando el techo. Y al final toma una decisión. ¿Al final o al principio? ¿Se pasa los meses pensando si la revienta o no, o desde el principio está convencido de matarla pero demora en juntar el valor como para llevarlo a cabo? No tengo idea, y dudo que la tenga nunca. El asunto es que recién cuando tenga del todo claro el panorama se va a tomar el Estrella del Norte a Buenos Aires.

Báez levantó el teléfono y agitó varias veces la horquilla. Se asomó el ordenanza y le pidió más café.

—¿Y sabe qué? Me jugaría lo que no tengo a que el pibe, si es nomás el que buscamos, se toma su tiempo para instalarse. Busca una pensión. Consigue laburo. Y recién después se ocupa de la mina. Se para un par de días en la esquina de la casa para conocer las rutinas de los recién casados. Las de puertas afuera, porque las de puertas adentro puede intuirlas, y le revuelven las tripas y tal vez hasta se pregunte si no será mejor liquidarlos a ambos. ¿Se imagina lo que puede sentir un tipo al ver a otro que sale feliz cada mañana de la cama de la mujer que desea como loco? De manera que ahí va, la mañana del hecho. Ve salir a Morales, espera cinco minutos y se manda por el pasillo. La puerta de calle, la general, está abierta todo el tiempo porque los albañiles del departamento tres están sacando escombro en carretilla. Ah, no. Estoy hablando boludeces. Ese día los albañiles no fueron. Así que toca el timbre y la chica le contesta por el portero. ¿Cómo no va a salir a abrirle, más allá de su sorpresa? ¿No es su amigo del barrio desde que son chicos? ¿No han compartido un montón de cosas juntos? Es probable que mientras gira la llave ella recuerde, con un lejano rastro de culpa, el modo en que tuvo que desilusionarlo cuando él se le declaró, hace unos años. Seguro que es extraño que caiga a verla sin avisar, siendo que no vino ni siquiera al casamiento, pero no por eso va a dejarlo parado en la puerta. Cierto es que está en camisón, pero tiene el salto de cama puesto y bien ajustado todavía. Y es joven. Una mujer más grande tal vez habría considerado impropio abrir la puerta con ese atuendo. Pero ella no es tan formal. No tiene por qué serlo. Igual al pibe todo eso le importa poco. El asunto es que abra, que diga "qué sorpresa, Isidoro", y que le franquee la entrada dándole un beso en la mejilla. Por eso la vecina no escucha golpear la puerta del departamento contiguo. Porque Liliana salió a abrirle la puerta de calle, y ahora lo acompaña hasta adentro. Pobrecita.

Báez apagó el cigarrillo y pareció dudar sobre si encender otro de inmediato. Desistió.

—¿Ya viene decidido a violarla o se le da por improvisar? De nuevo no tengo idea. Aunque me inclino a suponer que lo tiene masticado desde hace rato. Este muchacho no hace las cosas a tontas y a locas. Está cobrando una deuda. Ni más ni menos. De modo que cogérsela contra su voluntad ahí nomás, sobre el piso del dormitorio, es para él saldar una deuda vieja. Y estrangularla con sus propias manos es tomar revancha por el despecho de haberlo ignorado, de haberlo dejado solo y triste en el barrio, para burla de amigos y enemigos. Acá sigo suponiendo, pero este tal Isidoro se me antoja que no tolera que se rían de él. Eso sí lo saca de quicio. ¿Después? Después nada. ¿Cuánto puede haber demorado? Cinco, diez minutos. No ha dejado sus huellas por ningún lado. Apenas los rayones en el parqué, alrededor del cuerpo de la mujer, que ha tratado de zafarse antes de que se le agotaran las fuerzas. Pero hasta en esas marcas se toma el trabajo de pasar una franela que encuentra en un estante, no sea cosa que haya quedado alguna huella (no tiene por qué saber que los yeguarizos de la Policía Federal que van a iniciar el procedimiento pisan por todos lados, y arruinan cualquier vestigio que él haya podido pasar por alto). Y el picaporte no lo limpia porque recuerda no haberlo tocado. ¿Sabe por qué se lo digo? Para que se fije qué tipo de persona es este muchacho. En el picaporte encontramos huellas del matrimonio Morales, de adentro y de afuera. De modo que tuvo la serenidad, o el cinismo (llámelo como quiera), mientras andaba con la franela en la mano, de decidir tranquilamente qué lugar limpiar: el piso alrededor del sitio en el que se había montado a la pobre mina, sí; el picaporte que recordaba no haber tocado, no. ¿Y sabe qué hace después?

Se detuvo, como si realmente me estuviera interrogando a mí, pero no era el caso. Tampoco era que estuviera luciéndose. Nada de eso. Báez no desperdiciaba inteligencia en esas imbecilidades.

—¿Sabe qué me costaba imaginar, de joven, cuando me metí en esta milonga de laburar en Homicidios? No los actos criminales en sí. No el acto bruto de aplastar una vida. A eso me acostumbré enseguida. Sino los actos posteriores a ese crimen. No digo el resto de la vida del asesino. No. Pero digamos las siguientes dos o tres horas. Yo me imaginaba que todos los homicidas debían quedar temblorosos, desesperados por el horror de su acto, fija la memoria en el momento de arrancar la vida de otro ser humano —Báez resopló, en una especie de sonrisa, como si recordase algo gracioso—. Más o menos como el muchachito de Dostoievski, ¿sabe cuál le digo? El de *Crimen y castigo*. Ese sí que siente remordimientos: "Maté a la vieja. ¿Cómo hago para seguir viviendo?" —Báez me miró, como si de repente se acordase de algo—. Perdone, Chaparro, si me puse torpemente didáctico. Estoy seguro de que leyó la novela que le digo. Pero es la costumbre de estar rodeado de bestias, ¿sabe? Imagíneselo al oligofrénico de Sicora, por poner un caso, charlando de literatura. No. No se gaste. Es imposible. Pero bueno, a lo que quería llegar es a que no es tan común lo de la culpa y el remordimiento. Nada que ver. Uno se encuentra tipos capaces de pegarse un tiro por la culpa, guarda. Pero también se topa con otros que se van al cine y a comer pizza. Bueno. Me parece que este pibe pertenece al segundo grupo. Pero como es un martes a la mañana seguro que se va a laburar como si tal cosa. Camina hasta la parada y se toma el colectivo. Capaz que al bajar compra el *Crónica*. ¿Por qué no?

Ahora sí Báez encendió otro cigarrillo. Un poco más arriba hablé de las oscilaciones de mi estado de ánimo, y escribí que había llegado a mi entrevista con el policía en el cenit de mi euforia. En veinte minutos esa euforia se me había hecho añicos. Pero no solo me sentía derrotado por los hechos, cosa bastante habitual en mí. También me sentía culpable. En lugar de haberlo llamado a Báez apenas tuve la ocurrencia, para que él determinase la mejor manera de aproximarnos al fulano, había hecho lo que se me había cantado: me había dejado llevar por mi ataque de iniciativa, me los había agarrado de cadetes al pobre viudo y a su pobre suegro, y los había hecho patear el hormiguero al reverendo pedo.

Intenté, pese a todo, serenarme. ¿No podía ser que Báez estuviese exagerando? ¿Y si Gómez era mucho menos lúcido de lo que él suponía? ¿Y si en todos esos meses había bajado la guardia? Al fin de cuentas: ¿qué pruebas tenía Báez para sus hipótesis? Ni más ni menos que lo que yo acababa de contarle.

Y otra cosa: ¿si el tal Gómez no tenía nada que ver? Con cierto despecho pueril deseé que la pista de ese fulano fuera nada más que un espejismo. Me puse de pie. Báez me imitó y nos estrechamos la mano.

—Supongo que mañana tendremos alguna novedad.

—De acuerdo —respondí, tal vez con una sequedad innecesaria.

—Yo lo llamo.

Salí casi ofuscado, o por lo menos incómodo. Volví a Tribunales caminando. Aunque fuese ruin, estaba más preocupado en ese momento por no quedar como un chambón que por agarrar al hijo de puta que había hecho aquello, fuese Gómez o cualquier otro forajido.

Poco antes de las siete de la tarde sonó el teléfono de la Secretaría. Era Báez.

—Acá lo tengo a Leguizamón con el encargo.

—Lo escucho —era ridícula esa actitud mía de niño ofendido, pero no podía abandonarla. Además, no estaba listo para el llamado. Pensaba que iban a demorar hasta el día siguiente.

—Bueno. Empecemos con la mala noticia. Isidoro Gómez desapareció hace tres días de la pensión de Flores en la que estaba parando desde fines de marzo. Desapareció es una forma de decir: pagó hasta el último día y se fue sin informar su próximo domicilio.

Con el trabajo, lo mismo. Localizamos la obra: un edificio de quince pisos, sobre Rivadavia, en pleno Caballito. El capataz le dijo a Leguizamón que era un pibe fenómeno. Bah, muy callado y a veces antipático, pero cumplidor, prolijo y abstemio. Una joyita. Pero que el otro día llegó a la mañana y le dijo que se volvía a Tucumán porque tenía a la madre muy enferma. El capataz le pagó el proporcional de la quincena y le dijo que si quería presentarse cuando volviera que lo hiciese, porque estaba muy conforme con él.

Se hizo un silencio. Aunque yo estaba con ganas de revolear la máquina de escribir, el portalápices, la causa en la que estaba trabajando y el teléfono, me mordí los labios y esperé.

—En fin. Lo bueno es que podemos pensar que a lo mejor este es el tipo. Y que se rajó porque supo que lo andaban rastreando. Leguizamón me trajo un dato piola: el capataz tenía guardadas las tarjetas de fichaje del reloj del personal, en el obraje. ¿Sabe cuántas veces llegó tarde en los ocho meses que laburó en esa obra? Dos. Una por diez minutos. La otra, dos horas y media. ¿Sabe cuándo? El día del hecho.

—Entiendo —al fin pude responder. Mi tono ya no era cortante. Nunca había sido mal perdedor—. Le agradezco la información, Báez. Ahora me ocupo de poner al día la causa con estas cosas y le aviso qué papeles necesito que me mande.

—De acuerdo, Chaparro. Buenas tardes.

—Buenas tardes. Y gracias —agregué, como completando un desagravio.

Iba a colgar cuando volvió a llegarme la voz del otro lado.

—Ah, una duda —el tono de Báez parecía dubitativo—. ¿Cómo se le ocurrió que podía ser ese muchacho? Ya sé que la idea le vino por el asunto de las fotos, pero: ¿por qué particularmente reparó en él? Porque le digo que se trató de una buena movida, Chaparro. Se lo digo francamente. A lo mejor dio con el culpable, quién sabe.

Evidentemente era un buen tipo. ¿Era sincero en el elogio o quería disminuirme la sensación de culpa y de ridículo? Pensé bien qué iba a contestarle.

—No sé, Báez. Supongo que me llamó la atención el modo en que miraba, eso de mirar a una mujer adorándola a la distancia. No sé —repetí—. Supongo que, cuando no se pueden decir las cosas, las miradas se cargan de palabras.

Báez tardó en contestar.

—Entiendo. Yo no podría haberlo expresado mejor. Usted es bueno usando las palabras, Chaparro. Tendría que ser escritor, ¿sabe?

—No me joda, Báez.

—No lo jodo. Se lo digo en serio. Bueno, lo llamo en estos días, cuando reciba sus despachos.

Colgué el teléfono y el chasquido de la horquilla retumbó en el silencio del Juzgado. Miré la hora. Era tardísimo. Levanté de nuevo el auricular y disqué el número del banco en el que trabajaba Morales. Le dejé dicho al custodio que por favor, apenas llegase a la mañana, le avisara de pasar urgente por el Juzgado porque tenía que firmarme una declaración. Me prometieron pasarle el mensaje.

De nuevo el sonido de la horquilla. Caminé hasta el archivero en cuyo estante más alto había camuflado, varios meses atrás, la causa de Morales.

Tironeé, en puntas de pie, y atajé el expediente que vino a mis manos en medio de una estampida de polvo. Volví a mi escritorio. No lo revisé desde el principio. Fui directamente a la última actuación. Era del mes de junio y se ordenaba agregar al expediente un informe complementario de la autopsia: el del estudio de las vísceras. Miré el cuadrante de mi reloj para verificar el casillero del calendario. Coloqué una hoja con membrete del Poder Judicial de la Nación y empecé a teclear una fecha ficticia del mes de agosto.

No le había mentido a Báez al responder su última pregunta, pero no le había dicho toda la verdad. Era cierto que me había llamado la atención la forma de mirar de Gómez, y que la había interpretado como un mensaje silencioso y fútil para una mujer que no podía o no quería entenderlo. Lo que no le dije a Báez fue que si yo reparé en esa forma de mirar era porque también había escudriñado a otra mujer del mismo modo. Ese anochecer caluroso de diciembre de 1968, como tantas veces en el año que llevaba de haberla conocido, lamenté profundamente no estar casado con ella.

16

"Lo único que le pido a Dios es que Sandoval hoy no se venga en pedo", pensé esa mañana al entrar al Juzgado. Casi no había dormido la noche anterior. No solo había vuelto a casa tardísimo (me dio culpa, porque Marcela me había esperado despierta), sino que había tardado una barbaridad en dormirme. ¿Qué pasaría si el juez se avivaba de que yo intentaba tomarlo por idiota? ¿Valía la pena correr semejante riesgo? Los nervios me hicieron saltar de la cama tempranísimo. Debía tener una expresión atroz, porque mi mujer se percató de que algo me ocurría y me preguntó al respecto durante el desayuno.

Hoy, treinta años después, lo recuerdo y me es difícil considerarme el autor de semejante plan. ¿Qué me impulsaba a meterme en semejante apuro? Supongo que la sensación de culpa. Y la incertidumbre: si Gómez no era el culpable ¿para qué armar el barullo que me disponía a provocar? Pero, si era el asesino, ¿cómo podría mirarme en el espejo desde entonces hasta el día de mi muerte sin sentirme un cobarde por privilegiar mi seguridad y mi trabajo?

Mi problema práctico no arrancaba desde la búsqueda infructuosa de Isidoro Gómez sino desde antes: desde el momento en que me había hecho el otario para evitar sobreseer la causa, varios meses atrás. En aquel momento yo había pensado que, cuando el culpable cayera detenido, el juez iba a sentirse tan satisfecho que no iba a molestarse por el inexplicable cajoneo de la causa. Al contrario. Una adulación suficientemente histriónica y empalagosa, atribuyéndole a él los méritos de la captura, lo haría abandonar cualquier prurito.

Pero ahora se me habían quemado los papeles. Y ahí era donde lo necesitaba a Sandoval. Pero a un Sandoval inspirado, sagaz, rápido, intrépido. Si me tocaba el Sandoval borracho estaba jodido. Por suerte, y mientras estaba hundido en estas reflexiones, entró fresco como una mañana de mayo, perfumado a lavanda y radiante como el sol. Lo atajé de pasada hacia su escritorio y le expliqué mi plan en pocos trazos. Definitivamente era un tipo brillante. Me cazó al vuelo. Y era leal, porque aceptó sin la menor vacilación participar en el chanchullo.

Temprano vino el propio Morales. Le hice firmar una ampliación de su declaración testimonial en la mesa de entradas, no le di detalles y lo despaché a las corridas, diciéndole que luego iba a explicarle bien el asunto. Cuando al rato el juez Fortuna Lacalle hizo su ingreso en la Secretaría me encomendé al Espíritu Santo, recordando los artilugios de mi madre para vencer a la angustia. Como siempre, Lacalle lucía impecable. El traje oscuro, la corbata sobria haciendo juego con el pañuelo del bolsillo superior, el pelo engominado y tirante, el cutis bronceado. Creo que fue por observarlo a él que desarrollé mi teoría de que los estúpidos se conservan mejor físicamente porque no los corroe la ansiedad existencial a la que se ve sometida la gente más o menos lúcida. No poseo pruebas concluyentes al respecto, pero el caso de Fortuna Lacalle siempre se me antojó de una nitidez evidentísima.

Se sentó en mi silla con sus ademanes de príncipe, y extrajo su pluma Parker del bolsillo interior del saco. Recargando teatralmente mis propios gestos, empecé a apilar expedientes en el escritorio, como para darle a entender que iba a pasarse firmando despachos y oficios las siguientes dos o tres horas de su vida. Gracias a Dios era jueves, su día de tenis a las seis, y desde las tres comenzaba a acometerlo una impaciencia caprichosa ante cualquier eventualidad que pudiese distraerlo de tan alto destino. Acusó el impacto. Abrió mucho los ojos y lanzó un comentario que pretendió ser gracioso, con respecto a lo rápido que trabajaban sus empleados de esa Secretaría. Sonriendo, empecé a pasarle causas a la firma, obsequiándolo con floridos comentarios alusivos a cada expediente. Era información inútil, o digamos redundante y superflua, pero el magistrado era demasiado estúpido como para advertir que lo estaba cachando.

Fue entonces cuando Sandoval se asomó por primera vez por detrás del archivero que le daba cierta mínima privacidad a mi escritorio.

—A ver, doctor —inició, dirigiéndose a Fortuna, en un tono entre zalamero e irónico pero lo suficientemente ostensible como para que el otro no se sintiese víctima sino cómplice—, para cuándo lo vemos a bordo de un Dodge Coronado como a su colega Molinari, ¿eh?

El juez lo consideró con cautela. Pese a su imbecilidad, tenía ese instinto de conservación que la gente como él desarrolla frente a realidades complicadas y hostiles, y Sandoval a todas luces formaba parte de ese universo esquivo de lo complejo. "Va a pedirle que le repita el comentario. Va a pedirle que lo repita", me dije. Con un movimiento rápido eché mano a la causa de Morales. La abrí directamente en la foja 208, que tenía señalada.

—¿Cómo dice, Sandoval? —Fortuna pestañeaba mucho más atento a lo que iba a decirle mi oficial que a la causa que tenía ante los ojos.

—Un decreto ordenando formar segundo cuerpo, doctor —dije en un murmullo, como si no quisiese interrumpir con esa minucia la conversación de la que Fortuna sí estaba pendiente.

—Sí, sí —respondió sin mirarme.

—Nada, nada, doctor —Sandoval le hizo una sonrisa pícara—. Pensé que ya lo había visto al doctor Molinari con su auto nuevo. ¿No lo vio?

Fortuna hacía esfuerzos por contestar de manera veloz e inteligente. Ya era difícil que consiguiese esos dos objetivos por separado. Lograr ambas cosas a un tiempo era sencillamente imposible, pero parecía dispuesto a acometer el esfuerzo, y tamaña empresa consumía toda su energía intelectual. De modo que prestar atención a lo que estaba firmando quedaba fuera de su alcance. Por eso rubricó un decreto de fecha 2 de julio que ciertamente ordenaba formar segundo cuerpo en la causa a partir de la foja 201, pero que de paso ordenaba ampliar la declaración testimonial de Ricardo Morales. Se lo saqué de las narices apenas terminó su rúbrica, no fuera cosa de que por milagro se diese por enterado de que estaba firmando una orden fechada casi cuatro meses antes.

—No, no sabía... ¿Un Coronado?

—Un Coronado, doctor. Azul eléctrico... —Sandoval sonreía con mirada ausente, como embelesado en el recuerdo—. Un regalo del cielo. Tapizados de cuero negro. Detalles cromados... ¿En serio no lo vio, doctor?

—No. Bueno, en realidad, hace tiempo que no almorzamos con Abel.

"Perfecto", pensé, "lo tiene contra las cuerdas". Sandoval podía ser cruel con aquellos a los que no quería, pero era brillante el modo en que ejercía esa crueldad para disolver a sus contrincantes en sus propias flaquezas. Ya he dicho hasta el cansancio que Fortuna Lacalle era un imbécil con ínfulas de jurista, pero más allá de su amor propio se moría de envidia frente a los jueces que se merecían los cargos que ejercían. Molinari era uno de ellos, y ese manotazo de ahogado de invocarlo por su nombre de pila, como si los uniese una relación estrecha, como buscando acreditar una familiaridad que no existía, corroboraba que estaba loco de envidia.

Decidí pasar al segundo acto: le puse delante, abrochada al final de una causa cualquiera, la comparecencia en la que Morales refería sus sospechas sobre Gómez a partir de unas supuestas cartas amenazadoras que su mujer, también supuestamente, había recibido antes del asesinato, enviadas por el admirador despechado, y que convenientemente habían destruido. Yo la había redactado la noche anterior, y Morales acababa de rubricarla rato antes.

—Esta es una declaración testimonial en la causa de Muñoz, la de estafas reiteradas —mentí.

—Ah... ¿cómo sigue ese asunto?

"Sonamos", me dije. Ahora se le daba por hacerse el interesado. ¿Qué iba a inventarle? ¿Cuándo yo había mezclado actuaciones de una causa con otra? ¿Y cómo iba a justificar esa declaración salida de la nada?

—Usted sigue con el Falcon, doctor —Sandoval vino en mi auxilio.

—Sí, por cierto —Fortuna respondió en un tono que pretendió ser displicente.

—Claro, claro... porque... ¿qué modelo es? ¿'63? ¿'64?

—Es un '61 —Fortuna fue casi abrupto, aunque trató de suavizar la respuesta—. Ocurre que me ha dado tan buen resultado que me da no sé qué desprenderme de él.

Sandoval era un artista. Mil veces nos habíamos reído, a espaldas del juez, no de su Falcon modelo '61 (después de todo Sandoval y yo pertenecíamos a la categoría de peatones perpetuos), sino porque Fortuna Lacalle padecía esa circunstancia como un calvario íntimo. Habría dado una oreja por un auto nuevo (suponiendo que algún loco hubiese aceptado canje semejante). Cobraba un sueldo que podía permitírselo. Pero tanto su mujer como sus dos hijas tenían hábitos cotidianos propios de princesas consortes, con lo que el pobre Fortuna a duras penas sorteaba mes a mes los espectros de la insolvencia. El rostro transparente del juez me demostraba que estaba enroscado en la íntima enumeración de todo lo que podría comprar si sus mujeres no padecieran de ese desenfreno de consumo. Y el Dodge Coronado figuraba, supongo, primero en esa lista.

Di vuelta prestamente la página. Eran los oficios a la Policía Federal y a la de Tucumán ordenando la pesquisa sobre Gómez, con copia. Estaban fechados en octubre y reiterados en noviembre. Ya había arreglado con Báez esa circunstancia. Fortuna la firmó como si se tratase de un vale de tintorería.

—Otra cosa —Sandoval estaba inspirado—. Le digo que no sé si el doctor Molinari hizo bien con lo del Dodge —movía las manos como dudando sobre la manera de plantear su dilema—. Usted, que es una persona que entiende del tema, doctor... —pareció decidirse, como presto a confiar en la honestidad intelectual y la sapiencia de su interlocutor—, ¿con qué se queda? ¿Con un Dodge Coronado o con un Ford Fairlane?

"Usted, que es una persona que entiende", me repetí. Sandoval era un genio. Fortuna, en realidad, no entendía: ni de autos, ni de Derecho, ni de casi nada. Pero como tampoco entendía que no entendía se dispuso, entusiasmado, a ilustrar al público presente acerca de las virtudes innumerables del Ford Fairlane y de los vicios imperdonables del Dodge Coronado, modo tangencial de demostrar, de paso, que en el fondo el doctor Molinari no era tan perfecto, después de todo. Le llevó casi diez minutos, incluido un gráfico de lo que, según entendí, era la transmisión de la palanca a la caja de cambios de uno y otro coche.

Fue maravilloso. Cuando terminó de hablar estupideces, me había firmado el acuse de recibo de la respuesta policial (que Báez me había redactado y remitido contra reloj esa misma mañana) sobre el paradero desconocido de Isidoro Antonio Gómez. Había también rubricado el decreto que ordenaba mantener el pedido de averiguación de paradero y comparendo a fin de tomarle declaración informativa, y el consiguiente nuevo oficio a la Policía Federal. Sandoval, que reclinado sobre una estantería fingía atender al encendido discurso de su Señoría, se percató de mi gesto de alivio y supo que la tarea estaba cumplida.

Sin embargo, como era un espíritu sensible, no quiso abortarle la perorata y dejó que Fortuna Lacalle se explayara por otros dos o tres minutos. Después le dio las gracias por su tiempo.

—Bueno, doctor, los dejo, que tengo que seguir trabajando —y, sacudiendo la cabeza hacia los lados, admirativo, agregó—: Mire que de autos se las sabe todas, doctor.

El otro cerró los ojos y sonrió, en un gesto que pretendió ser de modesta aceptación del cumplido. Para terminar de marearlo, le puse otras veinte o veinticinco pavadas a la firma.

En cuanto Fortuna volvió a su despacho, recolecté las actuaciones que había desperdigado en todos esos expedientes y las coloqué en el de Morales en el orden correcto. Tenían la firma del juez, pero me faltaba que las refrendase el secretario. No era posible aplicar la misma estrategia. Los dos eran parejamente tontos, pero no hasta el punto de tensar a ese extremo la cuerda de mi buena suerte. Decidí confiar en la esencia básica de Pérez: era un pusilánime y más que seguro acompañaría sin chistar cualquier despacho que trajera la firma de su jefe. De manera que le llevé la causa esa misma tarde, acompañada de la otra veintena que le había hecho firmar a Fortuna. Podía ocurrir, por cierto, que se avivase de la maniobra. ¿Qué hacía semejante número de actuaciones, en una causa como esa, con fechas escalonadas y pretéritas, si no era una maniobra fraguada a sus espaldas?

Por si acaso tenía un as en la manga. Si llegaba a poner en duda mi buena fe, o sospechaba que había algo turbio en esa parva de actuaciones ficticias a la que Fortuna Lacalle acababa de ponerle el gancho, iba a chantajearlo sin preámbulos: le contaría a medio Poder Judicial que estaba cuidándole la quintita, con envidiable esmero, a la señora defensora oficial n.º 3 en lo Criminal y Correccional, que no era ni su legítima esposa ni la afectuosa madre de los dos rozagantes mozalbetes que lucían fotografiados sobre su escritorio. Por suerte no hizo falta. Firmó sin chistar en cada "ante mí" que lucía bajo la firma de Fortuna Lacalle, el experto automotor. Cuando terminé, me derrumbé en mi sillón, exhausto por los nervios. Se me acercó Sandoval, sonriendo, y lanzó la frase filosófica que empleaba solo en circunstancias excepcionales y solemnes como esa:

—Como he sostenido en reiteradas ocasiones, estimado amigo Benjamín, el día que los boludos del mundo hagan una fiesta, estos dos reciben a los demás en la puerta, les sirven los refrescos, les ofrecen torta, encabezan el brindis y les limpian las miguitas de los labios.

Nombre y apellido

Chaparro tira de la hoja que acaba de terminar con la suficiente energía como para liberarla del rodillo sin romperla y la relee. Las últimas palabras lo hacen sonreír. Le resulta grato el ejercicio de la memoria: esa frase con la que ha cerrado el capítulo, la de "el día en que los boludos hagan una fiesta", la había creído absolutamente olvidada. Pero ahora ha salido a flote junto con otro montón de recuerdos de su pasado y de la gente con la que ha vivido ese pasado.

Se incorpora y reitera un gesto de toda la vida: tomarse el tabique nasal con el índice y el pulgar de la mano izquierda, casi a la altura de los ojos, y oprimir hasta casi sentir una pizca de dolor. Lo ha hecho durante más de media vida, al levantarse de la silla después de estar mucho tiempo inclinado sobre su escritorio del Juzgado, y ahora lo reitera aquí, en su casa, después de estar horas y horas eslabonando esta memoria propia y ajena en la que está sumergido. Chaparro piensa que somos previsibles, tosca y perpetuamente iguales a nosotros mismos. Ese gesto y tantos otros en los que ni siquiera repara lo acompañan desde siempre y seguirán haciéndolo hasta que descanse bajo tierra.

Piensa en Irene. ¿Por qué justo ahora piensa en ella, después de pensar en su propia muerte? ¿Es acaso que la asocia con ella? No. Todo lo contrario. Irene lo ata a la vida. Ella es como una deuda que él mantiene con la vida, o que la vida mantiene con él. No puede morirse sintiendo lo que siente por ella. Como si fuera un desperdicio que ese amor se desintegre y se haga polvo como su carne y como sus huesos.

Pero, ¿cómo puede arrancárselo de adentro? No hay manera. Lo ha pensado y repensado, pero no hay modo. ¿Una carta? Esa opción tiene el atractivo de la distancia, de no ver su rostro incrédulo, o peor, ofendido, o peor, compadecido, al enterarse. Presentarse a decírselo cara a cara ni siquiera figura entre las opciones en las que piensa Chaparro. Un amor "de gente grande" le suena ridículo. Pero declararle su amor a una mujer casada que lleva casi treinta años de matrimonio, más que ridículo le parece ofensivo y denigrante.

El sentido común, que de vez en cuando Chaparro cree localizar dentro de su cráneo, le dice que no hay por qué ser tan solemne, tan definitivo. ¿Qué problema puede haber en plantear un amorío con una mujer casada? No sería el primero ni el último en proponerlo. ¿Y entonces? Pues precisamente eso. Que Chaparro de inmediato se contesta que lo que él tiene para decirle no es que quiere tener un amorío con ella. Lo que tiene que decirle, lo que necesita decirle, y lo que al mismo tiempo le horroriza que sepa, es que él la quiere con él, para siempre, en todos lados y a todas horas o a casi todas, porque ha naufragado en tal estado de adoración que no entiende la vida sin ella. Pero cuando llega a esta altura de sus pensamientos Chaparro se detiene, desinflado. Porque, en su fantasía, la Irene que imagina recibiendo su confesión desesperada adopta la misma expresión que podría poner ante la carta que, de todos modos, no va a escribirle: la sorpresa, o la indignación, o la lástima.

Y después la nada. Porque después del rechazo no habrá lugar ni siquiera para estos ratos robados a su vida, tomando café en su despacho, hablando de bueyes perdidos, fingiendo que se trata ni más ni menos que de una simple charla de buenos compañeros —ex compañeros— de trabajo. Irene parece disfrutar esos encuentros esporádicos. Pero una vez que él cruce la línea del decoro a ella no le quedará otro camino que pedirle que no vuelva a verla.

Chaparro, mientras prepara el mate, se encuentra sumergido, de repente, en el mismo deseo culpable de tantas otras veces, aunque de inmediato se llame a sosiego. Una Irene repentinamente viuda... ¿no podría enamorarse de él? Nada le asegura semejante cosa. Así que mejor dejar en paz al pobre ingeniero, que siga disfrutando de su vida y de su mujer, mal rayo lo parta.

Acomoda sobre el resto de la pila la última hoja mecanografiada, y aprecia el espesor. No es poco, para ese primer mes de trabajo. ¿O ya es un mes y medio? Puede ser. El tiempo pasa rápido gracias a este asunto. Lo asalta una duda recurrente: ¿qué título le pondrá a su novela? No sabe. No tiene la menor idea.

Chaparro siente que no es bueno para los títulos. En un primer momento pensó en ponerle un título a cada capítulo, pero ahora ha renunciado a semejante pretensión. Si no se le ocurre un nombre para el conjunto, mucho menos se le ocurrirá para cada apartado. Y ya lleva escritos dieciséis y le faltan muchos más.

Otra cosa lo preocupa: su nombre al pie del título. "Benjamín Miguel Chaparro". Queda como una patada, lo mire por donde lo mire. Para empezar, ¿no advirtieron sus padres que la última sílaba de su primer nombre y la primera del segundo forman una rima redundante y desagradable? Mín-mi. Es espantoso. Y además eso de los nombres con significado. Porque también eso, y con los dos. El "Benjamín", solo, ya presenta un escollo. Benjamín no sirve para toda la vida. Está bien para un chico, para el más chico de varios hermanos. ¿A cuento de qué se lo pusieron a él, hijo único? Y lo de la edad es determinante. Una cosa es ser un benjamín de siete o de ocho años, pero ¿un benjamín de sesenta? Es ridículo. Pero no bastó con esa macana. Porque llamar chaparro a un humano que se yergue un metro ochenta y cinco por encima del piso suena a contrasentido. De manera que el libro de Benjamín Chaparro (aún eliminado el cacofónico Miguel) puede sonar, para el público incauto, como el libro del muchacho joven y petisito. ¿O él es un enroscado y la gente es más simple en sus apreciaciones? Pero puede darse que algún lector lo interprete de ese modo. Y después va él y se presenta. Y resulta que el benjamín chaparro es un urso de estatura respetable y sesenta pirulos. Suena contradictorio.

Tal vez una solución sea firmar la novela con un seudónimo. No. De ninguna manera, se responde de inmediato. Si llega a publicarla, aunque sea pagando de su bolsillo una edición económica, quiere que su nombre aparezca en la portada, por más ridículo que ese nombre suyo sea. El motivo es sencillo. Para que Irene lo vea.

17

No bien terminé de ponerle los sellos a la orden de averiguación de paradero de Isidoro Antonio Gómez, no bien ubiqué el expediente en el casillero de prófugos, no bien lo puse al tanto a Morales de las buenas nuevas, me sentí tan conforme con mi valiente intervención, y tan a salvo de las esquirlas de esa tragedia, que retorné a mi rutina de jefe ecuánime, de marido a las siete en casa, de lectura del diario a la noche, de funcionario judicial solvente, y casi me olvidé de esa causa.

Es cierto que a los pocos meses me rozó un coletazo desagradable del asunto. Tuve que declarar en la investigación contra Romano y el policía Sicora, por los apremios ilegales a los albañiles. La declaración en sí fue un trámite: apenas ratificar mi denuncia inicial y aclarar un par de detalles. Me extrañó (me disgustó) que pusieran a un pinche a llevar ese sumario: una mala señal, como si en ese Juzgado dieran por sentado que la causa iba a una vía muerta y estuvieran limitándose a guardar las formas. ¿Qué necesitaban para procesar a esos dos atorrantes? Tenían mi declaración, las de un par de policías de la seccional y la pericia médica sobre las lesiones de los dos pobres tipos. Pese a la desconfianza que me produjo, decidí esperar. El juez era Batista, un tipo al que consideraba honesto, y a quien conocía un poco por haber trabajado con él en alguna feria de enero.

Además, como ya dije, el envión de compromiso virulento con todo el proceso se me había pasado.

Tiempo después el propio Batista me citó a su despacho. Me recibió sonriendo, me estrechó calurosamente la mano y, cuando nos sentamos, me dijo que lo que iba a decirme era absolutamente confidencial, y que por favor no lo divulgara porque los dos nos jugábamos el puesto. "La pucha", pensé. ¿Qué podía ser tan serio? Supongo que el juez estaba incómodo, porque después de dudar un momento me vomitó todo el asunto en el menor tiempo posible, como si quisiera desembarazarse rápido de algo molesto y sucio. Así que me informó sin atenuantes que le había llegado la orden "de arriba" (y completó la imagen señalando con el dedo índice el techo de su despacho, pero queriendo significar... ¿qué?, ¿la Cámara?, ¿la Corte?, ¿el gobierno?), para frenar todo el asunto y sobreseer sin procesados. Agregó que no podía ser mucho más explícito, pero que al parecer ese muchacho... Romano, el compañero mío, tenía una banca grande, bien arriba. Al decir lo de la "banca grande" Batista se había tocado el hombro izquierdo con dos dedos de la mano derecha. No era ni la Cámara ni la Corte. El gesto significaba inequívocamente "milico de alto rango". Súbitamente me vino a la memoria su suegro, coronel de infantería, y entendí. Qué ingenuidad la mía, no haber tomado en cuenta semejante parentesco a la hora de denunciarlo. Qué bárbaro. Si necesitaba algo para terminar de hastiarme de Onganía y su ballet, era esto.

—¿Quiere que le cuente algo más? —me había preguntado Batista.

Dije que sí, sobre todo porque el juez tenía cara de querer contarlo.

—Tuve que citarlo a declarar. Usted sabe —yo asentí—. Y, como ya me habían avisado —Batista miró hacia lo alto—, preferí tomarle declaración yo mismo.

"Todos somos cobardes", pensé, "solo es cuestión de que nos atemoricen lo suficiente". A mí me había tomado la ratificación de la denuncia un pinche con cara de quinceañero. Al guacho ese, yerno del coronel, le tomaba declaración el propio magistrado y sudando la gota gorda.

—No sabe, Chaparro. Qué ínfulas. Las ínfulas que tenía ese tipo. Entró en el despacho como si me estuviese haciendo un favor, como si me estuviese regalando una porción inapreciable de su valiosísimo tiempo. Cuando le empecé a preguntar sobre la causa, se despachó a hablar pestes de cuanto le vino en gana. No tanto contra usted, no crea. La emprendió sobre todo contra los dos pobres tipos a los que había mandado moler a golpes. Que negros de acá, que ladrones de allá, que zorros de tal otro lado. Que había que matarlos a todos y cerrar las fronteras. Le digo la verdad: la mayor parte de las atrocidades que dijo, por no decir todas, no las mandé volcar en su declaración escrita porque no me dejaba más remedio que meterlo en cana por apología del delito, fíjese.

La pregunta que se imponía, a esa altura era "¿Y por qué no lo hizo, doctor?". Pero no la formulé. Me reventaba el hígado que ese malparido se saliese con la suya, pero yo también, a mi modo, era un cómodo y un pusilánime, después de todo.

—Igual, cuando le pregunté específicamente por los dos albañiles, negó toda vinculación con el hecho y el asunto quedó ahí. Lo que llegué a decirle también fue que si la causa penal era sobreseída resultaba muy probable que el sumario interno quedara trunco y la Cámara de Apelaciones le levantara la suspensión laboral que le habían impuesto de oficio.

"Magnífico", pensé, "vuelvo a tenerlo de compañerito".

—Pero, para mi sorpresa, lo tomó con total displicencia y me contestó que no creía poder dedicarse de nuevo a un trabajo de escritorio. Que eran tiempos de pasar a la acción, porque la patria estaba en peligro, rodeada de enemigos, de ateos, de comunistas y de no sé qué más. Así que lo frené en seco, lo hice firmar la declaración y lo despaché. No me quedaban ganas de preguntarle cuáles eran sus planes para el futuro.

La entrevista con Batista me dejó un sabor amargo por la sensación de injusticia, de siniestra impunidad con que me salpicó. Pero tampoco entonces alcancé, ni de lejos, a entrever las consecuencias que esos hechos iban a tener sobre la historia que estoy narrando, y sobre mi propia vida.

Releo esto de "mi propia vida". ¿Qué era mi propia vida en 1969? Marcela me había propuesto, en esa época, que tuviéramos un hijo. No me lo preguntó. Fue como si extrajera, en voz alta, un corolario de lo que venía pensando. "Podríamos tener un hijo", soltó, durante una cena. Estábamos viendo el "Noticiero 13". La miré y advertí que hablaba en serio. Me puse de pie y apagué el televisor: siempre había pensado que cosas así merecían otro clima, otro marco. Pero algo seguía sin funcionar. ¿Cuál era el problema con ella? ¿Por qué no me entusiasmaba la idea de ser padre? "Ya llevamos cuatro años de casados. Y el departamento terminamos de pagarlo el mes que viene", agregó, viendo mi expresión.

Marcela hablaba desde una lógica demoledora. Nos habíamos conocido en lo de mi prima Elba. Habíamos estado dos años de novios. Un crédito del Banco Hipotecario, un dos ambientes en Ramos Mejía, la luna de miel en Mar del Plata, una linda vajilla del Emporio de la Loza. El paso siguiente era el que ella me estaba proponiendo, si esa frase dicha en tono acuoso podía ser considerada una propuesta. Yo era el desubicado. La razonable era ella.

No pude responder sino con algunas evasivas. Marcela respetó esa distancia. No sé si por sumisa, por fría o por acostumbrada. Se atuvo a que le respondiera cuando quisiese. Aún hoy me asalta, de tanto en tanto, la certeza angustiante de que perdí la oportunidad de tener un hijo. Estuve a punto de escribir "de trascenderme en un hijo" o "de perpetuarme". ¿Es eso tener un hijo? Nunca voy a saberlo. Es otra de las preguntas que me llevaré, intactas, a la tumba.

18

Si ese atardecer de agosto de 1969 en el que me crucé con Ricardo Morales yo demoraba el regreso a casa era, sobre todo, para no verme obligado a responder a la pregunta (o a la propuesta, o a la iniciativa, o no sé cómo llamarla) de mi mujer sobre aquello de "tener un hijo". No sabía qué decirle, porque no sabía qué decirme antes a mí mismo. Cuando abandoné el Juzgado ese día, no tomé el 115 en la parada más próxima, la que estaba sobre Talcahuano. Crucé caminando la plaza Lavalle, me senté un rato bajo un gomero gigantesco, y recién cuando empezó a apretar el frío me decidí a ir hasta la parada de avenida Córdoba. Llegué a la estación de Once con la marea humana de las siete. No me preocupó, porque me servía como excusa para dejar pasar unos cuantos trenes hasta que pudiera tomar uno en el que lograse sentarme.

Como me movía bastante más despacio que los otros transeúntes, me hice a un lado para evitar sus empellones y empecé a andar bien pegado a las vidrieras de esos locales vulgares que pueblan la terminal. Pude entonces detenerme a mirar los carteles hechos a mano y llenos muchas veces de horrores ortográficos, la paciencia de beduinos de un par de lustrabotas, el rictus severo de un par de putas que iniciaban su ronda. Uno ve muchas cosas cuando no va a ninguna parte. Y entonces lo vi.

Ricardo Agustín Morales estaba sentado en el taburete alto y redondo de un copetín al paso, con las manos en el regazo y la vista clavada en la masa de pasajeros que apuraba la marcha hacia el andén. ¿Me habría acercado si él no me hubiese reconocido primero, alzando un poco la mano izquierda a modo de saludo? Probablemente no. Ya dije que, una vez tranquilizada mi conciencia, emparchada mi autoestima judicial por lo que consideraba una audaz maniobra frente al juez y el secretario, había vuelto sin remordimientos a mis rutinas sencillas y modestas. Ver a Morales fuera del contexto esperable —es decir, fuera de su Banco Provincia o del café de la calle Tucumán— me sobresaltaba y casi diría que me resultaba inquietante.

Pero me había visto. Había alzado su brazo y había construido algo parecido a una sonrisa. De manera que me aproximé, le tendí la mano y ocupé el banco contiguo al suyo.

—Qué dice, tanto tiempo —me saludó.

¿Había algún reproche en ese "tanto tiempo"? Protesté para mis adentros que no era justo. ¿Para qué iba a convocarlo? ¿Para decirle que Gómez, quien por otra parte bien podía ser un excelente muchacho, no aparecía por ningún lado, y que yo ya había hecho cuanto estaba a mi alcance? Lo miré. No. No estaba reprochándome nada. Vuelto hacia el exterior, con los pies trabados en el parante del taburete, la mirada quieta, el pocillo vacío y frío sobre la barra a sus espaldas, irradiaba la misma sensación de infatigable soledad de casi todos nuestros encuentros.

—Acá andamos —contesté con la sensación de que, de todos modos, no estaba aguardando mi respuesta—. ¿Y usted? —por lo menos era cómodo que la conversación siguiese por esos formalismos coloquiales vacíos pero seguros.

—Nada nuevo —pestañeó, giró apenas hacia atrás, comprobó que había terminado el café y volvió a darle la espalda a la barra. Miró el reloj grasiento que colgaba en la pared del frente—. Me falta media hora y termino.

Vi que eran las siete y media. ¿Qué labor pensaba concluir cuando dieran las ocho?

—El policía ese tuvo razón —dijo después de un largo silencio—. No se volvió a Tucumán. Mi suegro está seguro de eso.

Morales hablaba con la naturalidad de una conversación nunca interrumpida, de esas a las que no hace falta ponerles nombres porque los interlocutores saben perfectamente de quiénes se trata. "El policía ese" era Báez, "mi suegro" era el padre de la difunta, "el que no se volvió a Tucumán" era Gómez.

—Los jueves me toca acá. Los lunes y miércoles en Constitución. Martes y viernes, Retiro —de vez en cuando seguía con la mirada a algún transeúnte—. Este mes es así. En mayo cambio. Todos los meses lo cambio.

Por los parlantes apareció una voz áspera, que arrastraba las palabras y se comía las eses, para anunciar la inminente partida del rápido a Morón de las 19.40 desde la plataforma cuatro. Aunque no pensaba tomarlo —no quería viajar parado—, me pareció una excusa oportuna para ponerme de pie y amagar con despedirme. Me detuvo la voz de Morales, que de nuevo atacó su tema sin preámbulos.

—El día que la mató, Liliana me preparó té con limón —noté que ahora conjugaba el verbo matar en singular: ya no era "la mataron", porque el asesino, en su cabeza, tenía cara y tenía nombre—. "El café te hace mal, tenés que tomar menos", me dijo. Yo le contesté que sí. Me gustaba cómo me cuidaba.

Sospeché que no solo iba a perderme el tren local a Castelar que salía menos diez, sino unos cuántos más.

—Aparte, si usted la hubiera visto —miró fijamente a un tipo petiso y joven que cruzó delante de la vidriera, pero lo descartó enseguida y buscó otro posible blanco—. Cada vez que mi padre veía algún desfile de modelos, algún concurso de belleza por televisión, decía que a esas chicas, para determinar si eran realmente hermosas, había que verlas al levantarse a la mañana, sin maquillaje. Nunca se lo dije a ella, pero cada mañana lo primero que hacía al despertarme era mirarla para comprobar la teoría de mi viejo. ¿Sabe que tenía razón? Por lo menos con Liliana.

La espantosa voz del parlante anunció el tren de 19.55 a Castelar, parando en todas. Recordé las facciones de la mujer, y pensé que no exageraba con respecto a su belleza. Se me estaba haciendo definitivamente tardísimo, pero ya no tenía ganas de levantarme. Por lo menos no hasta que pudiera ponerle nombre a la emoción que sentía cobrar forma dentro de mí. ¿Compasión? ¿Tristeza? No. Era otra cosa, pero no conseguía definirla.

—¿Sabe qué es lo peor de todo?

Lo miré. No supe qué decir.

—Que la voy olvidando.

Le temblaba la voz. No cometí el desatino de interrumpirlo.

—La pienso, y la pienso y la pienso todo el día. Me despierto por la noche y me desvelo recordándola. Pero me pasa que tiendo a recordar siempre las mismas cosas. Las mismas imágenes. ¿Qué es lo que recuerdo, entonces? ¿A ella o al recuerdo que he construido en este año y pico que lleva muerta?

Pobre tipo. ¿Por qué no podía avanzar, en mi reflexión, más allá de ese "pobre tipo" que era como una etiqueta sin valor?

—Pensé en matarme, ¿sabe? A veces me levanto a la mañana y me pregunto para qué carajo estoy vivo.

A esa altura yo ya me preguntaba para qué estaba vivo yo mismo. ¿Qué podía contestarle? Pero a la vez ¿podía quedarme callado frente a semejante confesión, frente a semejante angustia? Le dije lo primero que se me ocurrió, o lo único:

—Tal vez sigue vivo para agarrar al hijo de puta que la mató... —recapacité y me sentí obligado a agregar, como para distanciarme de su fanática certeza—: sea Gómez o sea otro.

Morales consideró mi respuesta. Por hábito, o por método, seguía mirando a la gente que pasaba rumbo a las plataformas. Por fin respondió.

—Creo que sí. Creo que es por eso.

Hizo silencio. Yo también. Si por lo menos su pesquisa personal lo mantenía con vida, ya era algo. De todas formas su esfuerzo estaba derrotado de antemano. Si Gómez era inocente, no habría manera de culparlo. Y, si era el asesino, me parecía muy difícil que alguna vez pudiésemos detenerlo. El tipo sabría que lo buscaban, y también que en ese mar de gente era casi imposible hallarlo. Viéndolo de ese modo, la obstinada vigilancia de Ricardo Agustín

Morales sobre las terminales de trenes resultaba de una candidez enternecedora.

—¿Sigue viviendo en Palermo? —pregunté casi por decir algo.

—No. El departamento lo sigo teniendo, pero vivo en una pensión de San Telmo. Me queda más a tiro del trabajo y de... esto —agregó, como si tuviera dificultad para ponerle nombre a esa cacería extravagante.

Me despedí, diciéndole que cualquier novedad que tuviera lo llamaría. Mientras me daba la mano, miró el reloj y vio que también era su hora. Sacó un billete arrugado y lo dejó sobre la barra. Salimos juntos, pero a los pocos pasos me dio a entender que tomaba hacia el lado contrario. Volvimos a estrecharnos la mano.

Me acerqué a los andenes. Un guarda me picó el abono en el acceso. Estaba por salir otro rápido, Flores, Liniers, Morón, después parando en todas. No quedaban asientos. Igual subí. Acababa de decidir que necesitaba llegar cuanto antes a mi casa. Aunque no del todo, había logrado ponerle un nombre a lo que había sentido mientras lo escuchaba hablar a Morales.

Era envidia. El amor que había vivido ese hombre me despertaba una enorme envidia, más allá de la piedad que me suscitara la tragedia en la que ese amor había terminado naufragando. Asido de mala manera a una de las argollas blancas que pendían sobre el pasillo y bamboleándome con el movimiento del tren, supe que iba a caminar hasta mi casa, iba a decirle a Marcela que teníamos que hablar e iba a comunicarle mi decisión de separarme de ella. Probablemente me mirase asombrada. Sin duda semejante programa escaparía absolutamente al encadenamiento lógico de las etapas en las que había planificado su vida. Yo iba a lamentarlo, porque nunca me ha gustado causarles daño a los demás, pero acababa de entender que le hacía más daño quedándome con ella.

Cuando llegué a casa, Marcela me esperaba con la mesa tendida. Hablamos hasta las dos de la mañana. Al día siguiente cargué algunas cosas en un par de valijas y me fui a buscar una pensión, aunque procuré que no fuera por San Telmo.

19

Transcurrieron más de dos años y medio hasta las 16.45 del lunes 23 de abril de 1972, cuando las puertas del tren detenido en el andén dos de la estación de Villa Luro, accionadas por el guarda Saturnino Petrucci, se cerraron en las incrédulas narices de una señora madura y gorda. Asomando medio cuerpo afuera del vagón, el guarda acarició el botón con el letrero de "chicharra", pero no llegó a oprimirlo. En cambio, terminó por apretar el de "abrir". Todas las puertas de la formación volvieron a abrirse con un chasquido neumático y la mujer, alborozada, dio un saltito desde el andén hasta el vagón y se derrumbó de inmediato en un asiento vacío.

El guarda Saturnino Petrucci —uniforme gris, frondoso bigote entrecano, vientre considerable— se alegró de no haber sucumbido a la crueldad gratuita de dejar pagando a la gorda en el andén. ¿Cómo era que se le había pasado por la mente ejecutar semejante canallada? La respuesta era vergonzosa, pero clarísima. Se le había ocurrido como un modo de vengarse. No de la gorda, a la que no conocía, sino del mundo en general. Deseaba vengarse del mundo porque lo culpaba del humor lúgubre que tenía desde la tarde del día anterior, domingo, para más datos. Y su humor lúgubre se lo debía, ni más ni menos, a una nueva derrota del Racing Club de Avellaneda. O sea que había estado a punto de jorobarle la tarde a una pobre mujer por el fútbol. El dichoso, el maldito, el eterno asunto del fútbol.

Petrucci se sentía un idiota por amargarse a raíz de los resultados de su equipo. Pero sentirse un idiota no le solucionaba la amargura. Casi al contrario: sentirse idiota le ensombrecía todavía más el ánimo. Un dolor enorme, que encima fuera ilegítimo, sucio, inmerecido, era demasiado para cargar sobre sus anchas espaldas de futbolero curtido. ¿Nunca iban a volver los buenos años de su juventud, esos en los que Racing se había cansado de ganar campeonatos? Se consideraba un hombre paciente y agradecido. No quería ser como esos plateístas insoportables que reclaman éxito tras éxito para sentirse plenos. A él le bastaba con mucho menos. Pero hasta el "equipo de José" empezaba a convertirse en un recuerdo. ¿Cuántos años, desde el gol de Cárdenas y la copa del mundo? Cinco. Cinco largos años. ¿Y si pasaban otros cinco? ¿Y si pasaban otros diez sin que Racing saliera campeón? Dios Santo. No quería ni pensarlo, como si hacerlo fuese un modo de invocar a los malos espíritus.

Ese lunes se había iniciado con todos los ornamentos de la derrota: los titulares del diario, las bromas en la Oficina de Guardas, la mirada socarrona de un par de maquinistas. Era esa bronca contenida, lentamente destilada, la que casi había convertido a la gorda en su víctima. Miró por el vidrio de la puerta. Entregaba esa formación en Once y volvía con un rápido. Chistó. Había logrado la dosis de serenidad suficiente como para liberar a la mujer de su venganza inútil, pero el talante tormentoso seguía con él. No quería volver a su casa con el entripado encima, porque era un buen padre y un buen marido. Optó entonces por sacarse la rabia del modo más honesto que conocía: persiguiendo pasajeros colados.

Con un gesto rápido extrajo del cinturón la perforadora y a la voz de "Boletos, pases y abonooooos", sostenido en un ligero agudo sobre el final, se volvió hacia los escasos ocupantes del vagón en el que estaba. Conocedor de su oficio, relojeó de un vistazo a los hombres. Difícilmente las mujeres viajaban sin pasaje. No eran más de seis o siete varones, dispersos en los asientos de cuerina verde. Unos cuantos se llevaron la mano a algún bolsillo. Dos, en cambio, se incorporaron y empezaron a caminar por el pasillo hacia el vagón siguiente. Sin apresurarse, picó el boleto de cartón blanco y anaranjado de una joven madre. No necesitó seguir a los fugitivos con la mirada. Un simple golpe de vista le advirtió que uno llevaba un gamulán. El otro, un petiso de pelo negro, una campera azul. El tren estaba aminorando la marcha. Agradeció a un viejo que le alcanzó el abono y se aproximó a las puertas. Colocó la llave en el tablero y accionó el botón de "abrir". Bajó al andén. Lo único que le interesaba de la estación Floresta era ubicar a los dos colados que habían disparado como rata por tirante. A uno lo ubicó enseguida: el del gamulán acababa de bajarse, de poner cara de otario y de recostarse contra un árbol. Petrucci lo favoreció con su indulgencia. Le bastaba con que se hubiese bajado de su tren. ¿Y el otro? El petiso de campera azul, ¿dónde estaba? Petrucci sintió que la furia que había incubado durante todo el día lo asaltaba de nuevo. ¿Tenía ganas de hacerse el piola? ¿No le resultaba suficientemente temible su estampa fiera de guarda experimentado? ¿Se sentía a salvo simplemente por haberse cambiado de vagón? ¿Lo tomaba por un boludo? Perfecto.

Cerró las puertas, oprimió "chicharra", esperó que el tren arrancara y soltó la puerta que tenía trabada con el pie. Después guardó en el bolsillo la picadora de boletos y la llave de control de puertas. Intuía que sería preferible tener las manos libres. Emprendió la marcha por el pasillo, bamboleándose levemente por el envión que le daba la inercia. No se detuvo en el vagón contiguo: de un vistazo había advertido que el candidato no estaba en ese. Pasó al otro coche: tampoco estaba allí. Sonrió. El idiota se había metido en el último. La puerta chirrió cuando la abrió de golpe. Ahí estaba: sentado sobre la izquierda, haciéndose el sonso, mirando por la ventana como si tal cosa. Petrucci caminó sacando pecho y balanceando los hombros. Se le paró al lado y murmuró con voz grave:

—Boleto.

¿Por qué el gilún se empeñaba en tomarlo de pelotudo? ¿Para qué esa carita de asombro, de sobresalto repentino, esos ademanes de busco en un bolsillo, busco en el otro, me hago el contrariado porque no lo encuentro, chasqueo la lengua para hacerme el preocupado? ¿Se pensaba que no lo había visto rajar del quinto vagón antes de Floresta?

—No lo encuentro, señor.

"Señor, las pelotas", pensó Petrucci. Lo consideró con ternura y le dijo, con tono de padre severo:

—Voy a tener que cobrarte la multa, petiso.

Y entonces sucedió algo. Bueno, en realidad, siempre suceden cosas. "Sucedió algo" significa aquí que la siguiente conducta de uno de los involucrados en el entredicho tuvo consecuencias trascendentes para lo que uno intenta contar en este libro. El joven se puso de pie, sacó pecho, frunció el ceño y habló mirando a los ojos del guarda:

—Entonces le vas a tener que cobrar a Magoya, gordo de mierda. Porque yo no tengo un mango.

Petrucci se sorprendió, pero su sorpresa llegó revestida de alegría. Este joven le caía del cielo. La gloriosa Academia había sido derrotada la víspera. Sus conocidos habían hecho leña del árbol de su desdicha durante buena parte de esa jornada. Pero este joven impertinente y malhablado le daba la posibilidad de ventilar los oscuros sentimientos que venían dominándolo. Adelantó un brazo y lo apoyó con firmeza en el hombro del muchacho:

—No te hagás el piola. Ahora te bajás conmigo en Flores y vemos cómo te las ingeniás para pagar, enano.

—Enano la concha de tu madre.

El muchacho habló mirándolo con rabia. Más tarde Petrucci diría que lo agarró desprevenido, lo que no fue del todo cierto. El guarda palpitaba, intuía, casi deseaba que el otro armara gresca. Pero la piña que le tiró el mocoso fue tan veloz y tan bien dirigida que lo impactó en plena nariz y lo cegó por un instante. El muchacho sacudió un poco la mano dolorida. Más tarde, los médicos le diagnosticarían una fractura de metacarpo. Hizo una ligera contorsión para salir al pasillo y eludir el voluminoso cuerpo del guarda. Pero, cuando casi lo había conseguido, sintió que una mano brutal lo aferraba del cuello de la campera y lo ponía diestramente de espaldas al pasillo. Después percibió que otra mano lo agarraba desde atrás, del cinturón, y ambas lo levantaban en vilo. Por último, se vio lanzado contra el marco de aluminio de la ventana, que se le estrelló en la frente. Era un pibe fuerte. Aunque aturdido, mantuvo la vertical, ahora libre de las tenazas de las manos del guarda. Se giró hacia él y armó la guardia. Tal vez si el señor de uniforme gris hubiese sido algo más liviano, o si no hubiese practicado en la Federación de Box cuando joven, o si Racing hubiera triunfado la víspera, el muchacho sin boleto habría salido bien librado de la pelea. Pero no era el caso. Por eso recibió un puñetazo brutal en la boca del estómago que lo dobló en dos, seguido por un directo a la mandíbula que lo dejó grogui. De postre, Petrucci le sirvió un gancho en el vientre que le hizo saltar las lágrimas.

En ese momento el tren se detuvo. Feliz, altivo, Petrucci recibió algunos aplausos del reducido público que se había concitado en el trayecto desde Floresta hasta Flores, manipuló el tablero para abrir las puertas y sacó al colado casi arrastrándolo de los pelos. Caminó con él hasta la oficina, casi en la otra punta del andén. Unos cuantos curiosos se asomaban a las puertas, a medida que lo veían pasar arreando al aturdido muchacho. Petrucci buscó al suboficial de consigna. Lo saludó con una inclinación de cabeza y le relató sucintamente lo que acababa de ocurrirle. El suboficial se hizo cargo del fulano.

—Vamos a hacer una cosa —dijo, esposando al joven a una silla de madera con el respaldo a listones verticales—, lo remito a la seccional por averiguación de antecedentes. No debe tener nada, pero para joderlo un rato. Va a aprender a no pasarse de piola, pendejo de mierda.

—Macanudo —respondió Petrucci, mientras se palpaba por primera vez la nariz, ahora que le empezaba a doler en serio.

—¿No tendría que hacerse ver ese golpe? —preguntó el policía—. Mire que tiene un aspecto fulero.

—Sí, la verdad que me agarró justo, el malparido —hablaban delante del muchacho, que miraba fijamente el suelo.

El policía lo acompañó a la puerta. Afuera el tren seguía detenido.

—Y todo por hacerse el gallito, pedazo de infeliz —Petrucci sentía la necesidad de explicarse—. Si me dice que no tiene plata, o me pide que por favor lo deje, capaz que no le digo nada, ¿sabe?

—Qué le va a hacer. Algunos de estos pibes de hoy día se comen el mundo, ¿vio?

—Qué cosa... —concluyó el guarda.

Saludó con un gesto, cerró las puertas y tocó la chicharra. El tren demoró un segundo en arrancar porque el *motorman* andaba distraído después de semejante espera. Cuando Petrucci llegó a Once, tenía la nariz hinchada y sanguinolenta. Lo mandaron al Hospital Ferroviario a que le sacaran una radiografía y lo viera un médico. "Fractura de tabique nasal", dijo el doctor que lo revisó en la guardia. "¿No se desmayó?" Petrucci negó con la cabeza, como si que a uno le partieran el tabique fuera lo más normal del mundo. "Vaya a su casa. Le pongo cuatro días de reposo. Me viene a ver el viernes y vemos cómo sigue".

Petrucci pensó que de ahí en adelante iba a fajarse con un colado lo menos una vez al mes, si eso le garantizaba semejantes licencias. Volvió hecho unas Pascuas. Tomó el tren en Once sin pasar por el control. Tenía que entregar los papeles directamente en la oficina de Castelar, y estaba verdaderamente cansado. Cuando llegó con los comprobantes del hospital, algunos compañeros le salieron al paso.

—Acá está el *sheriff*, abran cancha —dijo alguno, haciéndose el chistoso.

—No rompás las bolas, Ávalos —lo cortó.

—En serio, macho, ¿no te enteraste?

—¿De qué?

—El pibe al que agarraste. El que se fajó con vos.

—Sí, ¿qué pasa?

—Viste que quedó en Flores para averiguación de antecedentes...

—¿Qué? No me digas que le saltó algo, al pelotudo.

—¿Algo? Tenía una orden de captura, o algo así, de la puta madre. De un Juzgado de Capital, por homicidio y no sé qué más...

—Mirá vos —Petrucci estaba realmente sorprendido. Sorprendido y con un anacrónico dejo de temor: ¿y si hubiese tenido un arma?

—Así que ahora sos una especie de guardián de la ley, ¿viste? —intervino otro.

—Dejate de joder, Zimmerman. ¿Con esa cara de borrego y con captura por homicidio? ¿Sería de esos pibes de Montoneros, algo de eso? Me voy a casa. Estoy rendido.

Se cruzaron algunos saludos desganados. Mientras caminaba hasta la parada del 644 cartel blanco, Haedo/Barrio Seré, Petrucci pensó que el día no terminaba tan mal después de todo. Se había sacado la bronca con el boludito ese. Le habían dado cuatro días de licencia, que le venían bárbaro para terminar el contrapiso de la pieza del fondo. La nariz apenas le dolía porque le habían dado unos calmantes para caballo, según el médico. Y seguro que Racing tarde o temprano iba a salir campeón, después de todo. ¿Cuánto tiempo podía faltar para que sucediera?

Se sentó en el colectivo. Palpó en el bolsillo el papel que le había alcanzado Ávalos. "El nombre del pibe", le había dicho. En el momento no le había dado bolilla, pero ahora sintió curiosidad. Lo desplegó: "Isidoro Antonio Gómez". Petrucci hizo un bollo con el papel y lo dejó caer al piso sucio del colectivo. Después se acomodó como para dormitar unos minutos, teniendo buen cuidado de no apoyar la nariz contra la ventanilla, porque de lo contrario iba a ver las estrellas, y capaz que volvía a sangrarle.

20

Teniéndolo delante, volví a sospechar que había construido un rascacielos con cimientos de humo. ¿Podía ser culpable ese pibe que con expresión plácida estaba de pie frente a mí, con las piernas un poco separadas en actitud de descanso, como si lo afectara poco y nada tener las manos esposadas a la espalda?

Muchos detenidos, después de dos o tres días casi inmóviles e incomunicados, asqueados de comer el rancho carcelario, de estar sucios, inactivos y juntando nervios en la celda, muestran en el rostro los estragos que deja el permanecer sometido a la caprichosa voluntad de otros.

Isidoro Antonio Gómez no. Por supuesto cargaba con señales del encierro al que estaba sometido desde el lunes: el rancio olor a mugre humana, la sombra de barba, las zapatillas sin cordones. Eso sin contar el yeso en la mano derecha y el hematoma verdoso que le había dejado sobre la ceja derecha su escaramuza con el belicoso guarda del Ferrocarril Sarmiento.

Las dudas me consumían. ¿Podía alguien estar tan tranquilo sabiéndose culpable de un homicidio? Tal vez hasta ignoraba el motivo por el que lo habían traído detenido a declarar a Tribunales. Porque también existía la posibilidad de que creyera que todo era un proceder, algo exagerado, relacionado con haber viajado sin boleto y con fajarse con el responsable de evitar esa conducta. Me dije que no: a la legua se notaba que era un tipo inteligente. Debía saber que estaba allí por otro asunto. Pero, entonces: ¿cómo se explicaba que se hubiese involucrado en ese escandaloso incidente? Concluí que o era inocente o era un hijo de puta absolutamente desaprensivo.

La cabeza me trabajaba a mil por hora: si era inocente... ¿por qué se había borrado a fines de 1968?; si era culpable... ¿por qué se había dejado detener en ese incidente estúpido?

Al día siguiente, la noticia de la detención de Gómez me estaba esperando al llegar a la Secretaría. Báez en persona me lo había confirmado por teléfono. Habíamos acordado dejarlo en escabeche dos días más, hasta el jueves, sobre todo para darme tiempo a pensar cómo cuernos enfocar esa declaración, y de hablarlo largo y tendido con Sandoval. ¿Tenía acaso a otro tipo a mano con la mitad de su capacidad de discernimiento?

En esos tres años pocas cosas habían cambiado en el Juzgado. Nos habíamos sacado de encima al infeliz del secretario Pérez (que había ascendido a defensor oficial), aunque perder a nuestro jefe nos había dejado el regusto amargo de confirmar que cierto grado de estupidez congénita, como la que él enarbolaba como bandera, parecía augurar un ascenso meteórico en el escalafón judicial. No habíamos tenido tanta suerte con el doctor Fortuna Lacalle. Seguía siendo nuestro juez y seguía siendo un pelotudo. Para peor ya estábamos en 1972, y ser amigo de un amigo de Onganía había dejado de ser una palanca eficaz en el camino hacia la Cámara de Apelaciones. Si, en pleno estrellato del general de bigotes, Fortuna no había podido pegar el salto, ahora era prácticamente imposible que lo diera. De modo que vegetaba en su lugar de siempre. La buena noticia era que se le había pasado el infame berretín de intentar lucirse frente a sus superiores. Nos dejaba trabajar, firmaba donde le indicábamos y no se encaprichaba con que sus prosecretarios fuesen a la escena del crimen en las causas por homicidio. Era una suerte, entre otras cosas, porque en la Argentina de entonces empezaban a sobrar cadáveres.

Por todo eso, por lo que Sandoval denominaba jocosamente "nuestra orfandad de líderes competentes", nos habíamos sentado con él a releer la causa, que había quedado clavada en diciembre de 1968, tres años y medio antes, justo después del libramiento de la orden de comparendo que acababa de hacerse efectiva el lunes en la estación de Flores.

Sandoval, que venía atravesando uno de los períodos de sobriedad más prolongados que le había conocido, concluyó con lógica de hierro:

—Si es culpable... no sé, Benjamín; salvo que él solito se ponga la soga al cuello en la declaración informativa, estamos fritos.

Era dolorosamente cierto. ¿Qué teníamos, realmente, para dictarle un procesamiento por homicidio calificado? Un viudo que lo acusaba (falsamente, por otra parte, porque ese artilugio lo habíamos inventado por si se nos retobaba Fortuna con los oficios policiales) de haber enviado unas cartas intimidatorias que no estaban en ninguna parte. Unas diligencias policiales que me había remitido Báez, donde se aseguraba que Gómez había abandonado su lugar de residencia y su trabajo horas antes de que los uniformados ejecutaran precisamente esas actuaciones. Una tarjeta de fichaje laboral en la que constaba que el sospechoso había llegado a trabajar tardísimo el día de la muerte de Liliana Emma Colotto de Morales. Era pura mierda. No teníamos nada de nada, y hasta el más imbécil de los abogados defensores nos haría polvo la prisión preventiva una vez apelada ante la Cámara. Y eso en el caso de que lográsemos que Fortuna nos firmara la resolución, dicho sea de paso.

Supongo que por todo eso ni me había tomado el trabajo de llamar a Morales. ¿Para qué avisarle? ¿Para que viese cómo nos veíamos obligados a soltar al único sospechoso que habíamos conseguido identificar en un lapso de tres años? ¿El mismo sospechoso que él seguía buscando —de eso yo estaba seguro— en las terminales de trenes, por turnos rotativos, cada atardecer de lunes a viernes?

Ordené que llevaran a Gómez al despacho del secretario, que estaba vacío. Todavía no nos nombraban reemplazante para Pérez, y de momento nos firmaba el secretario de la 18. Prefería no tener demasiados testigos. ¿Por qué? Ni yo mismo lo sabía, pero no los quería. Así que di orden de que no me interrumpieran. Ingresé en ese despacho detrás de Gómez y del guardiacárcel que lo traía tomado de un brazo. Le pedí al custodio que le sacara las esposas. Gómez se sentó frente al escritorio, cruzando la pierna derecha sobre la izquierda. "Se tiene fe, el muy cornudo", pensé. No era una buena señal verlo tan tranquilo.

En ese momento escuché cómo, en el despacho contiguo, se abría la puerta exterior y se oía un "buenos días" cantarín que me puso los pelos de punta. No podía ser. No podía. Sandoval asomó la cabeza apenas en el despacho en el que nos hallábamos y repitió el alegre saludo, acompañado de una gran sonrisa. Aunque desapareció enseguida en la oficina general, me quedé un largo instante mirando el umbral por el que se había asomado. "La puta madre que lo remilparió", dije para mis adentros. Estaba en pedo. Despeinado, sin afeitar, con la ropa del día anterior y uno de los faldones de la camisa mal embutido dentro del pantalón. Por algo había pasado como una exhalación a saludarme. Aunque lo había visto apenas un instante, me había bastado cotejar ese relámpago con la visión repetida que tenía de tantos y tantos años de trabajo compartido. Intenté recordar la tarde del día anterior. ¿No me había cerciorado, por la ventana, de verlo enfilar para su casa en lugar de hacia los bares del Bajo? ¿O por tener la cabeza puesta en lo de hoy lo había pasado por alto? Ya daba igual. Estábamos jodidos.

Coloqué una hoja con membrete en la máquina de escribir que había cargado hasta allí desde mi propio escritorio. No era cuestión de alterar mis más elementales cábalas. "En Buenos Aires, a los veintiséis días del mes de abril de 1972...".

Me detuve. Sandoval estaba en el umbral, como esperándome. Lo fulminé con la mirada. No pretendería participar en esa declaración, en semejante estado... Ya que había sido tan infeliz como para arruinar siete meses de abstinencia, ya que no le había importado cagarme así con algo que sabía que me importaba mucho, ya que estaba en un estado tal que no podría probablemente articular tres palabras de más de dos sílabas, que por lo menos se mandara mudar y me dejara hacer lo que pudiera con Gómez. O comprendió mi gesto o el mareo le aconsejó que se refugiara en su propio escritorio. Lo cierto es que se fue. Miré a

Gómez y al custodio. Permanecían ajenos al asunto y a mi desesperación creciente. Yo debía reconocer, pese a todo, que Sandoval aplicaba a sus borracheras un estilo altivo y muy digno. Nada de hipos, ni de zigzagueos a los tumbos entre los muebles. Su aspecto exterior era, cuanto mucho, el de un buen señor que por causas ajenas a su voluntad se ha visto obligado a dormir a la intemperie.

Decidí acabar con los rodeos y abocarme a la declaración de Gómez. Había tomado la determinación de encararlo por las malas, como si fuese culpable. De todos modos, yo estaba perdido. En el tono de voz más frío y serenamente amenazante del que fui capaz le pedí sus datos personales y le comuniqué los motivos de que estuviera prestando declaración informativa. Le aclaré sus derechos y le informé a grandes rasgos el asunto que se ventilaba en esa causa. Mientras hablaba, aporreaba mi máquina de escribir, la misma en la que estoy registrando estos recuerdos. Cuando culminé el encabezado, me detuve. Era ahora o nunca.

—Lo primero que tengo que preguntarle es si reconoce tener relación con el hecho que se investiga en esta causa.

"Tener relación" era suficientemente vago. Si tan solo se pisase en algo y me dejara una punta de la cual aferrarme. Pero no tenía esperanzas al respecto. Su cara podía expresar muchas cosas, o ninguna. Pero seguro que no exhibía sorpresa. Tardó en contestar y, cuando lo hizo, habló serenamente:

—No sé de qué me está hablando.

Listo. Eso era todo. Cara o ceca. Ya no había nada que hacer. Yo había hecho el intento. Hasta había apresurado que me lo remitieran desde la alcaidía antes de que llegara el defensor oficial de turno, no fuera cosa que se tentara de asesorarlo. Pero, evidentemente, o Gómez no tenía la menor idea del asunto, o comprendía que me tenía agarrado de los huevos y no tenía la menor intención de soltarme. Iba a limitarse a hacer la plancha, a negar todo, hasta que yo me saturase de chumbarlo al divino botón.

En eso entró Sandoval frunciendo levemente el ceño, como para focalizar la mirada. Se me acercó y se inclinó casi a la altura de mi oreja.

—La causa de Solano, Benjamín... ¿la viste? —había hablado en voz alta, casi gritando, como si en lugar de diez centímetros nos separasen veinte metros.

—Está a la firma —respondí, seco.

—Gracias —dijo, y se fue.

Me encaré con Gómez otra vez. No había volcado en la declaración su rotunda negativa. Ni quería hacerlo todavía, pero ¿cómo seguir? Había probado el ataque directo y no había funcionado. ¿Valdría la pena intentar algo más tangencial? ¿O estaba de verdad ensañándome injustamente con un pobre tipo?

—A ver, señor Gómez —señalé la causa, que estaba apoyada en el escritorio—. ¿Por qué se imagina que lo hemos tenido preso cuatro días, a raíz de un pedido de comparendo de 1968? ¿Porque sí, nomás?

—Usted sabrá... —y después de una pausa—: Yo no sé nada.

Por primera vez sentí que mentía. ¿O era mi deseo de que la causa no muriera para siempre?

Otra vez Sandoval. Pedazo de infeliz. Había encontrado la maldita causa de Solano y la traía triunfante.

—Acá la encontré —me la puso delante—. ¿No te parece que habría que citarlo a declarar al perito que tasó el edificio antes del remate? Digo, porque así matamos dos pájaros de un tiro.

¿Estaba haciendo méritos para que le sacudiera un tortazo? Daba toda la impresión. ¿No se daba cuenta de que estaba intentando arrinconar al sospechoso, que tal como venía la mano era como tratar de arrinconar a una mosca en un galpón de veinte por treinta? No. No se daba, con la tranca que traía encima.

—Hacé lo que quieras —me limité a responder.

Salió muy campante. Cuando giré hacia Gómez me pareció ver, en su mínima sonrisa, que se había avivado del estado alcohólico de mi colaborador. No tengo que cederle la iniciativa, me propuse. Pero se me hundía el barco y no sabía cómo salir de eso. Seguía sin escribir una palabra: ni mis preguntas estúpidas ni sus respuestas previsibles. Decidí jugarme. Total, perdido por perdido...

Le dije que, tal como podía imaginarse, no andábamos deteniendo gente a troche y moche. Que sabíamos perfectamente que había sido vecino y amigo de la víctima. Que se había venido desde Tucumán poco después del casamiento de la chica, lleno de resentimiento. Que el día del asesinato había sido la única vez que se había atrasado terriblemente en su horario de llegada al trabajo, y que, cuando a fines de 1968 la policía había iniciado averiguaciones en su entorno, él se había evaporado sin dejar rastro.

Listo. Era la última bola de la noche. Una posibilidad a favor contra todas las demás en contra. Que se asustara, que se sorprendiera, que hiciera las dos cosas juntas. Y que decidiera colaborar para aligerarse el problema. Yo estaba habituado a tratar con idiotas que, por no aguantar la presión de la mentira, o por ver demasiadas películas en las que se ofrece a los reos penas más livianas si confiesan, terminan cantando hasta "La cumparsita" y permitiendo resucitar causas moribundas. Pero, cuando Gómez me miró, supe que era inocente o era piola. O las dos cosas. Seguía entero, confiado, paciente. O nada lo sorprendía o venía preparado de antemano para esos dardos lastimosos.

Abruptamente me acordé de Morales. "Pobre tipo", llegué a pensar. "Tal vez al viudo le hubiese convenido toparse en el Juzgado con alguien como Romano, y no como yo. Ese sí que no hubiera tenido problema. Una buena noche de tormentos en la seccional junto con su amigo Sicora y capaz que a esta altura Gómez ya estaba confesando hasta el asesinato de Kennedy. Total, la cara ya la traía estropeada". Me detuve a pensar. ¿Tan desesperado estaba yo que había llegado a sopesar que las prácticas de ese hijo de tal por cual de Romano fuesen plausibles?

Algo interrumpió mis divagaciones. Alguien, mejor dicho. Sandoval irrumpía por tercera vez en la declaración informativa que yo intentaba llevar adelante. Ahora venía sin ningún expediente en la mano. Como Pancho por su casa, se lanzó a hurgar en los cajones del escritorio del secretario. Hasta me corrió el codo con delicadeza, para no golpearme con el filo de la gaveta más alta de la derecha.

—Ya le dije que no tengo idea —¿era burlón, ahora?—. A la chica la conocí. Éramos amigos, y me dolió mucho enterarme de su muerte.

Miré la hoja en la máquina y apreté varias veces el espaciador para situarla correctamente. Tecleé casi con furia. "Preguntado por Su Señoría acerca de si acepta tener relación con los hechos que son materia de la presente causa, el declarante manifiesta...".

—Perdón que me meta, Benjamín —¿era verdad?, ¿era cierto que el borracho pelotudo de Sandoval me interrumpía en semejante circunstancia?—, pero este pibe no puede haber sido.

Ahora sí. Cartón lleno. ¿Y si mejor optaba por pedirle prestada el arma al custodio y lo cosía a tiros? ¿Cómo podía ser que la bebida lo embruteciera de tal modo? Yo estaba casi enloquecido intentando amedrentar a nuestro sospechoso con una serena imagen de autoridad y mi ayudante, nadando en alcohol a las once de la mañana, se ponía a defenderlo.

—Andá a la Secretaría. Lo hablamos después —logré decirle sin insultarlo.

—Pará. Pará. En serio te digo. En serio —encima repetía las pocas estupideces que lograba articular—. ¿Vos lo viste? —me lo señalaba a Gómez con la palma extendida. El aludido, tal vez interesado, lo miró también—. Este pibe no pudo haber sido.

Levantó la causa que estaba sobre el escritorio, se sentó en el borde, y empezó a hojear el expediente.

—Imposible —afirmó—. Mirá. Mirá esto. Fijate.

Había abierto la causa al principio de la autopsia. ¿Me estaba jodiendo a propósito, con lo que sabía Sandoval, de memoria, que yo odiaba ese tipo de pericias?

—Esta chica, Colotto: un metro setenta; sesenta y dos kilos —leyó, y golpeó con el índice el párrafo que le interesaba—, ¿ves? —y soltando una sonrisita pícara, agregó—: La chica le llevaba como una cabeza, al pibe este.

La expresión de Gómez se ensombreció de repente. O al menos me pareció, porque de hecho yo había empezado a prestarle más atención a mi borracho colaborador que al detenido, de modo que apenas le eché un vistazo.

—Aparte... —Sandoval hizo una pausa, mientras revisaba hacia atrás y hacia delante. Se detuvo en las fotografías de la escena del crimen—: No sé si viste bien a esta mujer —giró la causa hacia mí, para que la viera, y trató de enfocarme con su mirada torva—. Era hermosa...

Torció el expediente de nuevo hacia su lado.

—Una belleza como esta —prosiguió— no está al alcance de cualquier mortal. —Y como para sí mismo, en un tono súbitamente entristecido—: Hay que ser muy hombre como para poder con semejante portento.

—¡Ah, sí! ¡Seguro!

Giré la cabeza. Era Gómez el que había hablado. Su expresión se había puesto rígida y a los labios le había asomado un repentino rictus de desprecio. Y no le quitaba la vista a Sandoval.

—¡Porque seguro que el infeliz ese con el que se terminó casando debe ser un machazo, seguro!

Sandoval lo miró. Después me miró a mí, y sacudiendo apenas la cabeza en dirección de Gómez, me dijo:

—No hay caso. El pibe no comprende. ¿Te acordás que ayer me dijiste que la víctima conocía al asesino, porque no había señales de violencia en la puerta de entrada?

"Genial", dije para mis adentros. El dato postrero que todavía guardaba como un último comodín para jugarlo cuando pudiera, y el tarado acababa de divulgarlo para nada.

—¿Y qué?

¿Era posible que estuviera tan en pedo que pasase por alto mi entonación casi homicida?

—Justamente, justamente —lo peor era que Sandoval se veía tan vivaz, tan despierto, que no parecía posible que se le pasara por alto la macana que se estaba mandando—. ¿Vos suponés que semejante mujer tiene tiempo, tiene lugar en la cabeza, para acordarse de sus vecinos tucumanos y abrirles la puerta como si tal cosa un martes a la mañana, después de vaya a saber cuántos años de no verlos ni de pensar en ellos? Ni por equivocación, Benjamín, en serio.

Sandoval soltó la causa sobre el escritorio y abrió los brazos, como dando por terminada con éxito la demostración de un teorema.

—¿Y este? ¿Quién es? —la pregunta de Gómez fue dirigida a mí, y sonó agresiva. No le contesté, porque en un rapto de lucidez había empezado a comprender lo que estaba haciendo Sandoval y a darme cuenta de que el que estaba a tientas y a los tumbos era yo, y no él.

—Pero entonces tendríamos que reorientar totalmente la investigación… —apunté dirigiéndome a Sandoval, y las dudas que cargaba mi voz no eran fingidas.

—Exacto —Sandoval me miraba satisfecho—. Tenemos que buscar un hombre alto. Agreguemos pintón. Alguien, digamos, capaz de dejar huella en una mujer como esa —adoptó de pronto un tono reservado—. ¿No tendríamos que revisar, tal vez, sus… amistades?

—Dejá de hablar pelotudeces —Gómez se había puesto colorado y no le sacaba los ojos de encima a Sandoval. El hematoma de la ceja parecía habérsele inflamado en ese breve lapso—. Para que sepas, Liliana se acordaba perfectamente de quién era yo.

Pegué un respingo. Sandoval lo miró, con la displicente impaciencia de quien tolera que el cartero le toque el timbre pidiéndole una colaboración por la inminente Navidad. Se puso serio.

—No sea ridículo, muchacho —se volvió hacia mí—. Y otra cosa: por las señales de la autopsia, el tipo que la asaltó era flor de bruto... una especie de semental —abrió la causa y recitó, mejor dicho, inventó como si estuviera leyendo—: "Por la profundidad de las lesiones vaginales puede deducirse que el atacante era un hombre muy bien dotado. Del mismo modo, los hematomas del cuello demuestran una fuerza hercúlea en las extremidades superiores del atacante".

—¡Ahí tenés, pedazo de boludo! ¡Bien cogida que me la cogí, a la puta esa!

En un segundo Gómez se había incorporado y empezado a vociferar a centímetros de la cara de Sandoval. Rápido de reflejos, el custodio lo sentó de un manotazo y le colocó otra vez las esposas. Sandoval hizo un gesto de desagrado, no se sabía si por el insulto o por el aliento fétido del detenido. De nuevo se encaró con él.

—Muchacho —su expresión era una mezcla de compasión y hastío, como si una criatura insistente, a la que sin embargo no quisiera castigar, estuviese a punto de colmarle la paciencia—, no busques la piñata: mirá que hoy no es el cumpleaños.

Después giró hacia mí, como deseoso de seguir exponiéndome sus hipótesis.

—Pobre de vos, infeliz. No tenés ni idea de lo que le hice a esa roñosa.

Sandoval volvió a mirarlo. Puso cara de estar acopiando sus últimos vestigios de paciencia.

—A ver. ¿Qué tenés para decir? Dale. Animate, semental.

21

Isidoro Antonio Gómez habló sin interrupción durante los siguientes setenta minutos. Cuando acabó, me dolían los dedos, pero, salvo un par de palabras en las que por la fatiga había alterado el orden de algunas letras, tipié su declaración casi sin errores. Yo hacía las preguntas, pero Gómez hablaba mirando fijamente a Sandoval, como esperando que se quebrase en pedazos y se hiciera polvo sobre el piso de madera. El otro emprendió un viraje expresivo grandioso: muy lentamente fue trocando su inicial gesto de fastidio e incredulidad por otro cada vez más interesado. Sobre el final de la declaración construyó una máscara en la que parecían mezclarse, armónicamente, el respeto, la sorpresa y hasta un mínimo matiz de admiración. Gómez terminó hablando en un estilo casi doctoral de los recaudos que había tenido que tomar cuando, después de hablar telefónicamente con su madre, se había enterado de que Colotto padre se había interesado por su paradero.

—El capataz de la obra se quiso morir cuando le dije que me iba —le hablaba a Sandoval como un experimentado y paciente pedagogo. Ya había recuperado la serenidad, pero no daba la menor muestra de querer volverse atrás con sus dichos—. Me ofreció recomendarme con sus conocidos. Por supuesto, me negué: la policía habría podido ubicarme.

Sandoval asintió. Se incorporó, suspirando. Había estado todo ese rato con los brazos cruzados, encaramado apenas en el escritorio.

—La verdad, muchacho, qué quiere que le diga. No lo hubiese pensado... —frunció los labios en ese gesto que usamos para claudicar ante las evidencias—. Será como usted dice...

—¡Es! —fue la conclusión plena, victoriosa, tajante de Gómez. Le di los últimos golpes a las teclas. Cerré la declaración con los formulismos habituales. Apilé las hojas y se las extendí con mi lapicera.

—Léalas antes de firmar. Por favor —yo también, aunque sin saber del todo por qué, había adoptado el tono cordial y sereno con el que Sandoval había terminado su participación en la escena.

Era una larguísima declaración, que arrancaba como informativa y se convertía casi de inmediato en declaración indagatoria, con las garantías del caso. Yo había dejado expresa mención de que el ahora procesado no deseaba hacer uso del derecho de no declarar ni del de contar con el asesoramiento de un letrado durante su exposición. Por una de esas extrañas roscas del destino, el defensor oficial de turno que le tocaba no era otro que Pérez, el sempiterno tarado. Gómez firmó las hojas una tras otra, apenas hojeándolas. Yo lo miré, y él me sostuvo la mirada mientras me devolvía las actuaciones. "Ahora jodete", pensé. "Ahora sí que estás listo, muñeco".

En ese momento se abrió la puerta. Era ni más ni menos que Julio Carlos Pérez, nuestro antiguo secretario devenido defensor oficial. Por suerte, yo tenía más cancha para tratar a los boludos que a los psicópatas.

—Qué decís, Julio —salí a recibirlo fingiendo alivio—. Menos mal que viniste. Acá tenemos una declaración informativa que tuvimos que transformar en indagatoria. Por homicidio calificado, viste. Una causa vieja, de cuando vos eras secretario.

—Uhhh... qué problema... me atrasé con una indagatoria en el n.º 3. ¿Ya empezaron?

—Y... en realidad, ya terminamos —dije, como disculpándonos o disculpándolo.

—Uh...

—De todos modos, consultamos con Fortuna y nos dijo que le diéramos para adelante, que cualquier cosa él te ponía en autos del asunto —mentí.

Pérez, como ante cualquier eventualidad que escapase a sus rutinas cotidianas, no sabía qué hacer. En algún sitio de su cerebro debía estar sospechando que tenía que tomar alguna iniciativa. Me pareció el momento adecuado para ofrecerle alguna solución decorosa.

—Hagamos una cosa —propuse—. Te agrego al final diciendo que te incorporaste a la declaración una vez iniciada, y listo. Claro —agregué—, eso en el caso de que tu defendido no ponga objeción.

—Ah... —Pérez dudaba—. Porque tomarla de nuevo es medio imposible, ¿no?

Yo abrí mucho los ojos, y lo miré a Sandoval que también abrió mucho los suyos, y finalmente los dos miramos desorbitados al custodio.

—Miren, doctores —el guardia nos elevó conjunta y preventivamente a la cofradía de los abogados—: me parece que ya es medio tarde. Y si quieren remitir al preso a una unidad carcelaria los camiones ya se van... No sé. Ustedes dirán.

—¿Otro día más acá, en la alcaidía? ¿Y que siga incomunicado? Me parece demasiado irregular, Julio —Sandoval, repentinamente sensible a los derechos civiles del detenido de marras, se dirigía a Pérez.

—Claro, claro —Pérez se sentía cómodo haciendo lo que mejor sabía hacer, o sea dándole la razón a otro—. Este, eh... si el procesado cree que estuvo bien lo actuado...

—Ningún problema —Gómez seguía usando un tono altivo y distante.

Le tendí a Pérez las hojas y la lapicera. Aceptó las primeras, pero prefirió rubricarlas con una bonita estilográfica Parker que era uno de sus más preciados tesoros mundanos.

—Bájelo nomás a la alcaidía —le ordené al custodio—. Ya le mando por un empleado el oficio para el Servicio Penitenciario con orden de que lo remitan a Devoto.

Mientras volvían a esposarlo, Gómez se volvió hacia mí.

—No sabía que acá tenían trabajo para borrachos fracasados.

Lo miré a Sandoval. Ya estaba todo cocinado: la indagatoria firmada y Gómez hundido en su propia mierda hasta las narices. Otro —yo mismo, sin ir más lejos— hubiese aprovechado para ejercer una mínima venganza. Decirle, por ejemplo, que acababa de caer como el pelotudo engreído que era. Pero Sandoval estaba más allá de esas tentaciones. Por eso se limitó a observar a Gómez con expresión levemente bovina, como si no hubiese acabado de comprender el sentido de su comentario. El custodio le dio a Gómez un mínimo empellón para que emprendiera la marcha. Sonó un chasquido cuando el pestillo de la puerta se trabó tras ellos. Pérez también salió casi enseguida, aludiendo a otro compromiso impostergable. ¿Seguiría en amoríos con la defensora oficial aquella?

Cuando nos quedamos solos, nos miramos con Sandoval y nos quedamos callados. Por fin, adelanté la mano.

—Gracias.

—No hay de qué —respondió. Era un tipo humilde, pero no podía ocultar que estaba satisfecho por cómo le habían salido las cosas.

—¿Cómo fue eso de "un atacante muy bien dotado, con brazos de fuerza hercúlea"? ¿De dónde lo sacaste?

—Inspiración repentina —Sandoval contestó riendo, satisfecho.

—Te invito a cenar —ofrecí.

Sandoval dudó.

—Te agradezco. Pero me parece que, con los nervios que acabo de chuparme, mejor me tomo un rato para relajarme a solas.

Entendí perfectamente a qué se refería, pero no tuve valor para decirle que no fuera. Volví a la Secretaría y le encargué a uno de los pinches que me redactara el oficio para mandar a Gómez a Devoto, que lo hiciera firmar por el inútil de Fortuna y que lo llevara. Después tendríamos tiempo de sobra para poner al tanto al juez de lo que había pasado.

Sandoval, ansioso por irse, recogió su saco y se despidió con un saludo que abarcó superficialmente a todos los presentes. Antes se había acomodado prolijamente la camisa dentro del pantalón.

Miré el reloj y decidí darle dos horas de ventaja. No, que fueran tres. Sin proponérmelo, eché un vistazo al anaquel de las causas pendientes de envío al Archivo General. Por suerte, Sandoval tendría una linda cantidad de costura para entretenerse.

22

Al día siguiente de la indagatoria fui a buscar a Morales. No intenté ubicarlo en el banco ni por teléfono. Pretendí hallarlo en Plaza Once. Me parecía de una callada dignidad que el pobre hombre se enterase de la detención de su único enemigo precisamente en uno de los mangrullos que había improvisado para tratar de avizorarlo. Aunque no hubiera tenido éxito, llevaba —yo estaba seguro— tres años y medio intentándolo sin desmayo. Ir a decírselo allí me parecía incluirlo en la mínima hazaña.

El copetín al paso estaba casi vacío. Era tan pequeño que un solo vistazo a las vidrieras me bastó para descartar que Morales pudiese estar en ese sitio. A punto de pegarme la vuelta, se me ocurrió una idea. Entré al local y caminé hasta la caja registradora. El dueño era gordo y alto, y miraba con la expresión de esos seres que ya lo han visto todo y no aguardan sorpresas detrás de ninguna cosa.

—Disculpe, don —me acerqué sonriendo. Siempre me produce una cierta turbación entrar a un negocio en el que no tengo intenciones de comprar nada—. Ando buscando a un muchacho que suele parar acá, alguna que otra tardecita. Es medio rubión. Bastante pálido. Un tipo alto, flaco. Usa un bigotito recto.

El gordo me miró. Supongo que para regentear un bar en el Once una de las competencias necesarias es distinguir rápidamente a los locos y a los estafadores.

Pareció descartar en silencio que yo estuviese incluido en alguna de las dos categorías. Asintió levemente y miró el mostrador, como iniciando una búsqueda en la memoria.

—Ah —dijo de repente—. Ya sé. Usted lo busca al Muerto.

No me sorprendió que caracterizara a Morales de ese modo. No había ni asomo de burla en su voz. Era sencillamente una caracterización objetiva construida a partir de ciertos signos evidentes. Un cliente que viene todas las semanas, pide lo mismo, paga con cambio y se pasa dos horas en silencio, inmóvil, mirando hacia fuera, puede resultar bastante parecido a un cadáver o a un fantasma. Por eso no sentí que hubiera de mi parte una traición, o un sarcasmo, o una exageración cuando le contesté que sí.

—Esta semana ya vino, sabe... —dudó, como buscando otra circunstancia con la cual relacionar la última visita de Morales— el miércoles. Sí. Estuvo anteayer.

—Gracias —de modo que seguía viniendo. Yo no había esperado otra cosa.

—¿Quiere que le diga algo cuando lo vea? —el gordo me atajó con la pregunta a la altura del umbral.

—No, deje. Gracias. Vuelvo a pasar otro día —respondí después de pensar un momento. Saludé y me fui.

En el corredor en penumbra me asaltó la voz vulgar de los altavoces. Recién entonces reparé en que el último atardecer que había andado por ahí había sido aquel cuando me había topado con Morales, unas horas antes de poner fin a mi matrimonio.

A Marcela la había visto dos o tres veces más, firmando papeles en el Juzgado Civil. Pobre mina. Todavía hoy me pesa haberle hecho tanto daño. La noche en que llegué decidido a irme para siempre le quemé el manual que ella ya tenía redactado para vivir el resto de la vida. Intenté explicarle. Aun temiendo lastimarla le hablé del amor, y me atreví a confesarle la absoluta falta de amor que advertía en nuestra pareja. "Qué tiene que ver", me había contestado. Supongo que ella tampoco me quería, pero en su proyecto no había sitio para las incertidumbres. Pobre. Si me hubiera muerto, le habría causado muchas menos complicaciones. Las vecinas no objetan la existencia de las viudas en el tribunal de la peluquería. Pero ¿separada en 1969? Eso era atroz. ¿Cómo iba a hacer ahora para tener sus tres hijos, su casa con jardín en los suburbios, su auto familiar, su enero en la playa, su primogénito doctor, sin un legítimo marido que la sostuviera en el intento? A veces es asombroso el daño que podemos causar sin proponérnoslo. En este caso, sospecho que fue mayor que el sacrificio que me negué a hacer para evitar infligirlo. Ese día de 1972, en el que volví a pasar por la estación de Once, me agobió el peso de la culpa, y tras ella la tristeza. Ya dije que nunca más la vi, después de entonces. ¿Habrá encontrado alguien con quien retomar el sendero de la vida para la que se sentía preparada, esa que debía conducirla sin sorpresas hacia una vejez sin preguntas? Espero que sí. En cuanto a mí, o en cuanto al que yo era ese atardecer, salí por Bartolomé Mitre y caminé hasta el minúsculo departamento de Almagro al que me había mudado.

23

Terminé encontrándolo el martes siguiente. El mismo pelo rubio, tal vez un poco más raleado que en nuestro último encuentro. Los mismos ojos grises con aspecto gastado. Idénticas las manos quietas en el regazo, de espaldas a la barra. Igual el bigote recto. La misma obstinación sin estridencias.

Le conté desde el principio. Elegí, o me salió, un tono medido y calmo, mucho más medido y calmo que el que usamos con Sandoval, una vez que se le pasó la mamúa, para regodearnos de nuestro éxito. Algo me indicaba que en ese copetín no había lugar para emociones como el triunfo, la euforia o la alegría. El único pasaje en el que condescendí a que mi crónica se tornase más vehemente, a deslizar algunos adjetivos y a trenzar con las manos un par de ademanes, fue cuando le conté de la intervención magistral de Pablo Sandoval. Le evité, es cierto, las dos o tres frases horripilantes con las que Gómez se había cavado la fosa. Pero fui suficientemente claro para pintarle la manera espléndida en que Sandoval nos había embaucado, a Gómez y a mí mismo. Por último, le dije que el juez Fortuna Lacalle había firmado la prisión preventiva por homicidio calificado sin objetar ni una coma.

—¿Y ahora? —preguntó cuando acabé de hablar.

Le dije que la causa, en cuanto a la instrucción, estaba casi terminada. Que para dejarla bien sólida iba a ordenar ampliar un par de declaraciones testimoniales, alguna pericia extra, ciertos truquitos judiciales como para impedir que algún defensor piola nos complicase la existencia. Concluí que en unos meses (seis, ocho a lo sumo) clausuraríamos el sumario y enviaríamos la causa al Juzgado de Sentencia.

—¿Y después?

Le aclaré que podía pasar otro año, o dos como mucho, para una sentencia firme. Según la velocidad a la que trabajaran el Juzgado de Sentencia y la Cámara de Apelaciones. Pero que se quedara tranquilo, que Gómez había quedado pegado de pies y manos a la causa.

—¿Y la pena? —preguntó después de un largo silencio.

—Perpetua —afirmé.

Ese era un asunto espinoso. ¿Valía la pena decirle que, por más dura que fuese la condena, Isidoro Gómez podría salir en libertad después de veinte, o cuanto mucho veinticinco años? Ya en otra ocasión me lo había callado. Esta vez hice lo mismo. No quería volver a lastimar a ese hombre que, tal vez por primera vez en tres años y medio, había girado su taburete hacia mi lado, desentendido por fin del mar de gente que se apresuraba hacia los andenes.

Como si fuese capaz de escuchar mis pensamientos, Morales giró hacia la vidriera. La banqueta chilló sobre su eje. Las costumbres no se abandonan fácilmente, razoné. Pero algo había cambiado. Ahora miraba a los transeúntes sin énfasis. Esperé alguna otra pregunta que no se produjo. ¿Qué estaría pasando por su cabeza? Al cabo creí entenderlo.

Por primera vez en más de cuatro años Ricardo Agustín Morales no sabía qué hacer con el tiempo restante de su vida. ¿Qué le quedaba ahora? Sospeché que no le quedaba nada. O, peor aún, que lo único que le quedaba era la muerte de Liliana. Aparte de eso, nada. Hubo otra cosa que ocurrió por primera vez en ese encuentro: fue Morales el que se puso de pie, dándolo por terminado. Lo imité. Me tendió la mano.

—Gracias —fue todo lo que dijo.

No le respondí. Me limité a mirarlo a los ojos y a estrecharle la diestra. Entonces no lo entendí del todo, pero yo también había acumulado cosas para agradecerle. Metió la mano en el bolsillo y la sacó con el cambio justo para pagar el café cortado. El gordo, detrás de la barra, seguía absorto escuchando "La oral deportiva". Su perspicacia no llegaba a tanto como para adivinar que acababa de perder un cliente. Morales caminó hasta la puerta y se volvió.

—Dele por favor mis saludos a su ayudante... ¿cómo me dijo que se llamaba?

—Pablo Sandoval.

—Gracias. Mándele mis respetos. Y dígale que también a él le agradezco mucho su ayuda.

Morales alzó apenas la mano y se perdió en el torrente de gente de las siete.

Abstinencia

¿Y si este es el mejor final para su libro? Chaparro acaba de terminar de contar su segundo encuentro con Morales en el copetín de Plaza Once. Ayer. Y siente la tentación de culminar aquí la historia que está contando. Ha sudado a mares para conducir su relato hasta este sitio. ¿Por qué no darse por contento? Ha contado el crimen, la pesquisa y el hallazgo. El malo está preso y el bueno está vengado. ¿Por qué no concluir con este final feliz y ya? La mitad de Chaparro que odia la incertidumbre, y que anhela hasta la desesperación concluir con esto, opina que es perfecto llegar hasta aquí: mal que mal ha conseguido contar lo que se había propuesto, y el tono que encontró para hacerlo le da la impresión de ser el adecuado. Los personajes que ha creado se parecen insólitamente a los seres de carne y hueso que él conoció, y esos personajes han dicho y hecho, mal que mal, las cosas que esos seres reales hicieron y dijeron. Esa mitad cautelosa de Chaparro sospecha que, si se extiende más, todo se irá al diablo, y la historia se saldrá de cauce, y los personajes terminarán moviéndose a su antojo sin atenerse a los hechos, o a su memoria de los hechos, que para el caso es lo mismo, y todo habrá sido al divino botón.

Pero Chaparro tiene otra mitad, y fuertes deseos de llevarle el apunte a esa otra mitad. Al fin y al cabo, es la parte de sí que ha sentido el deseo y que ha sostenido la decisión de contar y escribir lo que hasta aquí lleva escrito. Y esa mitad le recuerda a cada rato que esa historia no terminó allí, sino que siguió rodando, y que todavía no la ha contado toda. ¿Qué es entonces lo que lo tiene tan tenso, tan nervioso, tan ausente? ¿Es simplemente la incertidumbre de cómo seguir? ¿Nada más que los nervios de estar en medio del río sin ver la otra orilla?

La respuesta es más simple y al mismo tiempo más ardua. Está así porque hace tres semanas que no tiene noticias de Irene. Claro, por qué habría de tenerlas. No hay motivo para que las tenga, mal rayo los parta a ella, a él y a la maldita novela. Y de nuevo ronda el teléfono, y se distrae del libro sencillamente porque la cabeza se le va a las excusas más inverosímiles que le sirvan como paracaídas para llamarla.

Esta vez demora apenas dos días de ayuno, insomnio e inacción literaria hasta que levanta el teléfono.

—¿Hola? —es ella, en su despacho.

—Hola, Irene, habla...

—Ya sé quién habla —breve silencio—. ¿Se puede saber dónde te metiste todo este tiempo?

—...

—¿Estás ahí?

—Sí, sí, claro. Tenía ganas de llamarte, pero...

—¿Y por qué no me llamaste? ¿No tenías ningún favor para pedirme?

—No... digo, sí... Bueno, no es que tenga un favor, simplemente pensé que tal vez tuvieras tiempo de leer algunos capítulos de la novela, si tenés ganas, claro...

—¡Me encantaría! ¿Cuándo venís?

Cuando corta la comunicación, Chaparro no sabe si alegrarse por el entusiasmo de Irene (y por la inminencia de verla el jueves y por el modo en que lo reconoció por la voz, antes de que dijera quién era el que hablaba) o atormentarse por el ofrecimiento de llevarle algunos capítulos para que los lea. ¿De dónde le ha brotado semejante oferta? De puro atorado, nomás. Chaparro sospecha que ningún escritor serio está dispuesto a mostrar las hilachas de su trabajo.

De todos modos, y cosa rara en él, se da cuenta de que no le preocupa tanto la idea de no ser un escritor serio. Le importa muchísimo más tomar un café el jueves, con Irene.

24

Isidoro Gómez pasó un mes entero preso en Devoto antes de decidirse a ir a las duchas. En ese lapso apenas si pegó un ojo, de a ratos, y siempre a la luz del día, porque durante las noches se mantuvo erguido en su litera con los puños apretados y los ojos fijos en las otras camas, acechando a sus vecinos para precaverse de cualquier ataque. La mayor parte del tiempo diurno lo pasó sentado en algún rincón apartado, o acodado en el alféizar de las ventanas de barrotes gruesos, mirando sin disimulo a sus compañeros de pabellón. En todo el mes no bajó la guardia, ni abandonó la expresión de gallo de riña listo para el asalto.

El trigésimo día de su detención se decidió por fin y avanzó con ademán resuelto, el pecho inflado, el ceño fruncido, por el pasillo que separaba las dos hileras de cuchetas y que conducía a las duchas. Creyó advertir, complacido, que un par de presos se hacían levemente a un lado para darle paso.

Más tranquilo, más seguro, Gómez avanzó hasta detenerse junto a un banco de madera de listones grises y se quitó la ropa. Caminó sobre el piso húmedo del sector de duchas y abrió el grifo. Le produjo una agradable sensación de bienestar el chorro de agua dándole en el rostro y resbalando por su cuerpo.

Cuando sintió un carraspeo a sus espaldas, se dio vuelta y crispó los puños, en un gesto tal vez más tenso y más veloz de lo que hubiese deseado. Dos presos lo miraban desde el acceso a las duchas. Uno de ellos era corpulento, alto, un verdadero ropero de piel oscura y apariencia de criminal hecho y derecho. El otro era flaco, de estatura regular, con la piel y los ojos claros. Fue este último el que se avanzó unos pasos y adelantó la diestra para saludarlo.

—Hola. Por fin te estás sacando la mugre, querido. Yo soy Quique, y este es Andrés, aunque todos le dicen Culebra —su manera de hablar era la de una persona educada y afable.

Gómez retrocedió contra la pared y alzó un poco la guardia. De nuevo sus puños estaban cerrados.

—¿Qué carajo querés? —preguntó en el tono más seco y agresivo del que fue capaz.

El otro no pareció darse por enterado, o quiso pasar por alto la reacción.

—Venimos a ser algo así como tu comité de bienvenida, che. Ya sé que estás acá hace un montón, pero qué querés. Recién ahora te estás aflojando un poquito, ¿no?

—Flojo las pelotas.

El rubio pareció genuinamente sorprendido.

—¡Ay, che, qué modales! ¿Te cuesta mucho ser un poco más simpático? Mirá que haciéndote el asqueroso acá no ganas nada...

—Lo que haga o lo que deje de hacer es asunto mío, puto de mierda.

El rubio abrió grandes los ojos y la boca. Se volvió hacia su compañero, como invitándolo a intervenir o pidiendo una explicación. El otro se dio por aludido y abandonó el marco de la puerta para hablar erguido.

—Cuidá la boca, petiso, porque si no te la voy a sacar por el culo.

—Pará, Andrés. Tampoco le digas así, se ve que el pobre...

El rubio no pudo terminar porque recibió un súbito empujón de Gómez que lo lanzó contra la pared y le hizo golpear la nuca contra los azulejos. Lanzó un chillido y resbaló hasta quedar sentado. El rostro de su amigo se transformó en una mueca de furia y en dos trancos estuvo frente a Gómez: le llevaba dos cabezas de talla.

—Te voy a cagar a patadas, enano de mierda.

—Enano la concha de tu madre, negro puto... —alcanzó a retrucar Gómez, pero no pudo continuar porque el morocho lo sentó de un trompazo y, antes de que pudiera reaccionar, le aplicó un puntapié feroz en el pecho, que lo dejó sin aire.

Gómez intentó reptar para alejarse, pero el piso encharcado de agua jabonosa se le hacía demasiado resbaladizo. Apenas logró ocultar la cabeza y el pecho entre los brazos, haciéndose un ovillo. El morocho se aferró a una canilla para no resbalar y la emprendió a patadas contra la espalda de Gómez, con la fiera despreocupación de quien patea una pelota contra un frontón. Se escuchaba, de tanto en tanto, un quejido sordo. Varios curiosos, alertados por el tumulto, se acercaron a los baños y llamaron a otros a los gritos. Uno de los advenedizos llamó al Culebra con un chistido. Le alcanzaron una faca.

—¡Tomá, Culebra! ¡Reventalo y listo, varón!

El aludido asió el arma con cuidado para no cortarse.

—¡Pará, Andrés, no hagás locuras! —la voz del rubio era un ruego desesperado, mientras intentaba ponerse de pie.

—No te calentés, Quique —la voz del morocho ahora era dulce, cariñosa, con un matiz divertido, como si lo conmoviese la desesperación de su compañero.

Giró hacia el lado en el que había dejado a Gómez retorcido de dolor. Pero su contrincante había aprovechado la pausa para sentarse. Se tomaba el abdomen con las manos. La espalda le dolía más todavía, pero no tenía modo de palpársela. El Culebra pareció dudar acerca de si continuar el castigo o llevarle el apunte a su socio. Varios de los curiosos lo alentaban para que ensartara al novato con la faca.

Porque la patada que le lanzó Gómez a la altura de los tobillos resultó sorpresivamente violenta, o porque lo tomó desprevenido, o porque tenía los pies demasiado juntos sobre el piso jabonoso, el Culebra cayó hacia atrás como si el suelo hubiese dejado de existir bajo sus plantas. Instintivamente pretendió apoyar las manos para aminorar la violencia del impacto inminente, pero como en la derecha tenía aferrada la faca, al dar contra las baldosas el filo se le hundió en la palma y la muñeca. Ahora fue su turno de lanzar un grito destemplado. El rubio saltó sobre él para auxiliarlo y casi al instante volvió a erguirse con las manos y la camisa empapadas de sangre y un aullido de pánico en la garganta.

Gómez, que seguía tendido y había visto todo de costado, advirtió que se acercaban varias figuras presurosas en su dirección, hasta que lo cegó un nuevo puntapié que le dio en la mandíbula.

25

Gómez despertó tres días después en la enfermería del Penal y le costó un buen rato recordar quién era y dónde se hallaba. Cuando el enfermero lo vio moverse, llamó a dos guardiacárceles que sin demasiados miramientos lo sentaron en una silla de ruedas y lo pasearon por un sector de oficinas al que los presos casi nunca tenían acceso.

Finalmente lo introdujeron en un despacho en el que un tipo, sentado detrás de una mesa desnuda, fumaba un cigarrillo negro y parecía estar esperándolo. Era calvo, salvo por una delgada línea de cabello a los lados de la cabeza. Usaba un bigote espeso y llevaba un saco oscuro y una camisa de cuello ancho, sin corbata. Los guardias estacionaron la silla de Gómez frente a su mesa, salieron y cerraron. Gómez no habló. Esperó a que el otro terminase de fumar. No mantuvo el silencio solo por la confusión y la sorpresa, sino también porque le dolía tanto la garganta al tragar la saliva que sospechaba que mover los labios y la lengua iba a provocarle un dolor directamente intolerable.

—Isidoro Antonio Gómez —dijo el otro por fin, pausadamente, como si estuviese escogiendo las palabras—, voy a explicarle para qué lo hemos traído.

El tipo jugaba con la tapa del encendedor. Su sillón debía ser cómodo porque le permitió inclinarse hacia atrás lo suficiente como para subir los pies a uno de los vértices de la mesa.

—Tengo que decidir, en este amable encuentro, mi estimado, si usted es un tipo inteligente o si es flor de pelotudo. Ni más ni menos.

Recién entonces lo miró, y puso cara de estar profundamente sorprendido, aunque todo en él parecía sobreactuado.

—Mierda, que lo han estropeado, m'hijo. La pucha... Pero bueno. El caso es que me toca a mí tomar una decisión complicada, y para tomarla tengo que encontrar la respuesta a la cuestión que le decía recién, ¿me entiende?

Hizo otra pausa y abrió un cuaderno que tenía a un costado y que Gómez hasta entonces no había divisado. Estaba lleno de anotaciones.

—Desde que lo rescataron los guardias, en el pabellón (y mire que la sacó barata, porque si el tal Culebra no se hace ese feísimo corte con la faca, y los demás presos llaman a la guardia para pedir ayuda para ese fulano, a usted, mi amigo, lo cortan todo, se desangra como un chancho y no cuenta el cuento), que estoy meta y meta sobre el caso suyo. Igual no se crea. Yo su causa la conocía. Bueno, a usted no, pero a la causa sí. Por lo menos la primera parte. El resto tuve que leerlo para ponerme al corriente. Lo que son las casualidades, Dios mío. ¿Vio eso de que el mundo es un pañuelo? Parece una pelotudez pero cada vez estoy más convencido de que es cierto.

Dio vuelta varias páginas del cuaderno hasta que dio con una que le interesaba. De allí en adelante fue volteándolas parsimoniosamente a medida que hablaba.

—Bueno. Al grano. Ese tema del homicidio de la chica... qué asunto feo, che, qué asunto feo. Pero no es cosa mía. En el fondo me importa un carajo. Pero noté que en la escena del crimen no dejó nada que lo incriminase, y que después de los hechos usted se tomó el pire de los lugares que frecuentaba cuando la policía trató de echarle mano. ¿Digo bien? Y se pasó tres años hecho un monaguillo para que nadie lo jodiera. Pienso en eso y digo: este es un tipo inteligente. Pero después me sigo enterando, vio, y me anoticio de que lo terminaron agarrando por viajar colado en el Sarmiento y fajarse con un guarda, y entonces digo: este tipo es un boludo. Pero, por otro lado, tomo en cuenta que los del Juzgado tienen poco y nada para vincularlo a usted con el asunto y me digo: está bien, tampoco se va a andar cuidando toda la vida; este es un tipo coherente. Pero sigo adelante y me entero de que lo indagan en el Juzgado y canta todo como si fuera Palito Ortega, y entonces yo me siento con derecho a concluir, mi amigo, dicho esto con todo respeto y consideración, que usted es un pelotudo hecho y derecho. Pero después sigo enterándome, ¿sabe? Porque lo mío es enterarme, qué le va a hacer. Vivo de esto. Y me entero de que aterriza en Devoto y se pasa un mes enterito sin que le rompan el culo y me renacen las dudas. ¿No será un piola del año cero, este muchacho? Pero después me entero de que lo visitan el Culebra y Quique Domínguez, que son más buenos que la aspirina, y que además son un matrimonio con todas las de la ley, que lo único que les falta son las alianzas de oro, y usted no tiene mejor idea que reaccionar como una quinceañera virgen que teme que le falten el respeto, lo trompea al pobre Quique y me lo obliga al Culebra a cagarlo bien a golpes para lavar la afrenta. Y guarda que esto que le digo del Culebra y

Quique lo saben hasta en la panadería de la esquina. Si usted no se dio cuenta después de un mes con estos tipos, me obliga a volver a mi pensamiento podríamos decir más pesimista con respecto a usted, Gómez, o sea a pensar que es un boludo redomado.

Hizo una pausa para tomar aliento.

—Póngase en mi lugar, Gómez. No es sencillo. ¿Me quedo con su valor para tratar de copar la parada o con la payasada de pelearse con esa pareja de tortolitos que hacen menos daño que una ensalada mixta? No sé... no sé... Por otro lado, pienso que es un tipo suertudo. ¿Usted no cree en eso de la suerte? Yo sí. Yo creo que hay tipos con culo y tipos sin culo. Y para mí que usted nació con culo, qué quiere que le diga. Pongámoslo así: zafó cuando liquidó a esa chica, zafó cuando fueron a buscarlo, zafó cuando casi lo matan acá adentro. Ya sé: si quiero ver el lado malo puedo detenerme a pensar que lo agarraron por idiota en el tren, que se mancó como un imbécil cuando lo indagaron, que le erró el vizcachazo en el pabellón. Pero, bueno, más allá de que en algunas ocasiones usted se porte como un pelotudo, el culo lo tiene lo mismo, ¿me sigue? Y eso es importante en la gente que uno elige para laburar.

Hizo otra pausa para encender un nuevo cigarrillo. Le convidó a Gómez, que negó con la cabeza.

—¿Quiere que le dé otro indicio de que tiene un orto a toda prueba? Que esté acá, muchacho. Que esté acá delante de mí, que puedo convertirme en su nuevo jefe. ¿Qué le parece? Véalo de este modo. Yo necesito gente nueva y usted aparece acá, a mano, como caído del cielo.

Lo consideró un largo minuto en silencio. Después siguió:

—Y otra cosa, Gómez. Usted no necesita saber el motivo exacto, pero... usarlo a usted es darme un gustazo, porque le jodo la vida a un tipo que primero me la jodió a mí, ¿sabe?

El pelado movió negativamente la cabeza, como si no pudiese creer el modo en que se habían encadenado las cosas.

—Pero déjelo ahí. No se haga cargo. Olvídese de eso último. Bastante va a tener que preocuparse por hacer bien el trabajo que voy a encargarle.

Dio la última pitada al nuevo cigarrillo. Soltó el humo hacia el techo. Se pasó la mano por la calva.

—Supongo que no me hará quedar a mí como un boludo, ¿no?

Café

Chaparro piensa que, si en la vida existen momentos sublimes, este es uno de ellos. El perfeccionista que lleva adentro le sopla que podría ser mucho más sublime todavía, pero el resto de su alma descarta rápidamente la objeción porque la felicidad, vestida de tierna serenidad, lo acuna en su indulgencia.

Cae la tarde y está con Irene en su despacho. Tribunales a esa hora es un desierto. Acaban de tomar un café e Irene sonríe después de un silencio prolongado durante el cual sus miradas, interrogativas, se han cruzado a través del escritorio. Siempre esos silencios son incómodos, pero pese a eso Chaparro los disfruta muchísimo.

En estos últimos meses siente que algo se ha movido, o modificado, y no solo en él mismo sino sobre todo en la mujer que tiene enfrente y de la que se sabe enamorado. Se han visto varias veces desde la tarde en la que Chaparro decidió no asistir a su despedida y volvió sobre sus pasos a pedirle prestada su vieja Remington. Seis o siete veces, cree. Siempre como hoy, con las últimas luces de la tarde. Las dos o tres primeras, Chaparro ha buscado excusas para preservarse de quedar en evidencia y en ridículo. Después ya no. Irene, extrañamente directa, le ha dicho que le encanta que la visite, y que no quiere que lo haga sólo si tiene un motivo concreto. Se lo ha dicho por teléfono. Chaparro lamenta no haber visto su rostro mientras ella pronunciaba esas palabras. Pero al mismo tiempo sospecha que no habría tolerado exhibir el incendio de sus propias vísceras al escucharla decirlo. ¿Qué cara debe poner uno para oír una frase semejante?

No todas las frases de Irene le dejan el mismo sabor dulce. Hace poco él se atrevió, tratando de generar una complicidad mayor, a insinuarle que esos encuentros vespertinos tal vez dieran lugar a habladurías. Ella contestó, con naturalidad, casi con altivez, acaso desde una dolorosa distancia, que no hay nada de malo en tomar un café con un amigo. Esa calificación le ha dolido porque lo aleja, lo condena a regresar a una lejanía respetable y respetuosa. En sus esporádicos arranques de optimismo Chaparro se dice que no es para tanto, que tal vez le salió con eso como un modo de solventar su propia y legítima turbación ante la posibilidad de quedar expuesta. Además las mujeres saben cómo enmascarar los sentimientos, cómo desactivar los detonadores de las emociones que a muchos varones les estallan, sin más, en pleno rostro. Al menos así lo cree Chaparro, o quiere creerlo. Es como si las mujeres estuviesen condenadas a comprender mejor el mundo y sus peligros. Por eso no es descabellado pensar que Irene, al responderle así, tal vez está sosteniendo una disputa que a él lo excede, con ese mundo que los rodea y cuya extensión abarca todo el planeta menos ese despacho que huele a madera y en el que Irene acaba de sonreír, incómoda, tal vez avergonzada.

Esa turbación Chaparro sí la entiende, porque delata... ¿qué es lo que delata? Por empezar, que se han quedado sin tema para hablar. Chaparro ya le ha contado los últimos vaivenes de su libro. Irene lo ha puesto al tanto de los últimos chismes tribunalicios. Si ahora están en silencio, si ahora en ese silencio están interrogándose, si no quiebran ese silencio en el que están interrogándose con una sonrisa muda, es porque nada los retiene allí salvo eso, salvo estar sencillamente el uno frente al otro, dejando pasar el tiempo sin más objeto que tenerse cerca, y eso es lo bello de estar en silencio interrogándose.

26

El 26 de mayo de 1973 Sandoval y yo nos quedamos trabajando hasta tarde, y aunque no tenía ni idea de qué estaba pasando, la historia de Morales y de Gómez acababa de ponerse a rodar nuevamente.

Ya era de noche cuando se abrió la puerta de la Secretaría y entró un guardiacárcel.

—Servicio Penitenciario. Buenas tardes —saludó identificándose, como si su uniforme gris con insignias rojas no fuese suficiente credencial.

—Buenas tardes —respondí. ¿Qué hora era?

—Yo lo atiendo —me avisó Sandoval, y se encaminó a la mesa de entradas.

—Pensé que capaz que ya no encontraba a nadie. Por la hora, digo.

—Y... la verdad —dijo Sandoval mientras buscaba el sello para estamparlo en el libro de recibos que cargaba el otro y que en ese momento le ofrecía señalando el sitio donde debía firmar.

—Hasta luego —saludó el guardia una vez que Sandoval le puso el sello.

—Adiós —contesté. Sandoval no respondió porque estaba leyendo el oficio que acababa de llegar.

—¿De qué se trata? —le pregunté. No me contestó. ¿Era muy largo o lo estaba releyendo? Insistí—: Pablo... ¿qué dice?

Giró con el oficio en la mano y se acercó a mi escritorio. Me extendió la hoja, que llevaba el membrete y los sellos del Servicio Penitenciario y los de la unidad carcelaria de Villa Devoto.

—Acaban de soltar al hijo de puta de Isidoro Gómez —dijo en un murmullo.

27

Me descalabró de tal modo lo que acababa de decirme que dejé el papel que me tendía, sin leerlo, sobre mi escritorio.

—¿Qué? —fue todo lo que atiné a preguntarle.

Sandoval caminó hasta la ventana y la abrió de un tirón. El aire frío del atardecer penetró en la oficina. Se acodó en la baranda y maldijo, en un tono de desolación infinita:

—La recontramil reputísima madre que lo remil parió.

Lo primero que hice fue llamar a Báez, con la urgencia de la desesperación y con cierta furia torpe de pretender pedirle explicaciones a alguien de confianza como si de esa persona fuera la culpa de lo ocurrido.

—Déjeme ver. Ahora lo llamo —dijo, y colgó.

A los quince minutos se comunicó conmigo.

—Es así, Chaparro. Lo soltaron anoche, con la amnistía que dictaron para los presos políticos.

—¿Y desde cuándo ese hijo de puta es un preso político? —vociferé.

—De eso no tengo ni idea. No se ponga así. Deme un par de días para averiguar qué pasó y lo llamo.

—Tiene razón —recapacité—. Discúlpeme. Es que no me cabe en la cabeza que hayan soltado a semejante basura, y encima con lo que costó agarrarlo.

—No se disculpe. A mí también me da bronca. Igual no es el único caso, no crea. Ya me llamaron dos más por lo mismo. Estoy pensando que mejor nos vemos en un café. Digo, para no andar hablando por teléfono.

—De acuerdo. Y gracias, Báez.

—Hasta luego.

Colgamos. Me volví hacia Sandoval. Seguía acodado en la baranda de la ventana, con la vista perdida en los edificios de la vereda de enfrente.

—Pablo —intenté hacerlo volver en sí.

Se volvió hacia mí.

—Mirá que hay pocas cosas de las que uno pueda sentirse orgulloso, ¿eh?

Giró de nuevo hacia la ventana. Creo que entonces tomé conciencia de lo importante que había sido para él su participación estelar en la indagatoria de ese malparido. Y esa especie de condecoración íntima acababa de hacérsele trizas. Supe que su rostro vuelto hacia la calle Tucumán debía estar húmedo de lágrimas. En ese momento el dolor por mi amigo fue más fuerte que la bronca que sentía por lo que acababa de ocurrir con Gómez.

—¿Qué te parece si nos vamos a cenar por ahí? —pregunté.

—¡Buena idea! —no pudo evitar el sarcasmo—. ¿Querés que te enseñe a beber whisky hasta que te desmayes? El problema es quién va a venir a buscarnos en taxi a los dos.

—No, tarado. ¿Y si vamos a tu casa, cenamos con Alejandra y le contamos?

Me miró como un chico que acaba de pedir que lo lleven al cine y al que, en cambio, se pretende conformar con un chupetín bolita. Supongo que el estrago que vio en mi propio rostro sirvió para hacerlo entrar en razones.

—De acuerdo —respondió por fin.

Dejamos el oficio sobre mi escritorio, apagamos la calefacción y las luces y pasamos todas las llaves. Bajamos. Era tarde y como la puerta de Tucumán ya estaba cerrada, tuvimos que salir por Talcahuano. A punto de tomar el colectivo, Sandoval me dijo que esperase. Corrió hasta un puesto de flores y compró un ramo. Cuando volvió a alcanzarme dijo, con voz amarga:

—Ya que vamos a portarnos bien, hagámosla completa.

Asentí. El colectivo vino enseguida.

28

Hacía un par de años que no nos veíamos con Báez, los que habían transcurrido desde que al juez Fortuna se le habían apaciguado los delirios de camarista inminente.

—Veamos, amigo. Lo que voy a decirle tómelo con pinzas. Estos días, después de que largaron a todos estos tipos, Devoto es un quilombo padre.

Asentí. Sabía que el policía no iba a perder tiempo refiriéndose a ese desbarajuste general que ambos asumíamos como esencial en la realidad que nos tocaba, y cuya complejidad, aceptábamos, estaba más allá de nuestras entendederas.

—Parece que la cosa vino más o menos así. Ustedes a Gómez lo remiten a Devoto en junio de 1972. ¿Digo bien? Lo alojan en un pabellón cualquiera... no sé... póngale que es el número siete. A las pocas semanas nuestro amigo Gómez se manda una de las suyas: se mete en una riña que casi lo deja frito. En realidad, parece que se hizo el malo con los dos tipos más inofensivos del pabellón, y lo cagaron a golpes.

Yo lo escuchaba. Me reportaba cierto placer pensar en un Gómez que sufría porque equivocaba las decisiones.

—Pero este Gómez parece que tiene un Dios aparte. En lugar de terminar seco en el piso con cuarenta y cinco agujeros de faca, llega a cortar a uno de los internos que lo han atacado. En el tumulto subsiguiente, y porque los presos temen que se les desangre el compañero, llaman a la guardia y se los llevan a los dos. Gómez se ha salvado. Pero aquí tenemos la primera curiosidad, porque... ¿sabe dónde consta todo este incidente de la riña, los heridos y la mar en coche? En ningún lado. A ninguno de los dos heridos lo remiten al hospital. Los atienden ahí nomás, en la enfermería del Penal. No hay una sola actuación administrativa, ni la declaración de un solo guardia, ni de un solo preso. Lo que hay, lo único que hay en el legajo de Gómez, es una orden de traslado a otro pabellón, dos semanas más tarde, cuando al tipo le dan el alta. Usted dirá: es lógico, porque si vuelve al mismo pabellón lo hacen fruta. Sí y no, vea. Puede ocurrir que, si lo mandan al pabellón en el que lo fajaron, ahora que entra con el copete caído, alguno lo tome de mina y a otra cosa, todos en paz. Pero bueno, igual no es lo que ocurre. Lo que termina pasando es que lo envían al pabellón de delitos políticos. Acá le confieso que me desorienté feo: ¿qué podía tener que ver Gómez y su asesinato pasional con todos esos tipos de las FAR, el ERP, los Montoneros? Y encima esos presos estaban a disposición del fuero especial, y no del fuero penal común de los otros, ¿me sigue? Gómez no tiene nada que ver con eso, me dije.

Hizo una pausa para revolver lo que le quedaba de café y apurarlo en un último trago. El pocillo quedaba ridículamente pequeño en semejante manaza. Me preparé para escuchar la médula del asunto. Esa era la diferencia entre Báez y los otros policías que conocía: otros se hubieran conformado con llevar la pesquisa hasta ahí, hasta el límite de sus posibilidades lógicas. Báez no.

—Bien —prosiguió—, esto que le conté hasta acá lo averigüé más o menos fácil. De acá en adelante fue mucho más complicado. Primero, por esto que le digo del fuero especial: no tengo muchos contactos en el asunto de la contraguerrilla. Han armado como un clan separado. Se mandan la parte, la juegan medio de misteriosos, no sé si me entiende. Y, segundo, porque después de lo de la amnistía del otro día están desmantelando a las patadas toda la tienda de circo que tenían armada. Se han quedado sin laburo, por ahora. Pero bueno, en medio del quilombo uno siempre encuentra algún nostálgico rencoroso con ganas de contar sus cuitas, ¿sabe?

Alzó la mano para pedir otro café.

—En fin. Parece ser que dentro del penal armaron un pequeño centro de inteligencia, dependiente del gobierno. Acá se pone más y más confuso. No sé si dependían de la Secretaría de Inteligencia, o del Ministerio del Interior, o del Ejército. Para el caso da igual, porque los que están en ese baile andan todos mezclados, vengan de donde vengan. El asunto es que dentro de la cárcel armaron ese quilombito de espionaje para vigilar a los "cuadros", como les dicen en la jerga a los de la guerrilla, y todo eso. Les daba pánico que pudiera pasarles algo como lo de Rawson, cuando la fuga. ¿Comprende?

Ya era como una novela de intrigas, y Báez era un narrador consumado, pero yo seguía sin entender qué tenía que ver Gómez en todo esto. Se lo pregunté directamente.

—Ya llegamos, mi amigo, ya llegamos. Pero si no le explico esto no va a entender lo otro. Parece que el fulano que estaba a cargo de todo el asunto de esa oficina en Devoto, y que se hacía llamar Peralta, trató de infiltrar a algunos de sus hombres en el pabellón de presos políticos. Ojo. Era un riesgo. Y parece que a uno o dos que los descubrieron se los devolvieron tiesos, al tal Peralta. Por eso no tuvo mejor idea que reclutar algunos presos comunes para eso. ¿Suena peligroso? Sí, pero para él era gratis. En el peor de los casos, un preso menos. En el mejor, un testigo directo, casi como ponerles un micrófono a los famosos "cuadros", como esos aparatitos que se ven en las películas de espías. ¿Me comprende? A Gómez lo reclutan ahí adentro, porque lo toma el tal Peralta, ni más ni menos, para que haga ese laburo. No solo a él, guarda. Parece que en total eran tres o cuatro, no estoy seguro.

Se detuvo un instante mientras el mozo nos servía nuevamente.

—Y acá es donde tuve que preguntarme: ¿por qué uno de esos es Gómez? Porque esa es la pregunta jodida. Lo otro, lo que sigue, es casi natural. Gómez habrá cumplido: después de todo es un tipo despierto y frío como una estatua, cuando no se sale de sus casillas. Joyitas como esa no aparecen todos los días. Bah, si fue una joyita yo no lo sé. Pero si llegó vivo hasta mayo en ese pabellón tan mal no lo habrá hecho. ¿Por qué no seguir usándolo afuera? Así que el procedimiento para sacarlo es sencillísimo. En realidad, no hay tal procedimiento. Se hace solo. Cuando los detenidos que saben que van a salir con la amnistía armen las listas, van a incluirlo también a Gómez con todo gusto y con todos los honores. Y, si no, igual no hay problema. Lo agrega al pie la gente de Peralta, y listo.

Báez hizo ademán de buscar plata para pagar. Lo contuve y saqué unos pesos del bolsillo del saco.

—Así que la pregunta que queda colgada es anterior a eso. ¿Qué lo lleva a este Peralta a meter a Gómez? Primero, le llama la atención la prestancia del fulano, eso de entrar poco menos que rugiendo a la jaula de los leones. Segundo, es gratis. Ya le dije. Si sale mal, el tal Peralta no pierde nada. Y tercero... ¿quiere lo mejor?

A juzgar por el gesto amargo del policía "lo mejor" era, en realidad, lo peor de todo.

—Porque, si con todo lo anterior el jefe no se decide a usarlo, cuando pida datos de la causa por la que está preso, ahí no le quedan dudas. Le mete para adelante como una tromba. Acá, en la propia causa penal está la cosa, Benjamín.

"Carajo", pensé. ¿Podía ser tan grave el asunto como para que tratara de suavizarlo llamándome por mi nombre de pila por primera vez en su vida?

—Usarlo a este pibe es una manera brillante de cagarlo a usted.

Me confundió absolutamente. ¿Qué podía tener que ver yo con todo eso? Hasta aquí el relato de Báez sonaba lógico, deprimente pero lógico. Pero esto último sonaba desafinado, como esas pesadillas que soñamos y que de entrada no parecen pesadillas, y que empiezan a serlo precisamente cuando saltan la cornisa de la lógica y de la razón y se vuelven incomprensibles e inquietantes.

—Cuando me quedé sin datos para seguir preguntando por Gómez, se me ocurrió tratar de sujetar el otro cabo de la cuerda. El famoso jefe, ese Peralta. Se suponía que iba a ser un poco complicado, tratándose de una oficina de inteligencia del gobierno, y adentro de una cárcel. Pero tampoco fue para tanto.

211

No dejan de ser argentinos, y rascando un poco uno se da cuenta de que la armaron con alambre. De lo contrario no habría sido tan sencillo conseguir la descripción y el nombre verdadero del supuesto Peralta.

El mozo levantó los billetes de la mesa y empezó a demorar la entrega del cambio, como para convencerme de que le dejara el vuelto como propina. Lo despaché con un gesto.

—Parece que es un tipo de su edad, Chaparro. Es pelado, usa un bigote grueso, dicen que parecido al mío, no es muy alto. De más joven era flaco, pero ahora parece que está bastante obeso. ¿Y sabe qué? Trabajó varios años en Tribunales, en un Juzgado de Instrucción. ¿Ya lo adivinó?

No podía ser. No era posible.

—Sí, señor. Piense lo peor, mi amigo. Así, en general, acierta. Trabajó con usted en el Juzgado de Instrucción n.º 41, como oficial primero de la otra Secretaría. Hasta que lo sumariaron por una denuncia por apremios ilegales en 1968. La cosa quedó en nada, porque lo frenaron desde arriba. Pero el suegro parece que andaba en la pesada (coronel, general, algo por el estilo) y lo llevó de la mano a Inteligencia, parece. ¿Lo ubica? Romano, de apellido.

29

—No puede ser, tanta mala leche —dije por fin cuando conseguí, después de varios minutos de furiosa incredulidad, aceptar que lo que ocurría estaba, nomás, ocurriendo.

Báez me miraba esperando tal vez que le brindara las dos o tres piezas que le restaban para terminar de armar el conjunto. Le recordé aquel suceso de los albañiles y la paliza salvaje que les había dado Sicora casi por orden y recomendación de Romano. Báez me escuchó con una mezcla de sorpresa y curiosidad, porque en su momento casi no se había enterado del asunto. Él había andado unos cuantos días de licencia por unas vacaciones que le debían, y Sicora y el otro hijo de puta lo habían manejado desde la seccional. Ni siquiera estaba seguro de que a Sicora lo hubiesen sumariado, como habíamos hecho en Tribunales con Romano. Le confirmé que la denuncia contra mi entonces colega había quedado en nada. Cuando terminé, me pidió que lo esperara un segundo. Fue hasta el fondo del café y habló un par de minutos por el teléfono público. Cuando volvió, me dijo que Sicora había muerto en el '71 en un accidente en la ruta 2, así que por ahí no podíamos profundizar nada.

—Bah —agregó—, en realidad, no podemos profundizar nada por ningún lado.

Era cierto. Con la amnistía no había modo de ir contra Gómez. Y tratar de meterse con la Secretaría de Inteligencia para perseguir a Romano era una locura y era al divino botón. Los dos estaban a salvo.

Era todo tan ridículo que casi daban ganas de reír, si no fuese porque era todo tan siniestro que daban ganas de llorar. Al denunciarlo por los apremios ilegales le había abierto la chance de hacer una carrera meteórica, de la mano de su suegro el fascista, en las "fuerzas de inteligencia antisubversiva". Y por añadidura al muy hijo de puta le había llovido del cielo la oportunidad de vengarse de mí. Sabía que esa causa la había llevado adelante yo, y poniendo al culpable bajo su ala protectora tarde o temprano terminaría birlándomelo. Lo había hecho, y yo ni me había percatado. No hasta que había sido rotundamente tarde.

—Pobre tipo.

Las dos palabras que pronunció Báez flotaron un segundo sobre la mesa hasta que se evaporaron y volvió el silencio. No contesté, pero entendía sin lugar para el equívoco de quién estaba hablando el policía. No hablaba de Romano, ni de Gómez, ni de él, ni de mí. Hablaba de Ricardo Morales, que de lleno o de rebote, de primera o de segunda, por h o por b, girara como girase la perinola, terminaba siempre inmolado como una víctima perpetua. Traté de imaginarme su cara cuando le diese la noticia. ¿Convendría ir a verlo al banco, o citarlo, mejor, en el café de las otras veces? ¿Qué iba a responderle cuando me preguntase "qué se puede hacer ahora"? ¿Decirle la verdad? ¿Decirle, simplemente, "nada"?

Solté un terrón de azúcar en la borra del pocillo y me entretuve mirando cómo se derrumbaba a medida que se humedecía.

—Pobre tipo —fue, también, lo único que pude concluir.

214

30

—Si quiere, cuénteme cómo fue que lo largaron —dijo Morales, como si ya nada pudiese alcanzarlo y hacerle daño.

Lo miré antes de responder. Ese muchacho seguía sorprendiéndome. Aunque esa caracterización de "muchacho" tal vez ya no le correspondía. ¿Por qué la seguía utilizando? Por comodidad, claro. Siempre lo había visto como tal. Desde la primera vez que tuve oportunidad de verlo, en la sucursal del Banco Provincia. Entonces lo era, sin duda. Tenía veinticuatro años. Pero ahora, cinco años después, era imposible caracterizarlo de ese modo. Y no porque su pelo rubio fuese mucho menos abundante, que lo era. O porque las personas a las que vemos muy de tanto en tanto denotan con más claridad el paso del tiempo, cosa que también parece cierta. Morales ya no era joven, aunque su documento afirmase que aún no cumplía los treinta años. El dolor constante le había abierto dos surcos profundos a los lados de la boca, que su correcto bigote rubio no lograba disimular, y la frente también estaba surcada por marcas indelebles. Si siempre había sido flaco, ahora su delgadez se había tornado casi esquelética, como si ni siquiera comer pudiese constituir un sucinto placer, responder a un mínimo deseo. Los pómulos abruptos, las mejillas hundidas, los ojos grises refugiados en las órbitas profundas. Viendo a Morales frente a mí, esa tarde de junio de

1973, entendí que la brevedad o la prolongación de la vida de un ser humano depende sobre todo del caudal de dolor que esa persona se ve obligada a soportar. El tiempo pasa más lento para los que padecen, y la angustia y el sufrimiento marcan la piel con signos definitivos.

Hablaba recién de mi sorpresa frente a ese hombre. En los días anteriores yo le había dado vueltas al asunto de convocarlo o ir a buscarlo al banco. Pero conservaba tan vívido el recuerdo de nuestra primera entrevista, cuando con Báez fuimos a decirle lo que le dijimos, que no me sentí capaz de volver a despedazarlo del mismo modo y en el mismo sitio. Por eso lo llamé para citarlo en el café de Tucumán al 1400. Cuando lo tuve al otro lado del teléfono, imaginé que iba a sorprenderse. Por empezar, por el llamado mismo: hacía casi un año que no nos comunicábamos. ¿Qué hacía entonces el prosecretario del Juzgado de Instrucción pidiendo por él en la oficina? ¿Saludándolo por el día de su cumpleaños? Y además, por citarlo en el café de las otras veces. Morales sabía perfectamente que en la causa de Gómez faltaban dos o tres años para que hubiese una condena firme, previo paso al Juzgado de Sentencia. Y para informarle una pavada al estilo de la clausura del sumario, o algo así, no tenía sentido pactar una entrevista cara a cara. ¿Qué hubiese hecho cualquier ser humano normal frente a un llamado tan descolgado y tan misterioso? Preguntarme, solicitarme algún dato, alguna referencia, al estilo de "¿es algo grave?" o "¿puede adelantarme algo, así me quedo tranquilo?". No era el caso de Morales. Me escuchó, dudó un segundo acerca de si podía salir del banco un rato más temprano al día siguiente o si era mejor el jueves, y me confirmó que "mañana estaba bien", después de hablar un segundo con un compañero. Eso había sido todo. Todo hasta esa misma tarde fría de miércoles, cuando lo había divisado esperándome en una de las mesas del fondo.

—Lo llamé porque tengo algo grave que comentarle, Morales —estaba decidido a ir al grano cuanto antes. ¿Cómo podía ser tan tonto de sentirme culpable por lo que había pasado? ¿Qué tenía que ver yo con que las cosas hubiesen terminado de ese modo?

—Si es para decirme que lo largaron a Gómez, no se preocupe. Ya estoy al tanto.

—¿Cómo, "al tanto"? —reacción ridícula la mía. Me sacaba del libreto que Morales estuviera sobre aviso y pretendía llevar la conversación hacia ese punto inútil. Pero no me desdije.

—Sí. Ya sabía.

Ahora me mantuve en silencio. ¿Cómo se había enterado?

—No es para tanto, Chaparro —agregó, con simpleza—. Publicaron una lista de amnistiados en el diario, unos días después de liberarlos.

—¿Y por qué se le ocurrió que Gómez podía estar en esa lista?

Ahora fue Morales quien se tomó un instante para responder, como si la pregunta lo hubiese sorprendido. Por fin habló, con una mueca irónica.

—¿Quiere que le diga la verdad? Por simple aplicación del principio existencial que gobierna mi vida.

—...

—Todo lo que pueda salir mal va a salir mal. Y su corolario. Todo lo que parezca marchar bien, tarde o temprano se irá al carajo.

¿No era esa la primera vez que Morales se permitía un insulto mientras conversaba conmigo? Tal vez esa era una medida de la profundidad de su desdicha. Tuve una distracción ridícula: me imaginé a los padres de Morales, dedo índice en alto, diciéndole a su hijo algo al estilo de "Ricardito, pase lo que pase, no uses malas palabras. Ni siquiera si un señor malo, malo, viola y estrangula a tu señora y luego es puesto en libertad". Deseché mi delirio y volví sobre sus palabras. ¿Qué podía contestarle? En los cinco años que llevaba de conocerlo, cada cosa que había ido ocurriendo parecía darle toda la razón del mundo.

—En serio —prosiguió Morales—. Cuando usted me contó que lo habían agarrado, y el modo en que se había pisado para confesar su crimen, pensé "Bueno, ahora sí esto está terminado de algún modo: se pudrirá en la cárcel". Pero cuando llegué a casa, o cuando pasaron tres o cuatro días me pregunté: "¿Listo? ¿Ya está? ¿Así de simple?". No. Era demasiado sencillo, aun después de toda la mugre que habíamos barrido en esos cuatro años. Así que le pregunté a un amigo abogado que tengo (amigo tal vez sea exagerado; digamos un conocido) cómo era el asunto de la prisión perpetua. Cuando me enteré de que en veinticinco años, como mucho —y con accesoria de reclusión por tiempo indeterminado incluida—, el fulano podría salir en libertad, me dije que ahora estaba mejor rumbeado. Claro, toda la vida metido en la cárcel sonaba demasiado bueno para mis expectativas habituales. Pero me acostumbré a la idea, guarda. Me dije que igual era un montón de tiempo, que era el período máximo que se podía encarcelar a alguien en la Argentina, y me di por satisfecho. Hasta que me percaté precisamente de eso. "Guarda, Ricardo", pensé. "Si te conformás con esto sonaste, porque en cualquier momento te vas a enterar de que ni siquiera va a suceder esto con lo que te estás conformando". ¿Me sigue?

Lo seguía. Era un discurso de un pesimismo intolerable. Pero no estaba diciendo nada que no estuviera en un todo de acuerdo con los hechos.

—De manera que cuando me enteré de que el 25 de mayo habían salido un montón de presos políticos por una amnistía de la cárcel de Devoto, y que a ninguno de ellos podía volver a procesárselo por los delitos por los que estaban en prisión en ese momento, me hice la pregunta del millón de pesos: "A ver, Ricardo, ¿de qué manera podría resultar peor todo lo relacionado con el hijo de puta de Isidoro Antonio Gómez?". A lo cual me respondí: "Y, podría empeorar si, aunque no tenga nada que ver con los presos políticos, el violador y asesino de tu esposa aparece en las listas de beneficiados con la amnistía". ¿Y sabe qué? ¡Lotería! ¡Estaba!

Terminó casi a los gritos. En los ojos, muy abiertos, le brillaban un par de lágrimas. Después volvió a su cara de estepa y permaneció un largo rato mirando hacia la calle. Yo hice lo mismo. Recién después de eso, y ya en ese tono de voz neutro de quien se sabe más allá de cualquier daño, pero no por haberse salvado sino por haber sucumbido, fue que me dijo:

—Si quiere, cuénteme cómo fue que lo largaron.

Se lo conté, tal como a mí me lo había transmitido Báez. También le conté cómo me había enterado yo, a través del oficio del Servicio Penitenciario. Y también le conté la reacción de Sandoval. No estoy muy seguro de por qué. Sospecho que sentí que, tal vez, saber que un par de tipos honestos como Báez o Sandoval estaban indignados lo hiciera sentirse menos abandonado por Dios, o por el destino. Cuando terminé, se hizo otro largo silencio. El mozo pasó a cobrar a una mesa vecina y aproveché para pedirle otro café. Cuando el tipo le preguntó si también quería repetir, Morales negó con la cabeza.

Dudé. Había estado barruntando sobre el asunto pero no conseguía decidirme a dar el paso que seguía. Temiendo que si perdía esa ocasión no iba a atreverme, perseveré.

—Para mí es muy difícil decirle esto, Morales... —empecé, a los tropezones—. Se supone que yo, precisamente, no puedo ni pensar en algo como lo que voy a decirle, pero... —seguía corriéndome la cola como un cuzco— me refiero a que...

—Mejor no lo diga. Déjelo ahí. Ya sé a qué se refiere.

Dudé. ¿Me entendía, realmente?

—Porque supongamos que usted me dice "Mire, Morales: yo que usted voy y lo amasijo de un tiro", y yo voy y le hago caso; ¿no va a terminar sintiéndose culpable?

No contesté.

—Y ojo que no le digo culpable porque ese hijo de puta termine muerto. Creo que coincidimos en que esa rata no vale un cuerno. Lo que creo es que usted terminaría sintiéndose culpable por mí, ¿sabe?

Tampoco ahora respondí. No sabía qué decirle.

—Sería gracioso. Porque me juego que voy y lo mato a Gómez, y a los dos minutos me meten en cana para toda la vida. ¿Le cabe alguna duda? —se volvió hacia la puerta. Estaban entrando un hombre y una mujer muy jóvenes—. A mí no... ninguna duda.

Se distrajo mirándolos. Parecían novios recientes, respirando ambos el placer eléctrico de descubrirse enamorados. ¿Morales estaría envidiándolos? ¿Evocaría, tal vez, su propio pasado con Liliana Colotto?

—No, Chaparro —retomó el hilo, por fin—, nada es tan sencillo. Porque aparte... —Morales parecía toparse con alguna dificultad para hallar las palabras, pero parecía que el asunto lo había pensado un montón de veces— supongamos que lo mato. ¿Gano algo? ¿Arreglo algo?

—Supongo que por lo menos toma una venganza —hablé por fin.

¿Qué haría yo en sus zapatos? Sinceramente no lo sabía. Pero no lo sabía, fundamentalmente, porque por ninguna mujer yo había sentido lo que sentía Ricardo Morales por su difunta esposa. ¿O sí lo sentía, por una mujer acerca de la cual me he propuesto no decir una palabra en estas páginas? Tal vez pensando en ella, en esta otra, a la que guardo como mi único secreto digno de tal nombre, yo sí habría podido interpretar el amor de Morales por su mujer. Creo que por ella habría sido capaz de todo. Igualmente ella nunca me había pertenecido, como sí se habían correspondido Morales y su esposa. De modo que no era equiparable a la historia de Morales. Su mujer era cierta, era tangible, era propia y se la habían arrebatado. Y como pensarlo era espantoso, insistí:

—Tal vez matarlo sea una venganza.

Morales mantuvo el silencio. Buscó algo en el bolsillo de su saco. Extrajo un paquete de Jockey largos y un encendedor de bronce. Me sorprendió verlo fumar y él debió notarlo.

—Soy un hombre de decisiones lentas, sabe —dijo sonriendo levemente—. Usted no sabía que yo fumara, ¿no es cierto? Antes de conocerla a Liliana fumaba como una chimenea. Lo dejé por ella. ¿Cómo puede un hombre encender un cigarrillo si la mujer que ama le pide que lo deje, por el bien de ellos y de los hijos que quiere tener con él? —lanzó ese resoplido entrecortado que, en él, hacía las veces de la risa—. Como verá, no tiene mucho sentido que mantenga mis pulmones limpios ¿no le parece? Ya fumo de nuevo como un vampiro. Suponiendo que los vampiros fumen mucho, claro. Pero hasta hoy no lo había vuelto a hacer en público. Usted es el primero delante del cual me atrevo a hacerlo. Tómelo como un signo de confianza.

Tampoco ahora contesté.

—Y eso de matarlo... ¿qué quiere que le diga? Parece demasiado fácil, ¿no? Mire que tuve tiempo de pensarlo en esos años en los que lo buscaba en las terminales ferroviarias. ¿Y si lo encontraba entonces? ¿Qué hacer? ¿Cagarlo a tiros? Demasiado fácil. Demasiado rápido. ¿Cuánto dolor puede sentir un tipo al que acaban de vaciarle un cargador en el pecho? Sospecho que no mucho.

—Por lo menos es algo.

¿Por qué sonaban tan estúpidos, tan mínimos, mis argumentos al dialogar con ese hombre?

—Es algo pero es poco. Demasiado poco. Ahora bien, si usted me garantiza que yo le pego cuatro tiros y no lo mato, y lo dejo parapléjico, postrado en una cama, y termina sobreviviendo hasta los noventa años, vaya y pase.

Su tono me sonaba algo falso, como si no fuese un ser acostumbrado al ejercicio de la crueldad, ni siquiera de la crueldad hipotética y verbal, pero quisiera impresionarme en su nuevo rol de "Morales el sádico".

—Pero volvamos a mi máxima, Chaparro. Seguro que con el primer tiro que le pego lo mando al infierno (suponiendo que exista) y los otros tres tiros se los pego al pedo. Y después voy en cana de por vida (y seguro que a mí no me salva ninguna libertad condicional, delo por hecho), vida que de paso se extiende convenientemente hasta los noventa y tantos años. Gómez, seguro, antes de caer al piso ya está liberado de todo, muy pancho. Y yo me paso medio siglo en un calabozo envidiándole la suerte. No, en serio. Morir puede resultar un camino demasiado fácil, créame. Las cosas nunca son sencillas.

Apagó el cigarrillo consumido, y con ademanes automáticos encendió el último del atado.

—Por eso la idea de la cárcel era, pese a todo, la mejor posible. Está bien. No iba a ser de por vida. No iban a ser cincuenta años. Pero treinta años, o cosa así, juntando orina en una celda no era un programa tan deplorable ¿no le parece? Pero... —suspiró con resignación— esa tampoco se dio. Y mire que no era la ideal, en eso estamos de acuerdo. Era, como mucho, la mejor posible, dadas las circunstancias. Y ahí vuelvo al ataque con mi máxima. Como todo tarde o temprano tiene que irse al reverendo carajo, Dios, si existe, mueve un par de piezas como para que el hijo de puta ese se salga con la suya.

Había levantado la voz tanto que la pareja de novios había dejado de hablar para mirarnos. Morales se recompuso y clavó la vista en la mesa de madera.

—No sé cómo ayudarlo —dije. Era verdad—. Me gustaría sinceramente hacerle las cosas más fáciles.

—Lo sé, Benjamín.

Era la primera vez que me llamaba por mi nombre. Unos días atrás había sido Báez. ¿Qué extraños canales de solidaridad generaba esta historia horripilante?

—Pero no puede hacer nada. Gracias igual.

—No me agradezca. Pero en serio no sé cómo ayudarlo.

Morales hizo trizas el papel metálico del paquete de cigarrillos que acababa de terminar.

—Tal vez en alguna ocasión pueda. Por ahora me despido —se incorporó, mientras sacaba algunos billetes del bolsillo del saco para pagar su cortado. Después me tendió la mano—. Y le agradezco en serio todo lo que hizo. De verdad.

Le estreché la mano. Cuando salió, me senté de nuevo y contemplé durante largo rato a esos novios que seguían ajenos a todo cuanto no fueran ellos mismos. Los envidié profundamente.

Más café

Por el motivo que sea (y Chaparro no piensa investigar si ese motivo es simplemente una antigua amistad o algo más profundo, más esperanzador, más personal y más otro montón de cosas), Irene encuentra placer en su compañía, no solo en su charla de escritor incipiente. Por algo están de nuevo frente a frente, escritorio de por medio. Por algo ella sonríe con una sonrisa distinta de sus sonrisas comunes y corrientes, que, en realidad, "nunca son ni comunes ni corrientes", piensa Chaparro, pero que no son como esta, como estas con las que ella lo bendice cuando están a solas en su despacho y cae la tarde.

Como teme estar soñando de nuevo inútilmente, se pone nervioso, mira el reloj y hace ademán de levantarse. Ella le propone tomar otro café y él, en el colmo de la torpeza, le hace notar que la cafetera eléctrica está vacía y apagada porque ya se lo terminaron. Irene le ofrece ir hasta la cocinita a preparar más y él le dice que no, aunque al instante se arrepiente de ser tan imbécil. Tanto se reprocha no haberle dicho "sí, gracias, te acompaño hasta la cocina", que vuelve a sentarse como un modo de lavar el daño. "¿Qué daño?", se pregunta al mismo tiempo, porque bien puede ser también que simplemente ella quiera más café y punto, que quiera pasarle un chisme de último momento y basta, porque al fin y al cabo no tiene nada de particular tomar un café con un amigo de años del Juzgado y se acabó.

Pero de hecho ambos vuelven a sentarse, y la conversación renace como un madero del cual asirse en medio de todas esas incertidumbres. Sin saber cómo, Chaparro se encuentra comentándole a Irene que el otro día se la pasó leyendo y corrigiendo los borradores mientras afuera llovía, y que escuchó música renacentista de la que a él le gusta tanto, y se detiene azorado precisamente en el instante en que está a punto de decirle, mirándola al centro de los ojos, que lo único que le faltaba para considerarse salvado y en gracia perpetua era ella en el sillón, tal vez recostada leyendo a su lado, y la mano de él, las yemas de los dedos, acariciándole apenas la cabeza, abriendo surcos suaves entre su pelo. Aunque no lo ha dicho es como si lo hubiese dicho, porque sabe que se ha puesto rojo como un tomate. Ahora es ella quien lo mira divertida, o tierna, o nerviosa, y finalmente le pregunta:

—¿Vas a decirme qué te pasa, Benjamín?

Chaparro se siente morir, porque acaba de advertir que esa mujer pregunta una cosa con los labios y otra con los ojos: con los labios le está preguntando por qué se ha puesto colorado, por qué se revuelve nervioso en el asiento o por qué mira cada doce segundos el alto reloj de péndulo que decora la pared próxima a la biblioteca; pero, además de todo eso, con los ojos le pregunta otra cosa: le está preguntando ni más ni menos qué le pasa, qué le pasa a él, a él con ella, a él con ellos dos; y la respuesta parece interesarle, parece ansiosa por saber, tal vez angustiada y probablemente indecisa sobre si lo que le pasa es lo que ella supone que le pasa. Ahora bien —barrunta Chaparro—, el asunto es si lo supone, lo teme o lo desea, porque esa es la cuestión, la gran cuestión de la pregunta que le formula con la mirada, y Chaparro de pronto entra en pánico, se pone de pie como un maníaco y le dice que tiene que irse, que se le hizo tardísimo; ella se levanta sorprendida —pero el asunto es si sorprendida y punto o sorprendida y aliviada, o sorprendida y desencantada—, y Chaparro poco menos que huye por el pasillo al que dan las altas puertas de madera de los despachos, huye sobre el damero de baldosas negras y blancas dispuestas como rombos, y recién retoma el aliento cuando se trepa a un 115 milagrosamente vacío a esa hora pico del atardecer; se vuelve a su casa de Castelar, donde esperan ser escritos los últimos capítulos de su historia, sí o sí, porque ya no tolera más esta situación, no la de Ricardo Morales e Isidoro Gómez, sino la propia, la que lo une hasta destrozarlo con esa mujer del cielo o del infierno, esa mujer enterrada hasta el fondo de su corazón y su cabeza, esa mujer que a la distancia le sigue preguntando qué le pasa, con los ojos más hermosos del mundo.

Dudas

"El 28 de julio de 1976 Sandoval se agarró una curda de padre y señor nuestro que me salvó la vida".

Chaparro relee la frase con que encabeza un nuevo capítulo y duda. ¿Es buena para dar inicio a este tramo de la historia? No termina de convencerlo, pero no encuentra otra mejor. Son varias las objeciones que le nacen contra ella. La más fuerte apunta a la idea que intenta transmitir, ni más ni menos. ¿Puede un solo acto humano, en este caso una curda, ser la causa eficiente que cambie el destino de otro ser, suponiendo que exista tal cosa llamada destino? Y, además, ¿qué es eso de "salvar la vida"? A Chaparro no le agrada esa frase hecha. Algo del escéptico que carga bajo la piel le dice que prolongar algo no es sinónimo de salvarlo. Y otra cosa: ¿quién le garantiza que fue la mamúa de Sandoval, y no algún otro encadenamiento imperceptible de circunstancias, lo que impidió que Chaparro volviese a su casa esa noche de junio?

De todos modos, es factible que esa frase persista al principio del capítulo. Sandoval fue uno de los mejores tipos con los que se cruzó en la vida. Le agrada la idea de deberle a él, aun a sus flaquezas, el no haber terminado esa jornada tirado en un zanjón con dos disparos en la nuca. Y como no deseaba morir entonces, ni ahora, puede transigir con eso de su vida "salvada" por la tranca cósmica que decidió zamparse Sandoval aquella noche.

Chaparro se siente en un brete parecido al de los comienzos de esta narración, cuando no sabía por dónde comenzar a contar esa historia. Al unísono lo asaltan varias imágenes: el espectáculo de su departamento destrozado; Báez sentado frente a él en un tugurio de Rafael Castillo; un tinglado en pleno campo cerrado con un alto portón corredizo; una ruta solitaria y nocturna, iluminada por dos faros potentes, vista a través del parabrisas de un ómnibus; Sandoval demoliendo concienzudamente un bar de la calle Venezuela.

No obstante, supone que este aprieto narrativo no es tan grave como el que padeció al principio. Este caos le ocurrió a él, no tiene que ir a buscarlo a las vidas de los otros. Y además las cosas no le ocurrieron en simultáneo. Fueron sucesivas: seguro que impactantes, tal vez hasta desgarradoras, pero tienen un orden cronológico del cual puede asirse para contarlas. Lo mejor será, concluye, respetar ese orden.

Primero Sandoval destroza un bar de la calle Venezuela. Después Chaparro encuentra su departamento hecho trizas. Luego habla con Báez en un tugurio maloliente de Rafael Castillo. Más tarde se sienta en el primer asiento de un micro que cruza la noche. Y después, muchos años después, se topa con el alto portón corredizo de un tinglado, en pleno campo.

31

El 28 de julio de 1976 Sandoval se agarró una curda de padre y señor nuestro que me salvó la vida.

Había tenido un semblante atroz durante toda la jornada. A duras penas había saludado al llegar para abocarse de inmediato a revisar una pericia balística que era una pavada y que podía tildarse en veinte minutos, pero para la cual empleó cinco horas. Cuando al atardecer los otros empleados se despidieron y salieron hacia sus casas o hacia la facultad, intenté sacarle tema de conversación, pero reboté como contra una muralla. Habló cuando quiso, como siempre.

—Hoy me llamó mi tía Encarnación, la hermana de mi vieja —hizo una pausa; le tembló la voz—. Me dijo que ayer se lo llevaron a mi primo Nacho. Cree que eran milicos. Pero no está segura. Entraron rompiendo todo, en plena noche. Iban vestidos de civil.

De nuevo hizo silencio. No lo interrumpí. Sabía que no había terminado.

—La pobre vieja preguntó qué podía hacerse. Le dije que se viniera para casa. La acompañé a hacer la denuncia —encendió un cigarrillo antes de terminar—: ¿Qué iba a decirle?

—Hiciste bien, Pablo —me atreví.

—No sé —dudó, antes de continuar—. Sentí como si la estuviese engañando. Tal vez debería haberle dicho la verdad.

—Hiciste bien, Pablo —repetí—. Si le decís la verdad, la matás.

La verdad. Qué cosa jodida que es a veces la verdad. Con Sandoval hablábamos mucho de todo el asunto de la violencia política y de la represión. Sobre todo desde la muerte de Perón en adelante. Ahora aparecían menos cadáveres en los descampados. Evidentemente los asesinos habían perfeccionado su estilo. Trabajando en la Justicia Criminal estábamos demasiado lejos de los hechos como para saberlos al dedillo, pero lo suficientemente cerca como para intuirlos. No hacía falta ser adivinos, tampoco. Todos los días veíamos detener gente, por ahí. O nos llegaba el dato. Sin embargo esos detenidos jamás llegaban a la alcaidía, jamás subían a declarar a los juzgados, jamás eran trasladados después a Devoto o a Caseros.

—No sé. Alguna vez tendrá que enterarse.

Traté de recordar cómo era la cara de Nacho. Unas cuantas veces había estado en el Juzgado, de visita, pero su imagen se me escapaba, no lograba definirla.

—Me voy —Sandoval se puso de pie de repente, se colocó el saco y caminó hacia la puerta—. Nos vemos.

"La puta madre", pensé. Otra vez. Abrí la ventana y esperé. Pasaron varios minutos, pero Sandoval no cruzó Tucumán hacia Viamonte. Me sentí un poco culpable: "una inundación en la India deja cuarenta mil muertos, pero, como no los conozco, me angustia más la salud de mi tío que tuvo un infarto". En algún regimiento, en alguna comisaría, a Nacho lo estaban reventando a golpes de puño y de picana. Pero yo no me angustiaba tanto por él como por su primo Pablo, que era mi amigo y pretendía emborracharse hasta quedar en coma.

    ¿Yo era el egoísta o todos lo éramos? Me consolé pensando que por Sandoval podía hacer algo, y por su primo Nacho, no. ¿Era así? Decidí darle la ventaja habitual: tres horas antes de salir a buscarlo. Me senté a corregir una prisión preventiva. Decidí que fueran dos horas. Tres tal vez fuesen demasiadas.

32

Mientras bajaba las escalinatas de la calle Talcahuano, tuve un momento de duda. Llevaba en un bolsillo un buen toco de plata para pagar la última cuota de mi departamento. Se suponía que iba a abonarla al salir del Juzgado porque en la escribanía cerraban tarde, pero como temía que la demora fuera excesiva para hallarlo a Sandoval, opté por buscar a mi amigo y posponer el pago para otro día. Palpé que el dinero estuviese bien guardado en el bolsillo interior del saco y le hice señas a un taxi. Dimos vueltas por Paseo Colón. No conseguía encontrarlo. El taxista estaba de buen humor, y me ofreció una larga improvisación sobre la forma más sencilla y expeditiva de arreglar los problemas del país. Si hubiese estado menos preocupado y menos concentrado en advertir cualquier pista del paradero de Sandoval, tal vez le habría pedido alguna aclaración sobre la conexión que establecía entre afirmaciones tales como "los militares saben lo que hacen", "acá nadie quiere trabajar", "hay que matarlos a todos" y "el River de Labruna es el ejemplo a seguir".

Le pedí que recorriese las calles transversales. Por fin lo hallé en un bar, muy feo, sobre la calle Venezuela. Le pagué al esclarecido analista de la realidad nacional y esperé que me diera el cambio justo. Mientras hurgaba en un bolsillo, con un levísimo dejo de fastidio por mi tacañería, disfruté de una minúscula venganza. Ahora se me había pasado el apuro. Sandoval de ninguna manera iba a tolerar que lo sacase de allí antes de las once, y no eran entonces más de las nueve.

Me senté frente a él y pedí una Coca-Cola. Me ofrecieron Pepsi y acepté. Nunca lo había visto beber así. Sinceramente asustaba, aunque al mismo tiempo era de admirar su resistencia. Sin estridencias, sin gestos excesivos, Sandoval levantaba el vaso lleno y lo vaciaba en uno o dos tragos. Después clavaba la vista en el vacío, frente a él, y dejaba que el líquido caliente bajase hasta sus tripas. Unos minutos después volvía a llenar el vaso.

Eran casi las doce y no había logrado arrancarlo de su silla, aunque tampoco había insistido tanto. Sabía por experiencia que Sandoval pasaba una primera etapa en su borrachera en la que se ponía irritable, reconcentrado, y luego entraba a otra más plácida y relajada. Ese era el momento de llevármelo. Pero esa noche demoraba el tránsito a la segunda fase. Me levanté al baño. Mientras orinaba en el mingitorio, escuché un estruendo de vidrios rotos, seguido de una serie de gritos y corridas sobre el piso de madera.

Salí casi salpicándome. Por suerte a esa hora no quedaban más que tres o cuatro parroquianos, que miraban con más interés que temor. Sandoval blandía una silla en la mano derecha. El dueño del bar, un tipo bajo y fornido, había salido desde atrás de la barra y lo acechaba a cierta distancia, temiéndose probable objetivo del siguiente sillazo. Detrás de la barra se veía el espejo roto y botellas y vidrios esparcidos por todos lados.

—¡Pablo! —lo llamé.

Ni me miró. Seguía atento a los movimientos del dueño. Ninguno hablaba, como si el desafío que estaba entablado entre los dos fuese demasiado profundo como para ventilarlo con palabras. Sin que mediaran signos premonitorios el brazo derecho de Sandoval describió un amplio semicírculo y soltó la silla, que fue a impactar de lleno en una de las ventanas que daban a la calle. De nuevo el estruendo descomunal. De nuevo las corridas y los insultos. Ahora el dueño no había dudado. Le pareció que su enemigo borracho y recién desarmado era un blanco fácil y trató de arrojársele encima. No sabía (yo sí) que Sandoval no perdía fácilmente los reflejos, más allá de su apariencia abotagada, y que practicaba boxeo desde pibe en un club de Palermo. De modo que cuando el patrón entró en su radio de acción, le tiró un cross a la mandíbula que lo lanzó en reversa y lo despatarró sobre una de las mesas vacías.

—¡Sandoval! —grité.

La cosa estaba pasando de castaño a oscuro. Se encaró conmigo. ¿Estaría tratando de ubicarme en el extraño contexto bélico que había generado? Alzó otra silla. Caminó un par de pasos hacia mí. "Estamos listos", pensé. "Ahora lo único que me falta es terminar la noche fajándome con mi oficial en un bar de mala muerte de la calle Venezuela". Pero sus planes eran otros. Con la mano libre me hizo un gesto como para que me apartase. Me hice a un lado. La silla pasó a velocidad y altura respetables para terminar despedazando un anuncio de cristal que promocionaba un whisky: un señor de aspecto respetable bebía una medida, sentado en un sillón, junto a una chimenea encendida. Ya lo habíamos visto en algún otro bar de la zona. Sandoval odiaba ese anuncio: me lo había hecho saber en el transcurso de alguna otra curda pretérita.

Con ese estropicio final, que probablemente Sandoval interpretase como un acto de justicia, parecieron agotarse sus ímpetus destructivos. El dueño del bar habrá supuesto lo mismo porque lo asaltó por detrás y ambos rodaron entre las mesas y las sillas. Me acerqué a separarlos y, como es de práctica en estos casos, ligué unos cuantos golpes. Terminé sentado en el piso sùjetando a Sandoval contra mí y gritándole al dueño que se calmara, que yo me encargaba de tenerlo quieto.

—Ahora vas a ver —dijo por fin el tipo, incorporándose.

Me asustó su tono frío y amenazante. Fue hasta la registradora. Pensé que sacaba un chumbo y nos cagaba a tiros, pero me equivoqué. Lo que sacó fue un cospel de teléfono. Iba a llamar a la policía. Los dos o tres clientes que quedaban, y que no habían creído necesario intervenir, advirtieron su intención y abandonaron el sitio, presurosos. Miré alrededor. ¿Era posible que en ese cuchitril hubiese un teléfono público? No había. Rumbeó para la puerta, echándonos una mirada asesina. Lo último que nos hacía falta esa noche era terminar en cana. Me incorporé. Sandoval parecía del todo ajeno al asunto. Salí detrás del dueño. Caminaba hacia el Bajo. Lo llamé. Recién al tercer intento se dio vuelta y aceptó detenerse para que le diera alcance. Le dije que no era para tanto, que yo me encargaba de todo. Me miró con escepticismo. Tenía sus motivos. Los cristales esos debían valer sus buenos mangos. Y creía recordar un par de sillas y mesas que habían quedado despatarradas, sin contar las que Sandoval había arrojado por el aire. Insistí. Terminó aceptando volver al local. Desandamos el camino en silencio. Cuando llegamos, no pude menos que entender la rabia del tipo. Los vidrios de la ventana estaban esparcidos en la vereda, y las esquirlas de la pelea eran visibles en todo el recinto.

Abrió los brazos y me miró, como pidiéndome explicaciones, o como si recapacitara y juzgase excesiva su indulgencia de un momento antes.

—¿Cuánto puede costar reparar estos destrozos? —mi pregunta carecía de seguridad, de énfasis. El otro debió notarlo.

—Y... una ponchada de pesos. Imagínese.

Nunca fui bueno para el regateo. Paso de sentirme un sádico aprovechador a sentirme un pánfilo incurable, y viceversa. Y esa situación, pasada la medianoche, con Sandoval sentado en el piso contra la barra (se había agenciado una botella de whisky que había sobrevivido intacta la hecatombe y seguía bebiendo con parsimonia) y el tipo ese con la posibilidad de llamar a la policía como si tuviese un as en la manga, desbordaba absolutamente mis esquemas.

Me dijo una cifra ridícula, que debía alcanzar poco menos que para redecorar el maldito piringundín desde sus cimientos. Le dije que de ningún modo disponía de esa cantidad. Contestó que no pensaba aceptar ni un peso menos. Una cifra relativamente menor pasó por mi mente: la del fajo de billetes que todavía conservaba contra el sobaco y que, iluso de mí, había considerado como la cancelación de mi deuda hipotecaria. Se la ofrecí, intentando sonar definitivo.

—Está bien —transigió—. Pero me lo paga ahora.

El tipo debía dudar de que un fulano como yo, que andaba jugando a ser el ángel de la guarda de un borracho perdido, pudiese tener esa cantidad de dinero encima. Se la extendí. Contó los billetes y pareció calmarse.

—Pero me ayuda a poner un poco de orden. Si dejo esto así, mañana pierdo el día acomodando.

Acepté. Lo corrimos a Sandoval a un lado para que no estorbase, barrimos los vidrios, arrumbamos las mesas y las sillas desencoladas en una piezucha a la que se llegaba cruzando un patio mugriento, y redistribuimos el mobiliario sano. Creo que, salvo por el espejo y el ventanal, había salido ganando. Al fin y al cabo ese podrido anuncio de whisky era espantoso. Sandoval casi había hecho bien en pulverizarlo.

33

Tomamos el único taxi que se atrevió a levantarnos. A las tres de la mañana, y con los signos de la batalla a cuestas (Sandoval había perdido todos los botones de la camisa, yo tenía un corte superficial pero llamativo a la altura del mentón), no debíamos ser una yunta con aspecto demasiado confiable.

Fui todo el camino con los ojos clavados en el taxímetro. Tenía exacta cuenta del dinero que me quedaba. Ya había gastado una importante suma en el taxi de ida y dilapidado una pequeña fortuna como desagravio por la destrucción de ese bar de mala muerte. No quería llegar a la casa de Sandoval y tener que pedirle dinero a Alejandra.

Pobre mina. Estaba esperando en el zaguán, protegida con una mantilla sobre el camisón y el salto de cama. Entre los dos metimos a Sandoval en la casa y en el lecho. Antes de entrar, pagué el taxi. Alejandra me dijo que lo dejase esperando, para poder usarlo para ir hasta mi casa. Ella no sabía que estaba quebrado y naturalmente no se lo dije. Supongo que balbuceé alguna excusa. Cuando terminamos de acostarlo, Alejandra me ofreció un café. Iba a negarme, pero la vi tan desvalida, tan triste, que decidí quedarme un rato.

Le conté lo de Nacho. Ella lloró en silencio. Pablo no le había dicho nada. "Nunca me dice nada", había concluido en voz alta. Me sentí incómodo. Toda la situación me resultaba complicada. A Sandoval lo quería como a un hermano, pero su adicción me generaba más impaciencia que compasión. Sobre todo cuando veía la angustia en los ojos verdes de Alejandra.

¿Ojos verdes? Una voz de alarma me sonó adentro. Me puse de pie con un respingo y le pedí que me acompañara a la puerta. Me preguntó de dónde iba a sacar un taxi a esa hora de la madrugada. Eran pasadas las cuatro. Le dije que prefería caminar. Me contestó que estaba loco, pretendiendo caminar hasta Caballito, en plena noche y con las cosas que estaban pasando. Le dije que no habría problema. Cualquier cosa, chapeaba con la credencial del Poder Judicial y listo. Era verdad. Nunca había tenido el más mínimo problema al respecto. Salvo, claro está, que hubiese pretendido chapear en un bar en ruinas, con mi colega de Juzgado a un lado, bebiendo en el piso.

Me despidió en la puerta dándome las gracias. Muchas veces, en los casi veinticinco años que han transcurrido desde entonces, me he preguntado por mis sentimientos hacia Alejandra. Nunca he tenido dificultad en reconocer que la admiraba, la apreciaba, la compadecía. ¿La quería? Entonces no logré contestarme, y hoy sigo creyendo que la pregunta no es pertinente. Jamás he podido desear a las mujeres de mis amigos. Me parece imperdonable. No creo ser un moralista, cuidado. Pero nunca pude mirarla como a otra cosa que la mujer de mi amigo Pablo Sandoval. Si me enamoré alguna vez de una mujer ajena, tuve buen cuidado de no trabar amistad con su marido. Pero me prometí no hablar aquí de ella, así que hagamos un punto aparte.

Crucé media ciudad a pie en la noche fría de julio. Pasaron algunos autos y una patrulla militar trepada a una camioneta, pero no me molestaron. Llegué a mi edificio pasadas las seis. Como me ocurría siempre después de pasar una noche en vela, el cansancio tendía a amontonarme los recuerdos más inmediatos con los primeros de la víspera, de modo que a esas alturas los golpes en el bar, la noticia de la desaparición del primo de Pablo y mi desayuno del día anterior parecían imágenes fundidas en el mismo recuerdo. Lo único que quería a esa hora era un buen baño y un mínimo sueño de un par de horas que me despegara de todos esos acontecimientos. No tenía ni idea de lo que me esperaba al salir del ascensor, en el cuarto piso.

La puerta de mi departamento estaba abierta, y desde adentro se proyectaba un haz de luz hacia el pasillo en penumbra. ¿Me habían robado? Caminé hasta el umbral y lo atravesé sin reparar en la posibilidad de que el intruso todavía estuviese dentro. De hecho no había nadie. Pero eso lo pensé después, porque apenas me asomé al umbral comprobé, aterrado, que el departamento estaba en un desorden absoluto. Los sillones y las sillas volcados, la biblioteca tirada, los libros despanzurrados y esparcidos por el piso. En el dormitorio, el colchón estaba destrozado y había espuma de goma por toda la pieza. La cocina era otro desbarajuste. Estaba tan aturdido que tardé en advertir que el televisor y el combinado de música no estaban, ni en su sitio ni en ningún otro. ¿Eran ladrones, entonces? No se entendía, en ese caso, el ensañamiento con el que habían actuado. Al final entré al baño, sabiendo que iba a encontrar el mismo caos. Pero había algo más, aparte de la cortina de baño en hilachas, el contenido del botiquín regado por el piso y los grifos del bidé abiertos al máximo para inundar todo el sitio. En el espejo había un mensaje escrito con jabón: "Esta vez te salvaste, Chaparro hijo de puta. La próxima sos boleta".

La letra era grande y prolija, propia de alguien que no tiene apuro y se siente dueño de la situación. Había un garabato al final que, aunque me esforcé por entenderlo, resultaba ilegible. El turro que había hecho eso, deduje, lo había firmado. ¿Cómo podía sentirse alguien tan impune como para avasallar así a los demás? ¿Quién podía tener conmigo algo pendiente? Al hacerme esas preguntas me sacudió una fría oleada de miedo.

Salí. Tuve la ingenua precaución de intentar cerrar la puerta con llave. Recién entonces advertí que habían hecho saltar la cerradura de una patada.

34

Ese 29 de julio, después de dejar a mis espaldas el departamento hecho polvo, me encontré desorientado. No podían ser simples ladrones ni un ataque a ciegas. En algún momento pensé en volver sobre mis pasos y tratar de cruzar dos palabras con el portero, pero me aterrorizó que quienes me habían buscado por la noche pudiesen insistir por la mañana. Me dije que había hecho bien huyendo como lo hice. ¿Pero dónde iba a ir? Si conocían mi dirección, conocerían la de la casa de mis padres, o la de Sandoval, en una de esas. No podía arriesgarme, o arriesgarlos. Pero no tenía un centavo. De hecho estaba caminando por Rivadavia hacia el Centro, pero no tenía un destino fijo. Miré la altura: el cinco mil. ¿Y con eso qué?

Podía ir al Juzgado y radicar la denuncia en la Cámara de Apelaciones, si no confiaba en hacerla directamente en la comisaría. No era seguro. ¿Y si me estaban esperando en los alrededores de Tribunales? Pero ¿quiénes, por Dios? ¿Quiénes eran? Atiné a pasar por delante de un bar que tenía teléfono público. Entré y revisé mis bolsillos. Entre las cuatro o cinco monedas que traía apareció un cospel. Acudí a Alfredo Báez, el único tipo al que le tenía una confianza ciega.

Lo sorprendió mi llamado pero enseguida, tal vez alertado por la alarmada premura de mi voz, ordenó el caos de mi relato con algunas preguntas precisas y coherentes. De él partió la iniciativa de que nos encontrásemos unas horas después, en Plaza Miserere, del lado de Pueyrredón.

Di vueltas por ahí toda la mañana. Casi a mediodía caí en la cuenta de que no había avisado al Juzgado de mi ausencia. Con las últimas monedas compré un cospel y llamé a la oficina. Aduje una gripe repentina. Me comentaron que Sandoval también había dado parte de enfermo. Di un par de instrucciones: lo que hacía siempre cuando me ausentaba. Me consolé pensando que no eran días de trabajo demasiado abundante. Más me habría preocupado si hubiera sabido que faltaban siete años para que volviese a pisar ese Juzgado.

Desde las dos me ubiqué en un banco de la plaza. A las dos y media me sobresalté: un tipo acababa de sentarse a mi lado. Giré la cabeza. Era Báez.

—Lo suyo no es el espionaje con ocultamiento, ¿no? —todavía andaba con ganas de joder, pensé.

—Disculpe que lo haya molestado. Pero no tenía a quién recurrir.

—No se haga problema. Cuénteme en qué anda.

Le relaté con pelos y señales todo lo que había visto desde que había llegado a mi departamento hasta que salí pitando de ahí. No me llevó mucho tiempo, aunque creo que demoré más en contarlo que en vivirlo.

—¿Qué me dijo que faltaba en su casa? —preguntó cuando terminé.

—El televisor y el combinado.

—Y la frase del espejo...

—Decía que iban a reventarme, y que me había escapado de casualidad.

—Y lo nombraba a usted, ¿cierto?

—Sí.

Báez se contempló unos minutos las puntas de los zapatos. Después giró la cabeza hacia mí y habló.

—Mire, Chaparro. Si es lo que creo que es, está jodido. Por si acaso, no regrese ni a su casa, ni al Juzgado, ni a ningún lado en el que lo conozcan. Por lo menos hasta que vuelva a comunicarme con usted.

—¿Y qué carajo hago? —en otro momento me habría dado vergüenza exhibirme así de vulnerable delante de Báez, pero en esas circunstancias no tenía límite.

Pensó otro rato.

—Haga lo siguiente. Hoy dese una vuelta por una pensión que se llama La Banderita, en Humberto I y Defensa. Pero no ahora, guarda. Deme tiempo de pasar primero por ahí, a hablar con el dueño. Usted llega, dice que se llama... Rodríguez, Abel Rodríguez, y que tiene una habitación paga. Yo voy a dejarle un adelanto por toda la semana. Usted, dicho sea de paso, anda sin un cobre en el bolsillo, ¿no es así?

—Sí, pero... podría pasar tal vez por el Juzgado...

—¿Qué le acabo de decir, muchacho? Ni se le ocurra pasar por Tribunales. Ni por ningún lado. Se mete en la pensión y sale, como mucho, a hacer algún mandado. Acá tiene unos pesos. Vamos, no se haga el estrecho. Después me lo devuelve.

—Gracias, pero...

—Una semana. En una semana tengo que tener más o menos claro el asunto. Aunque hoy en día, en medio de semejante quilombo, no se sabe nunca. Pero, bueno, esperemos que sí.

—¿No puede decirme algo? ¿Qué le parece?

—hoy todavía me asombro de lo imbécil que puede

245

ser uno cuando está asustado como yo lo estaba. Báez tuvo el don de gentes de no regodearse con mi estupidez.

—Yo me comunico con usted. Quédese tranquilo.

Empezó a alejarse, pero se detuvo y se volvió hacia mí.

—En el Juzgado, ahora, ¿hay alguien piola a quien recurrir? Digo alguien con cargo, su secretario, el juez, el otro secretario...

—Nuestra secretaria está de licencia, por embarazo —le dije, y me distraje un instante pensando en eso. Enseguida recapacité y seguí—. El otro secretario es un infradotado.

—Suele pasar.

—Y juez no tenemos. Se jubiló Fortuna Lacalle y todavía no nombraron al reemplazante. Está Aguirregaray como subrogante, el del Juzgado de Instrucción n.º 12.

—¿Aguirregaray? —Báez pareció interesado.

—Sí ¿lo conoce?

—Un tipazo. Por fin una buena noticia. Cuídese. Lo veo en una semana, más o menos. Yo lo busco en la pensión, quédese tranquilo.

Seguí sus instrucciones al pie de la letra. Yiré por el Centro y cuando caía la tarde me arrimé a San Telmo. El que me atendió en la pensión, supongo que era el dueño, me alcanzó una llave apenas me identifiqué como Abel Rodríguez. El sitio era limpio. Cuando me tiré en la cama, no atiné a sacarme la ropa. Llevaba un día y medio sin pegar ojo, y durante las treinta y seis horas previas había participado en una gresca de taberna, había caminado por media ciudad de Buenos Aires en plena noche y en pleno día, había asistido a la destrucción completa de mi casa y me había convertido en prófugo, aunque sin saber muy bien el motivo. Apoyé la cabeza en la almohada, que también olía a limpio, y me dormí como un bendito.

35

El cuchitril en el que Báez me citó siete días después estaba pegado a la estación de Rafael Castillo y era un verdadero asco. Tres mesas destartaladas de fórmica gris, un mostrador lleno de campanas con sándwiches de aspecto tenebroso, varios taburetes de madera con la pintura descascarada. Todo el ámbito, de por sí minúsculo, parecía empequeñecido por el tufo a grasa que venía de una parrilla sobre la que se acumulaban los chorizos y hamburguesas fríos y secos que habían sobrado del mediodía. Acodados en el mostrador, algunos hombres de aspecto humilde bebían vino y hablaban a los gritos. A intervalos de quince o veinte minutos las chapas del techo se sacudían con el estruendo de las locomotoras que tiraban de los trenes y una fina lluvia de tierra bajaba sobre las personas y las cosas desde los tirantes del techo. Para completar la escena, un jocoso animador, secundado por dos locutoras desquiciadas, vociferaba desde un aparato de radio puesto a todo volumen.

Después de una semana con el alma en vilo, refugiado en una pensión a costillas de los ahorros de Alfredo Báez, se suponía que yo no iba a andar con demasiadas pretensiones. Creo que no las tenía, pero no pude evitar que mi ánimo se derrumbase en semejante ambiente. Debía ser un lugar seguro, ciertamente, donde difícilmente a uno lo buscaran, a menos que ese uno tuviese cuentas pendientes con las cucarachas.

De Báez no había vuelto a tener noticias en toda la semana, salvo por el aviso de esa cita, que me había dejado con el dueño. Como llegué temprano al encuentro, tuve tiempo de hacerme mala sangre imaginando todo lo que podía haber salido mal en esos siete días. ¿Y si Báez había sufrido una persecución idéntica a la que yo había padecido? ¿Y si alguien lo había atacado por remover el avispero? Los nervios acumulados en toda esa semana, potenciados por el olor nauseabundo, el contacto con la mugre y el aturdimiento de gritos y publicidades radiales, me ponían al borde del estallido y de la huida. Por suerte, el policía fue como siempre puntual; creo que de lo contrario no me hubiese hallado. Me estrechó la mano y se sentó haciendo crujir una de las sucias sillas de metal negro y cuerina.

—¿Pudo averiguar algo? —lo atajé, antes de que se acomodara. No estaba de ánimo para reparar en delicadezas.

Báez me miró fijo antes de responder.

—Sí. La verdad es que averigüé unas cuantas cosas, Chaparro.

Me atemorizó. No por lo que decía, sino por el modo en que me miraba. Tenía el gesto de quien no está muy seguro del modo de entrar en materia. ¿Tan grave podía ser la cosa? Decidí acortar el trayecto hacia la verdad más cruda.

—Bueno. Lo escucho, entonces.

—Es que es tanto que no sé por dónde empezar.

—Por donde quiera —intenté bromear—: total, tenemos tiempo de sobra.

—No vaya a creer, Benjamín. No le sobra tanto tiempo —yo escuchaba tratando de no dejar traslucir mi pánico creciente—. Esta noche tiene que tomarse

249

un micro a San Salvador de Jujuy. Sale diez minutos después de la medianoche, desde Liniers. Debajo del puente de la General Paz.

—¿De qué me está hablando? —logré preguntar, casi a los gritos, cuando sentí que me volvía algo de aliento.

—Tiene razón. Discúlpeme. Creo que empecé por lo más difícil. Le pido un poco de paciencia.

—Lo escucho —acordé, sin bajar la guardia.

—Lo primero que me puse a pensar después de nuestro encuentro del otro día era quién cuernos lo había atacado. No habían actuado al voleo, seguro. Eso, sumado a todo lo demás, me permitió identificarlos con cierta facilidad.

—¿Qué es eso de "todo lo demás"?

—Todo, mi amigo —dándose cuenta de que mi angustia requería precisiones, agregó—: para empezar el modo en el que entraron, la hora a la que entraron. ¿Usted se da una idea del quilombo que habrán metido al romper todo lo que rompieron? Si son chorros comunes y corrientes, se mueven con más sigilo. Estos tipos entraron como Pancho por su casa. Les importaba un carajo que pudiesen oírlos. Piense, Chaparro: una bandita de camorreros, actuando impunemente en medio de la noche... hoy en día no hay tantas alternativas para saber de qué palo son, ¿no le parece?

Yo empezaba a entender. Igual era inaudito. ¿Qué podían querer tipos así conmigo?

—Se topó con uno de esos grupos de forajidos que usa el gobierno, mi amigo. Ni más ni menos. Tuvo una suerte monumental de que no lo agarraran adentro. De lo contrario no la cuenta. De los pelos al baúl del auto, y del baúl a un zanjón con cuatro tiros.

Báez se abstrajo un momento del relato y se quedó en silencio, reconstruyendo las imágenes que podrían haber sido. De repente volvió:

—Todo concuerda. La impunidad, el salvajismo, el actuar en barra (la vecina del departamento B, no sé si la conoce, me terminó reconociendo, después de un largo trabajito de ablande, que por la mirilla vio pasar a cuatro).

—¿Y qué podían querer conmigo?

—Ahí vamos, Chaparro. Aguánteme. Porque el siguiente paso era verificar, confirmar digamos, que se tratase de un grupo relacionado con Romano o con Gómez.

—¿Qué? —esos dos apellidos caían en mis oídos con el estrépito aterrador de un cuerpo lanzado desde un décimo piso a la vereda—. ¿De qué me está hablando?

—Tranquilo, Benjamín. No se violente. Pero eso también era cantado. Usted no es un militante, no es un hombre público. No trabaja en un tema que a los militares les interese (no creo que la Justicia les importe un pito, de hecho). ¿Qué razón puede haber entonces para que le caiga encima una banda como esa? Tenían que tener algo con usted, algo viejo, algo personal...

Saqué cuentas con los dedos. Después hablé:

—Es ridículo, perdone que se lo diga. Hace casi tres años que no sé nada de Isidoro Gómez, desde que lo largaron de Devoto, ni del otro hijo de puta.

—Ya lo sé, ya lo sé. Yo también me detuve en ese punto. Pero esa era la pregunta siguiente. Yo di por hecho que el asunto tenía que ver con ellos, ¿me sigue?

—Lo sigo —¿lo seguía, verdaderamente?

—Así que me tuve que poner a pensar en los motivos que podían tener para querer amasijarlo. Motivos nuevos, ninguno. Motivos viejos, sonaba menos lógico todavía. Así que pensando y repensando volvía a lo actual, a lo de ahora. Primero temí que fuera muy difícil averiguar algo de estos tipos que andan en los servicios de inteligencia, y toda esa mano. Capaz que en un país serio esas organizaciones son herméticas. Bah, supongo. Pero acá tienen más agujeros que un colador de té, fíjese. Porque aparte les gusta mostrarse, ¿sabe? Eso de andar en autos sin chapas, con lentes oscuros, exhibiendo sus Itacas como si fueran sus... ya sabe qué.

Volvió a distraerse y su rostro hizo una mueca en la que se mezclaban la burla y el desprecio.

—Así que resultan bastante fáciles de ubicar. Dos o tres conversaciones poniendo cara de boludo maravillado dispuesto a escuchar sus pioladas, y yo ya tenía poco menos que un organigrama de cómo funcionan.

—Me cuesta creer que sean tan obtusos —arriesgué.

—Créalo. Si no fueran unos sanguinarios hijos de puta, serían para cagarse de la risa. Le sigo contando. Parece que Romano tiene su grupito de siete u ocho energúmenos. Se ve que cuando desmantelaron aquel chiste de Devoto el tipo siguió enganchado. Por otro lado, es lógico. ¿A qué cosa productiva se podía dedicar un zanguango como ese?

Intentaba seguir su explicación, pero una y otra vez me venía la imagen del hijo de puta de Romano festejando a los saltos alrededor del escritorio del juez, ocho años atrás. ¿Cómo había podido ignorar, en aquellos días, que el tipo que laburaba conmigo era un sádico y un asesino?

—Romano comanda el grupete ese. Y en general no sale cuando chupan gente —vio mi cara de extrañeza—. Disculpe. Los turros llaman "chupar" a secuestrar a los que a ellos les parece y llevarlos a sus aguantaderos.

Asentí. Recordé la detención del primo de Sandoval, que seguramente habría seguido ese procedimiento atroz. ¿Era posible que hubiese ocurrido la semana anterior? Me parecía que había acontecido en otra vida, lejana y definitivamente inalcanzable.

—El hecho es que Romano sale poco. Él hace... ¿cómo le dicen? Inteligencia de base, o inteligencia de fondo. Que traducido quiere decir que el malnacido es el que comanda las sesiones de tortura en las que sacan nombres a los detenidos. Después manda a sus matones a levantar al que se le cante —el rostro de Báez se ensombreció de nuevo—. Pero de ese tema sí que los fulanos hablan poco. Se ve que algo de raciocinio les queda, como para no andar pavoneándose de cosa semejante.

Lo que me contaba Báez era tan macabro, tan irracional, tan espantoso, y completaba con tanta sencillez lo que intuíamos con Sandoval, que supe que era cierto.

—Adivine quién es uno de los matones que le hacen a Romano el trabajo callejero...

Me acordé de Morales y su máxima de que todo lo que puede salir mal va a salir mal, y de que todo lo que puede empeorar empeorará.

—Isidoro Gómez... —alcancé a balbucir.

—El mismo que viste y calza.

—Qué hijo de puta —fue todo lo que pude agregar.

—Y... son tal para cual. Bueno, en realidad, eran tal para cual, según parece.

—¿A qué se refiere?

—Recuerde que toda la cosa arranca, supuestamente, de que a usted estos tipos le hacen pelota el departamento.

—¿Y?

—Y que estos tipos tenían ahora un motivo para boletearlo, hace unos años no lo tenían.

—No lo entiendo.

—Es natural. Le explico. Romano salió como loco a querer reventarlo a usted en su casa el otro día. ¿Por qué? Sencillo: por venganza. ¿Vengarse de qué? Piénselo un momento. ¿Qué tienen en común ustedes dos? Nada, o casi. Lo tienen a Gómez. ¿Se acuerda, cuando la amnistía de Cámpora?

Asentí. Como si pudiera olvidarme de aquello.

—Bien. Romano habrá sentido, digo, en ese momento, que a usted lo cagaba en toda la línea. Por eso no lo jodió para nada. Porque pensaba que ya lo había jodido lo suficiente.

—¿Y entonces?

—Y... que entonces no se entiende por qué Romano salió el otro día como una exhalación a reventarlo a usted.

—No entiendo nada.

—Aguánteme, que ya llegamos. Es como si fuese una partida de ajedrez, un desafío. Usted lo cagó cuando lo hizo echar del Juzgado. Él se vengó cuando lo largó a Gómez. ¿Por qué se le ocurre a Romano amasijarlo a usted ahora, tres años después? Sencillo: porque está convencido de que usted acaba de mover otra pieza. O más precisamente: que usted, Chaparro, acaba de hacerle mierda a uno de sus hombres de confianza, o sea Gómez.

Mi cara habrá dejado traslucir que no tenía ni idea de qué me estaba hablando.

—Romano lo busca a usted para liquidarlo, Chaparro, porque piensa que usted acaba de boletear a Isidoro Gómez. Ni más ni menos.

Tuve un momento de pasmo, pero debí sacudirme la impresión porque corría el riesgo de perderme lo que Báez seguía diciendo.

—No digo que usted lo haya hecho. Digo que es lo que Romano supone que ha hecho. El 28 de julio a la noche lo fueron a buscar a usted en su casa, ¿sí? Adivine: dos noches antes, el 26, alguien se cargó a Isidoro Gómez en las cercanías de su departamento de Villa Lugano.

Era demasiado complejo, o el aire viciado del lugar había terminado por saturarme.

—¿Se siente mal? —se preocupó Báez.

—La verdad es que estoy medio mareado.

—Venga. Salgamos un poco al fresco.

36

Caminamos hacia la estación. Nos sentamos en el único banco de listones de madera que estaba sano, en el andén de los trenes que corrían hacia la Capital y que a esa hora estaba casi vacío. Al otro lado de las vías en cambio, y a medida que avanzaba la tarde, de cada tren que llegaba descendía un número creciente de hombres y mujeres que se diseminaban en todas direcciones, o que corrían para treparse a unos colectivos rojos de techo negro.

El aire libre me hizo bien. Por lo menos podía pensar con cierta claridad y caer en la cuenta de que tenía que decirle algo a Báez. Algo impostergable que recién ahora advertía como tal.

—Hay algo que no le dije, Báez —dudé—. ¿Se acuerda de cuando me hice el detective al principio de la causa, y Gómez se apioló de que lo andaban buscando?

—Bueno, no fue para tanto. Aparte...

—Está. Déjeme seguir. Después de la amnistía me mandé una cagada parecida. Bueno. Ahora me doy cuenta de que fue una cagada. Entonces me pareció que no. Que no era nada.

Báez estiró las piernas y cruzó los pies, como disponiéndose a escuchar. Se lo expliqué lo más escuetamente posible. Ya me resultaba bochornoso haber quedado como un infradotado delante de él la primera vez, hacía ocho años. Ahora me tocaba hacer el papel de infradotado reincidente. Le conté que después de la amnistía se me ocurrió hacerle un favor postrero a Ricardo Morales: averiguarle el paradero de Gómez, por si alguna vez juntaba el valor de ir a cagarlo de un tiro. Y que la diligencia la había hecho naturalmente de palabra, nomás, sin dejar nada escrito, con un policía conocido. Báez me preguntó el apellido.

—Zambrano, de Robos y Hurtos —le respondí. Y de inmediato inquirí—: ¿Es un pelotudo o es un hijo de puta?

—No... —Báez vaciló—: hijo de puta no es.

—Entonces es un pelotudo.

—Eh... olvídese de Zambrano —Báez no quería hacerme quedar como un idiota—. No tiene caso. ¿Y en qué terminó la cosa?

—Pasaron como dos meses, pero al final Zambrano me consiguió una dirección de Villa Lugano. Ahora la verdad que no me la acuerdo. Vio cómo son esas direcciones. Manzana no sé qué, edificio no sé cuánto, pasillo vaya a saber cuál, y todo eso.

—Bueno. Es posible que se la haya averiguado bien.

—No lo sé. Nunca lo verifiqué.

Se hizo un silencio mientras Báez ajustaba en el rompecabezas que tenía en su mente la información que yo acababa de arrimarle.

—Ahora termino de entender —concluyó—. Romano se habrá enterado. Sobre todo si este Zambrano prescindió de las sutilezas del caso. Pero como no pasó más nada se quedó tranquilo. Lo habrá interpretado como parte de su calentura, de su humillación, Chaparro, por haberse quedado sin detenido.

Volvimos a quedarnos callados. Cada uno estaba, supongo, dando para sus adentros el siguiente paso lógico en el encadenamiento de los sucesos. Báez por fin habló:

—Usted le habrá pasado el dato a Morales, me imagino.

—En realidad, no. Mire qué ironía. Tuve miedo de que lo tomara a mal... no sé. Al final no le dije nada.

Llegó un tren desde el Centro. Se repitió el aluvión de gente bajando y desperdigándose.

—De todos modos, el viudo debe haber averiguado la dirección por su cuenta. Ese muchacho nunca fue tonto —dijo Báez, después de otra pausa.

—¿Usted cree que fue Morales el que fue a reventarlo a Gómez a Villa Lugano?

—¿Le cabe alguna duda? —Báez se había vuelto hacia mí. Hasta entonces habíamos charlado mirando ambos al andén de enfrente.

—Y... a esta altura ya no sé qué pensar ni qué decir —confesé.

—Sí. Fue Morales. Le diría que lo tengo confirmado. Bueno. Todo lo confirmado que uno puede tener estas cosas. Antes de ayer me anduve por Lugano. Pregunté un poco. Unos cuantos vecinos me tiraron algún dato. Es más, hasta dijeron que ya habían estado "unos muchachos" preguntando por lo mismo.

—¿La gente de Romano?

—Ajá. En un par de boliches de por ahí me dijeron que una pareja de viejitos había visto todo. Así que me arrimé a verlos. Se imagina cómo es eso. Las ganas de hablar en el almacén son inversamente proporcionales a las ganas de hablar con un policía. Tuve que amenazarlos, haciéndome el compungido, con llevarlos a declarar a la seccional. Habría estado bueno: no sé dónde carajo los hubiese llevado. Por fin cedieron. Terminamos como chanchos. Habían visto todo. Usted sabe cómo son los viejos. ¿O debería decir cómo somos? Se levantan de madrugada, aunque no tengan un cuerno que hacer. Como a esa hora no hay tele, escuchan la radio vichando por la ventana. Es así como ven a un muchacho al que conocen de ver entrar cada madrugada al edificio de enfrente. Lo raro de esta noche en particular es que de repente sale un tipo desde atrás de un cantero lleno de arbustos y le pega un soberano fierrazo en la cabeza que al pibe lo deja desparramado en el piso. Y que el agresor (un tipo alto, rubión parece, aunque muy bien no lo vieron) saca una llave de un bolsillo y abre el baúl de un auto blanco estacionado contra el cordón, ahí al lado. Los viejos no saben mucho de marcas de autos. Dijeron que era grande para Fitito y chico para Ford Falcon.

Hice memoria.

—Morales tiene, o tenía, no sé, un Fiat 1500 blanco.

—Ahí está. Mire: ese dato me faltaba. Después el tipo alto cerró con cuidado el baúl, se subió adelante y salió andando.

Estuvimos un rato callados. Báez interrumpió al final ese silencio.

—Ese pibe Morales siempre fue muy ordenado, me parece. Usted me describió alguna vez la paciencia con la que vigilaba las terminales de trenes. Tampoco iba a andar reventándolo a tiros ahí nomás para después salir arando como un prófugo. De seguro ya tenía elegido un descampado para enterrarlo después de sacarlo del auto y bajarlo de cuatro tiros.

Recordé mi última conversación con Morales, en el bar de la calle Tucumán, y me atreví a discrepar levemente con el policía, pensando que era mi turno de tomar la posta con la hipótesis.

—No. Debe haberlo atado para esperar a que recuperase el conocimiento. Los tiros se los habrá pegado después. De lo contrario la venganza hubiese quedado como un gesto desabrido —de repente me asaltó una duda—: ¿No apareció ningún herido, herido grave, en algún hospital de la zona?

—No. Lo revisé a fondo.

—Entonces no se tuvo fe para dejarlo lisiado.

Le expliqué esa parte de mi última charla con el viudo.

—Y... no es tan fácil —concluyó Báez—. Una cosa es planear las cosas en la cama, en las noches de desvelo, con los ojos clavados en el techo. Ejecutar el plan con el que soñamos es otra cosa bien distinta. Siendo un muchacho prudente, centrado, habrá pensado, con Gómez una vez adentro del baúl, claro, eso de que es mejor pájaro en mano que cien volando. Tal vez sí hizo eso de esperar a verlo despierto.

—Vaya uno a saber en qué descampado lo habrá tirado —aventuré.

Llegó un tren al andén en el que estábamos nosotros, pero subió y bajó muy poca gente. Avanzaba la tarde, y los trenes hacia la Capital iban cada vez más vacíos.

—No creo que lo haya tirado —ahora era Báez el que me corregía con delicadeza—. Lo debe haber enterrado con toda prolijidad, para que no lo encuentren ni por equivocación de acá a doscientos años.

Me cruzó como una exhalación el recuerdo de Morales sentado a la mesa del café, acomodando las fotografías por riguroso orden de número en pilas temáticas.

—Es cierto. Debía tener elegidos el sitio y el modo desde hace meses —concluí.

Demoré un rato en romper el nuevo silencio que sobrevino.

—¿Le parece que hizo bien en matarlo?

Se acercó un perro vagabundo, flaco y sucio, que se puso a olisquear los zapatos del policía. Báez no lo echó, pero cuando movió las piernas el perro se asustó y se alejó corriendo.

—¿Y usted qué cree? —me devolvió.

—Que me está esquivando el bulto a la pregunta.

Báez sonrió.

—No sé. Habría que estar en el lugar del muchacho.

Pareció que había terminado. Pero después de un buen rato agregó:

—Creo que yo habría hecho lo mismo.

No hablé enseguida. Finalmente coincidí:

—Creo que yo también.

37

En el taxi, unas horas después, con Sandoval apenas cruzamos palabra, como si los dos lamentásemos demasiado lo que estaba por ocurrir y ya no tuviésemos deseos de fingir, él que estuviera contento y yo que estuviese convencido.

—Cruce por debajo de la General Paz y déjenos ahí nomás, en la vereda en la que paran los micros de larga distancia —Sandoval le indicó al chofer.

Bajamos las valijas del baúl y amagué con despedirme. Eran doce menos diez. Sandoval me atajó.

—No, yo espero a que te subas.

—Dejate de hinchar. Andate ahora, que mañana se trabaja. ¿Qué te vas a tomar desde acá hasta tu casa? Aprovechá el taxi.

—Ah, sí, seguro. Y te dejo de seña acá, en Ciudadela. No jodás —me dio la espalda, se encaró con el taxista y pagó el viaje.

Arrimamos las valijas al exiguo grupo de gente que, según averiguamos, esperaba el mismo micro.

—Viene del lado sur, de Avellaneda, por ahí —me aclaró Sandoval—. Llegás mañana a la noche.

—Flor de viaje —me lamenté.

Pese a todo, cuando llegó el ómnibus, enorme y brillante, y se arrimó al cordón delante de nosotros, no pude evitar un arrebato de emoción infantil ante la perspectiva de viajar lejos, como me ocurría cuando mis viejos me llevaban de vacaciones. Por eso me alegré cuando Sandoval me dio el pasaje y vi que llevaba el número tres: a la derecha, primer asiento. Vigilamos mientras uno de los choferes de camisa celeste y corbata azul revoleaba mis valijas al fondo del depósito, después de cerciorarse de que iba a San Salvador. Un poco más a mano ubicaron las de los pasajeros que iban a Tucumán y a Salta. Era cierto aquello de que me estaba rajando al último rincón de la Argentina. Recién nos alejamos cuando, con un chasquido, el chofer cerró la portezuela y accionó la traba.

Nos dimos un abrazo a un costado de la puerta del micro. Me di vuelta y empecé a subir los escalones, pero de repente me volví para hablarle.

—Quiero que hagas algo —no sabía cómo empezar—. O mejor dicho, que no lo hagas.

—Tranquilo, Benjamín —Sandoval parecía estar esperando ese diálogo—. ¿Cómo me voy a andar poniendo en pedo si no tengo a nadie que me pague las copas y me lleve en taxi a casa?

—¿Es una promesa?

Sandoval sonrió, sin despegar los ojos del asfalto.

—¡Eh! No exageres. Tampoco me pidas tanto.

—Chau, Sandoval.

—Chau, Chaparro.

A veces los varones nos sentimos más seguros detrás de cierta frialdad para tratar a quienes queremos. Lo saludé a través de la ventanilla después de tomar asiento. Alzó una mano, sonrió y se fue a tomar el 117, que a esa hora pasaba cada muerte de obispo.

38

"Zárate 18". Me provocaba una sensación incómoda, de inferioridad o desvalimiento, pensar que todo mi presente cabía en tres valijas que viajaban en el depósito del ómnibus. No había conseguido rescatar sino un par de mis libros más queridos. Casi nada de ropa, porque una de las malas noticias que me había traído Sandoval a la pensión era que habían tajeado la mayor parte de arriba abajo, sobre todo las camisas y los sacos de vestir.

No me había despedido de mi madre. Ni de la gente del Juzgado.

"Rosario 45". Las luces cortaban la oscuridad e iluminaban, de vez en cuando, carteles verdes con letras blancas como ese. ¿Ya estábamos en Santa Fe? ¿A cuántos kilómetros queda Rosario del límite con Buenos Aires? Si habíamos cruzado esa frontera, yo no me había percatado.

Varias veces había intentado dormir, pero no había conseguido pegar un ojo. Los días de la pensión habían sido un permanente y monótono vacío en el que el tiempo se alargaba, se hacía de chicle. Pero en la última jornada habían sucedido tantas cosas, y me había enterado de tantas otras, que sentía como si ese tiempo hubiera pasado de la quietud al torbellino.

Báez había terminado nuestro encuentro en la estación de Rafael Castillo dándome la dirección del juez Aguirregaray, en Olivos. Le pregunté qué tenía que ver él en todo esto.

—Es lo que le empecé a explicar al principio, y que le dije que tendría que haber dejado para el final.

Entonces recordé:

—¿Jujuy?

—Exacto. Es un tipo derecho, y con los contactos como para gestionar su traslado. Fue idea de él, guarda —se atajó.

—¿Y por qué?

—No sé. O mejor dicho, creo que es mejor que él se lo explique. Lo está esperando.

—¿Pero no hay otra salida que rajar como un prófugo? —no me resignaba a quedarme sin vida de un día para otro.

Báez me miró un rato, tal vez esperando que me diera cuenta solo. No fue el caso, de manera que terminó explicándomelo.

—¿Sabe qué pasa, Benjamín? La única manera de asegurarse de que Romano se deje de joderlo es enterarlo de la verdad. Yo puedo pactar un encuentro, si usted quiere. Pero para eso tengo que decirle a Romano que el que le amasijó a su amiguito no fue usted sino Ricardo Morales. —Hizo una pausa, antes de concluir la idea—. Si usted quiere, lo hacemos.

"Mierda", pensé. No podía hacer eso, la puta madre. No podía.

—Tiene razón —acepté—. Dejemos las cosas como están.

Nos despedimos sin exteriorizaciones demasiado vivas. Me escribió en un papel los números de los colectivos que debía tomar para llegar a Olivos. A esa altura ya no me quedaban remilgos ante la posibilidad de quedar como un estúpido, así que le pregunté hasta de qué color era cada uno.

Demoré más de dos horas en llegar. Esa tarde fría de ese invierno espantoso estaba llegando a su fin. La casa de Aguirregaray era un lindo chalet con jardín delantero. Me dije que si alguna vez volvía a Buenos Aires iba a rumbear para mis pagos de Castelar. Nada de departamentos céntricos.

Me abrió la puerta el juez en persona y me hizo pasar directamente a su estudio. Creí escuchar, de fondo, ruido de cocina y de chicos. Me incomodó la posibilidad de estar importunándolo y se lo dije.

—No se haga problema, Chaparro. Despreocúpese. Pero cuanta menos gente lo vea mejor, me parece.

Estuve de acuerdo. Me dejé conducir hasta dos sillones amplios. Me ofreció café pero decliné la invitación.

—Báez me puso al tanto de todo —empezó, y yo lo celebré porque la sola idea de tener que repetir toda la historia me agotaba de antemano—. Lo que no sé es si le gustará demasiado la solución que encontramos.

Intenté sonar despreocupado:

—Jujuy... —solté.

—Jujuy —confirmó el juez—. Báez me dice que este matón...

—Romano.

—Romano, eso. Que este Romano lo persigue a usted por un asunto personal, una especie de *vendetta* privada, ¿digo bien?

—Exacto —concedí. Báez no lo había puesto al tanto "de todo". Noté que el policía era un tipo prudente hasta con sus propios amigos. Le agradecí para mis adentros. Era la milésima vez que lo hacía.

—De manera que lo está jodiendo con sus matones propios, como quien dice. Suponemos que no tiene demasiada logística, por encima de su propio grupo.

—Una especie de mafia suburbana —intenté bromear.

—Algo así. No se ría. No es una mala definición.

—¿Y entonces, doctor?

—Y entonces pensamos con Báez que teníamos que enviarlo lo suficientemente lejos como para que no pudiesen molestarlo, aun cuando lo localizaran. Ahí es donde aparece Jujuy. Porque tarde o temprano Romano se va a enterar de su traslado, Chaparro. Usted vio lo que duran los secretos en Tribunales. Pero la solución es desanimarlo, ponerle la cosa complicada.

Se detuvo un instante porque sonaron pasos de mujer en el pasillo, que giraron finalmente hacia otra habitación. Aguirregaray fue hasta la puerta y la cerró con delicadeza. Volvió a sentarse.

—Mi primo es juez federal en San Salvador de Jujuy. Ya sé que para usted eso debe sonar como el fin del mundo. Pero con Báez no encontramos una alternativa mejor.

Me quedé callado, ansioso por escuchar las innumerables ventajas que deberían existir en mudarme a vivir y trabajar en la loma del peludo.

—Usted sabe que los Juzgados Federales dependen del Poder Judicial de la Nación, o sea que están dentro de nuestra propia estructura. Se trata entonces de un simple cambio de destino. Con el mismo cargo, por supuesto.

—Y tiene que ser al de Jujuy —traté de no sonar susceptible.

—¿Sabe qué pasa? Aunque no le parezca, tiene ventajas. Una es que enviándolo a mil novecientos kilómetros de aquí a estos tipos se les volverá casi imposible molestarlo. Y otra es que, si aun así se les ocurre importunarlo, está mi primo.

Esperé aclaraciones sobre el punto. ¿Quién era el primo? ¿Superman?

—Es un tipo de ideas más bien tradicionales. Imagínese. Vio cómo son algunas sociedades del interior —no sabía, aunque empezaba a sospecharlo—. Y no piense que se trata de un tipo simpático o ameno. Nada que ver. Es casi una cucharada de moco, mi primo. Y malo como un alacrán. Pero tiene la ventaja de que allá es un tipo importante y respetado, y en cuanto les diga a cuatro o cinco personas clave que usted está allí bajo su protección, pierda cuidado que no van a molestarlo ni las moscas. Y cualquier cosa rara que pase, como cuatro desconocidos entrando a la provincia a bordo de un Falcon sin patentes, él se enterará de inmediato. Se tira un pedo una vicuña en el cerro de los Siete Colores y mi primo se entera al cuarto de hora. ¿Entiende a lo que me refiero?

—Creo que sí.

"Maravilloso", pensé. Iba a vivir en el confín de la patria y a trabajar con un señor feudal, más o menos. Pero en ese momento se me cruzó la imagen de mi departamento hecho polvo y automáticamente se me aquietaron las ínfulas. Si con el tipo iba a estar a salvo, mejor sería meterme la pedantería en el último rincón y darle para adelante. Recordé la vergüenza ajena que me había dado, años atrás, ver al juez Batista recular cuando no se animó a bajarle la caña a Romano, en la causa de apremios. Yo también era un cobarde. Yo también había encontrado mi límite.

Cuando me acompañó a la puerta, volví a darle las gracias.

—No hay de qué, Chaparro. Eso sí: en cuanto pueda, vuelva. No quedan muchos prosecretarios como usted.

Fue como si sus palabras me hubiesen devuelto de golpe una identidad extraviada. Comprendí que lo peor de esos ocho días de fugitivo era que había dejado de sentir que yo era yo.

—Gracias de nuevo —me despedí, estrechándole enérgicamente la mano.

Caminé hasta la estación de Olivos. Los trenes del Ferrocarril Mitre eran eléctricos, iguales a los del Sarmiento, salvo que estaban limpios, casi vacíos y corrían a horario. Pero hasta esa envidia localista me demostraba hasta qué punto añoraba Castelar. ¿A todos los que huyen los agobiará esa nostalgia por su pasado? En Retiro tomé el subte, y después caminé hasta la pensión.

—Un tipo lo espera en su pieza —me atajó el encargado. Se me aflojaron las piernas—. Dijo que usted sabía que venía. Se presentó como su socio del bar, ¿puede ser?

—Ah, sí, sí —me aflojé en una risa que al encargado le habrá sonado excesiva. Este Sandoval no cambiaba nunca.

Me esperaba, nomás, cómodamente repantigado en la cama. Nos dimos un abrazo.

Me di una ducha. Después nos tomamos ese taxi en el que casi no cruzamos palabra.

39

Lamentablemente la enfermedad y la muerte de Sandoval no fueron repentinas, y quienes lo queríamos bien tuvimos más de un año para habituarnos a la idea. Él se lo tomó con la misma sorna metafísica que les aplicaba a todas las cosas. Declaró, para quien quisiese escucharlo (entre sus íntimos, porque para los de afuera siempre se mantuvo contenido, o hasta distante), que nadie había sabido apreciar debidamente el efecto benéfico que el alcohol había ejercido sobre su cuerpo, y que él había sabido administrarse en dosis furibundas. Que evidentemente este derrumbe, esta declinación física pasmosa y sin retorno, obedecía a que su abstinencia había roto el sagrado equilibrio que otrora le había otorgado el whisky. Lo decía sonriendo, y los que siempre lo habíamos perseguido para que dejase de beber agradecíamos esa indulgencia. Por lo demás, siguió trabajando en el Juzgado hasta el final, o casi.

En los últimos meses hablé con Alejandra con frecuencia. Más que con él, por otra parte. Porque nos envaraba lo costoso de esas llamadas de larga distancia, o porque como buenos varones considerábamos en el fondo una señal de debilidad demostrar nuestra tristeza, cuando hablábamos con Sandoval lo hacíamos de bueyes perdidos y esquivábamos con exactitud de peritos cualquier referencia muy personal, o muy sentida, o muy melancólica. Ni yo le preguntaba por su enfermedad ni él por mi forzado ostracismo jujeño. Supongo que no vernos las caras cuando respondíamos con convencionalismos aumentaba el acartonamiento de esas conversaciones que, sin embargo, no quisimos suspender.

No me sobresaltó, entonces, que un jueves el escribiente me alargara el teléfono diciéndome simplemente "operadora, larga distancia", y del otro lado, con el eco y el zumbido de las comunicaciones de entonces, me llegase la voz de Alejandra primero contenida, luego atrozmente dolorida, por fin serena, acaso desahogada.

El de esa noche fue mi primer viaje en avión. Era curiosa la forma que había adoptado el dolor que sentía. Había tenido tanto tiempo para prepararme para esa noticia, que más se me iba el alma en comparar lo que sentía con mis especulaciones previas que en sentir el dolor liso y llano de haber perdido a mi amigo.

Buenos Aires me ofreció, desde el cielo nocturno, un espectáculo imponente. La misma distancia afectiva que había sentido al enterarme de la muerte de Sandoval la sentí hacia mí mismo cuando puse los pies en Aeroparque. No sentía miedo. Ni siquiera nostalgia. Tampoco me alegraba volver después de seis años. Me acosó un instante la culpa: a mi madre no le había avisado de ese viaje relámpago, porque no quería prolongarlo pero tampoco entristecerla haciéndole saber que había estado por un día a veinte kilómetros de su casa, en lugar de a casi dos mil, y que no había pasado a visitarla. Mejor esperar a julio, y que ella fuese a visitarme como todos los años.

El taxista no tuvo mejor idea que ilustrarme con una conferencia en la que se proponía explicarme, según entreví, que los ingleses jamás podrían reconquistar las Malvinas con esa murga de flota que acababan de enviar. Lo corté en seco:

—Le pido que no me hable. Necesito descansar —y por si tomaba mi falta de interés como una sospechosa traición contra nuestra patria, agregué—: Aparte, soy austríaco.

Se llamó a silencio. Mientras el auto avanzaba por Palermo ciertos recuerdos fueron abriéndose paso. Comprobé casi gustoso que me hacían daño. Me había asustado mi propia frialdad de las horas anteriores. Tal vez por eso terminé por preguntarme en qué andaría el mal nacido de Romano. ¿Seguiría con ansias de liquidarme? No era una pregunta menor. De su respuesta dependía que yo tuviese o no que seguir viviendo en Jujuy. Pero era una pregunta que no tenía a quién formularle. Báez había muerto en 1980. Yo no me había atrevido a viajar a Buenos Aires entonces, aunque hubiesen transcurrido cuatro años de la venganza de Morales y del ataque del que me había salvado por un pelo. Sí le había enviado una larga carta a su hijo. Siempre me ha parecido importante que los hijos conozcan el verdadero valor de ciertos padres. Más allá de eso, sin Báez iba a sentirme perdido. Por eso pensaba ir del avión al velorio, del velorio al entierro y del entierro de nuevo al avión.

No era en la casa de Sandoval sino en una cochería. Siempre odié, desde chico, la parafernalia estéril de nuestros ritos fúnebres. Esas mortajas vaporosas, las velas, el olor espantoso de las flores muertas. Siempre se me antojaron artificios vanos de ilusionistas aburridos, tratando de tergiversar la digna y atroz contundencia de la muerte. Tal vez por eso pasé sin detenerme por la cámara mortuoria. Alejandra mataba las horas de la medianoche intentando dormir en un sillón. Creo que se alegró de verme. Lloró un poco y me explicó algo relacionado con el último tratamiento que le habían aplicado a su marido, buscando un imposible milagro. Me sonó a una historia que se había ido gastando a lo largo del día, a fuerza de repetirla, pero no tuve corazón para interrumpirla. Cuando pareció que había terminado, me atreví a hablar.

—Tu marido fue el mejor tipo que conocí en mi vida.

Ella dejó de mirarme y clavó los ojos en un costado. Pestañeó varias veces, pero ningún truco le sirvió para evitar el llanto. Igual pudo responderme.

—Te quería tanto, y te admiraba tanto, que creo que dejó de tomar para que no tuvieras miedo por él, ahora que no ibas a poder ayudarlo.

Fue mi turno de llorar. Nos abrazamos en silencio. Por fin habíamos sido capaces de sortear inmunes los rituales falaces de ese sitio, y de honrar la memoria de su esposo y mi amigo.

Me ofreció café y conversamos de todo un poco. Eran más de las doce. Si quedaba algún deudo rezagado, pasaría a primera hora de la mañana, antes del sepelio. Dediqué un buen rato a ponerla al día con los detalles de mi exilio jujeño. Me preguntó por Silvia con pelos y señales. Pablo le había hablado de mis nuevas nupcias, pero la curiosidad femenina de Alejandra exigía mucha más información que aquella con la que Sandoval se había conformado en nuestras cartas y charlas telefónicas. Arranqué contándole que era la hermana menor del secretario de un Juzgado Civil, que era fatal que terminásemos conociéndonos en esa sociedad del tamaño de un dedal, que era muy bella, que tal vez para conquistarla me había auxiliado el aura de misterioso exiliado político de oscuro pasado que me precedía en aquellas tierras remotas, y que la quería mucho. Cuando concluí, considerando que había dicho todo, se inició su interrogatorio. Hice lo que pude, sin salir de mi asombro al comprobar la miríada de cosas que una mujer puede desear enterarse acerca de otra. Eran como las tres cuando conseguí convencerla de que se fuera a su casa a dormir un poco. No iba a venir nadie a semejante hora. Y creo que a ella le gustó la idea de que me quedase yo un rato a solas con lo que nos había quedado de su marido. Y a mí, confusamente, creo que también me sonó adecuado.

Fue un entierro poco concurrido. Algunos familiares, uno que otro amigo, unos cuantos empleados del Juzgado. A varios no los conocía: esa ajenidad fue tal vez la prueba más palpable que tuve de mi propio exilio. Me reconfortó encontrar a otros que sí eran antiguos empleados; con ellos crucé saludos y palabras de afecto. También estaban Fortuna Lacalle y Pérez, nuestros antiguos superiores. Al juez retirado se lo veía tan envejecido que parecía a punto de desarticularse, pero su cara de otario resistía incólume la batalla contra el paso del tiempo. Pérez ya no era defensor oficial: era juez de sentencia, para estupor de los hombres y mujeres de buen criterio.

Mientras los demás volvían hacia los autos, me demoré un instante a arrojar un terrón de tierra sobre el túmulo sin que nadie me viera. Giré para cerciorarme de que mi gesto no tuviese testigos: al final del grupo en retirada iban precisamente nuestro antiguo secretario y nuestro igualmente antiguo juez. Levanté un terrón grande y húmedo y lo fui partiendo en varios pedazos. A medida que los arrojaba fui ejecutando, a media voz, una especie de rezo absolutamente profano: "El día en que los boludos hagan una fiesta, estos dos reciben a los demás en la puerta, les sirven los refrescos, les ofrecen torta, encabezan el brindis y les limpian las miguitas de los labios".

Al terminar, me alejé sonriendo.

Más dudas

"No me falta nada", piensa Chaparro mientras vuelve a su casa con la bolsa de pan tibio en la mano. Cómo no va a estar tibio, si casi abren la panadería para él.

Lo exaspera descubrirse esos incipientes hábitos de viejo, como tal vez a otros les ocurre con las arrugas o las canas. Mientras hasta su retiro dormirse era un premio y un placer al que se abandonaba sin miramientos y del que volvía remoloneando con plenitud, ahora le sobran horas de vigilia por todos lados. Por eso, cuando se cansa de dar vueltas en la cama, los ojos deslumbrados en la claridad que se cuela por los postigos, se pone de pie y sale a comprar el pan a la otra cuadra, vestido con esmero, porque teme convertirse en uno de esos gerontes consumados que salen a la calle vistiendo camiseta, tiradores y alpargatas.

Al volver prepara mate y se lleva al escritorio un par de pancitos en un plato, para no hacer migas. Le causa un poco de gracia advertir que sus dos matrimonios han sido por lo menos capaces de amansarle un poco los hábitos domésticos.

Cuando se sienta, revisa lo último que ha escrito y se entristece, Duda, por otra parte, de que tenga sentido conservarlo como parte del libro. ¿Hace a la historia que está contando? Si la historia que está contando es la de Ricardo Morales o la de Isidoro Gómez no, no tiene que ver con ellos. Pero si la historia que está contando es la propia, la de Benjamín Miguel Chaparro, sí: esa visita fugaz a Buenos Aires en mayo de 1982 no puede quedar afuera.

Vuelve a interrogarse acerca de cuál de las historias está escribiendo y lo asaltan dudas nuevas, o viejas y repetidas. Porque si está escribiendo una suerte de autobiografía está dejando afuera un montón de circunstancias y de personas que han tenido mucho que ver con su vida. ¿Qué ha dicho de Silvia, su segunda mujer, si vamos al caso? Poco y nada. Debería revisar, pero le parece que solo la ha mencionado en ese dichoso capítulo anterior sobre la muerte de Sandoval. ¿Pero qué puede agregar, después de todo? ¿Que convivieron diez años? ¿Que desde que se atrevió a volver a Buenos Aires a fines de 1983, cuando nadie les temía ya a los militares ni a sus esbirros, estuvieron juntos otros cuatro años? ¿Que durante esos últimos cuatro años fue Silvia la que pareció vivir en el exilio, lejos de su familia, de sus amigas, de esa sociedad de la que se quejaba cuando vivían en ella, pero a la que empezó a añorar desde el primer día en que pisó una Buenos Aires a la que siempre vivió como hostil y agresiva?

Cuando Chaparro habló de matrimonio, ahora que a él lo habilitaba la nueva Ley de Divorcio, Silvia le había dado largas al asunto, y cuando pretendió arrinconarla, obligarla a decidirse, ella le confesó no estar segura de quererlo lo suficiente.

El propio Chaparro la ayudó a hacer las valijas, pidió un auto prestado para acompañarla al Aeroparque y le despachó con la puntillosidad de un escribano todas las posesiones comunes que ella le fue solicitando luego, desde una tostadora eléctrica hasta una edición primorosa de *Moby Dick* que habían comprado juntos en una escapada a Salta.

Después dejaron de hablarse. Chaparro se enteró de que se había casado, pero nunca quiso saber demasiado del asunto. Fue por esa época que decidió prescindir de las mujeres, o de las mujeres que fueran capaces de importarle y por lo tanto de dañarlo. Le resultó tan sencillo, al principio, que se dijo que era una decisión sabia. Que había sido un error pretender compartir su vida con alguien, porque siempre había terminado lamentándolo. A Marcela la había perdido por hastío, a Silvia porque ella misma lo había decidido. No quería seguir perdiendo. Mejor así. Siempre habría una mujer a mano dispuesta a brindarle un placer efímero, a cambio del mismo obsequio. Mejor mudarse a Castelar, tal como había deseado con fervor cuando tuvo que partir a Jujuy. A la casa que había sido de sus padres. La casa en la que ahora escribe esta historia, mirando de vez en cuando el jardín y levantándose cada tanto a preparar mate. ¿Eso va a contar en una novela? No tiene ningún sentido. Mejor volver a Morales y a las pocas páginas que le faltan a su historia. ¿Y después?

Después nada. O sí: devolver la máquina al Juzgado, al maldito Juzgado a cargo de la doctora Irene Hornos, mal rayo la parta, porque todo (poner a las mujeres en un plano distante, intimar ocasionalmente con alguna sin compromisos profundos de ninguna especie, llevar en Castelar esa existencia de viudo metódico) había funcionado bien hasta el 9 de febrero de 1991 cuando, después de quince años, ella volvió a atravesar la puerta de la Secretaría, ahora convertida en jueza.

Chaparro se había prometido que esa mina no iba a enloquecerlo de nuevo, porque él estaba bien así, y porque no necesitaba una nueva y brutal desilusión, un nuevo insomnio, un nuevo agujero en las tripas. Fue por eso que le dijo "qué tal doctora, tanto tiempo", aunque notó que ella se quedaba como cortada, porque venía adelantando la mejilla para darle un beso y se trabucaba como se trabuca alguien que espera una cosa y encuentra otra, alguien que viene a tutearnos y se encuentra con una pared de cuatro metros, sin fisuras, a la que hay que contestarle "bien, ¿y usted?, es cierto, tanto tiempo". Y por eso, porque la situación lo enojó, angustió o entristeció —o le produjo todos esos sentimientos—, Chaparro balbució como disculpa que había dejado un montón de trabajo sin terminar sobre su escritorio y salió disparado. Se retiró a velocidad suficiente como para escapar a su perfume de siempre, pero no para ponerse a salvo de escuchar las consabidas respuestas a las consabidas preguntas de cómo anda tu familia, Irene, bien, gracias a Dios las chicas bien, tu marido, mi marido bien, trabajando mucho y de salud muy bien; mal rayo lo parta también a él, reventado hijo de mil putas, con perdón porque el estúpido no tiene la culpa de haberse casado con ella pero igual, con qué derecho hacerle esto a él, que estaba tan bien solo o efímeramente acompañado.

Porque de ahí en más nada va a tener gusto a nada o peor, porque todo va a tener gusto a ella: el aire y las tostadas, el insomnio y los besos de cualquier otra mujer que se le cruce, y así lo mejor será tramitar un pase, aunque tampoco; porque no tiene agallas para andar cambiando de Juzgado y de empleados, y así no hay solución de ningún tipo, salvo callarse, dejar pasar el tiempo, ignorar el fuego de sus ojos cuando miran, desviar la vista lejos de su escote cuando uno se le acerca por atrás al escritorio con causas a la firma y, mierda, vivir así es un calvario.

No. Definitivamente no va a escribir una novela que lo tenga como protagonista. Bastante harto está de sí mismo como para regodearse con la contemplación de su ombligo. Pero ha decidido dejar el capítulo de la muerte de Sandoval. Esa maldita historia de Morales está trenzada con su propia vida. ¿No se pasó siete años contando cabras en el Altiplano por haberse involucrado en esa tragedia? No se arrepiente. No reniega de ese pasado. Pero precisamente por eso no va a quitar nada de lo que ha escrito.

Y ese es otro asunto: ¿qué va a hacer con todo lo que tiene escrito? Forma una linda pila sobre el escritorio que hace seis meses estaba vacío, o mejor dicho con una resma intacta a un lado de la Remington. Debería regalárselo a Irene. A ella le gusta que le lleve lo que escribe. No ha pasado semana, en el último mes y medio, en que no la visite para llevarle un par de capítulos. ¿Será bueno lo que escribe? Ella lo elogia todo el tiempo. Ojalá sea malo. Porque, si es bueno, que lo elogie significa que le gusta lo que escribe y punto. Pero si es malo e igual lo elogia, es porque quiere agradarle a él. Y Chaparro sospecha que es para eso que lo escribe. Para dárselo a ella, para que ella sepa algo de él, tenga algo de él, piense en él, aunque sea mientras lee. ¿Y si es malo y se lo elogia porque lo aprecia y nada más? Es decir, puede pensar que es un asco lo que escribe, pero no quiere dañarlo, pero no porque lo quiera, no en el sentido en el que Chaparro desea que lo quiera, sino como compañero, como viejo jefe, como actual subordinado, como perro abandonado que, pobrecito, inspira lástima.

En voz alta, Chaparro exclama "basta, y la reputísima madre que lo parió", que en términos menos soeces significa que debe detener sus elucubraciones y ponerse a trabajar. Oye el silbido de la pava y se anoticia de que mientras estuvo hundido en sus cavilaciones amorosas el agua para el mate ha llegado a la temperatura de un volcán en erupción. Reemplazarla y esperar que se caliente le permite ir encontrando el tono espiritual que necesita para ponerse a escribir este último tramo definitivo. El que termina en pleno campo. En el tinglado con el portón corredizo.

Cuando vuelca el agua en el termo, y una levísima columna de humo le indica que ahora la temperatura es la adecuada, Chaparro se ha librado de las distracciones. Su mente ha viajado tres años atrás, a 1996, al verdadero final de aquella historia, veinte años después del ilusorio final en el que todos (Báez, Sandoval, él mismo, hasta el hijo de puta de Romano) han ingenuamente creído.

Deja los elementos del mate sobre el escritorio y se encamina hasta el aparador de la sala. Sabe que las cartas están en el segundo cajón, cada una en su sobre. No están amarillentas porque no son tan antiguas. Y aunque no ha vuelto a leerlas, cree recordarlas con exactitud, casi hasta sus textuales palabras. Pero no quiere falsear la verdad que tiene en las manos. Por eso las sacará de allí para llevárselas al escritorio. Para citarlas todas las veces que lo considere necesario.

"¿Por qué semejante prurito de exactitud?", se pregunta. Porque sí, es su primera respuesta. Porque en ellas se esconde la verdad, o la propia palabra de Ricardo Morales que en este caso es la última verdad, se contesta luego. Porque así, con las pruebas documentales en la mano, citando lo que haya que citar, es como ha trabajado cuarenta años en Tribunales, agrega. Y esa otra respuesta también es verdadera.

40

El 26 de septiembre de 1996 era un jueves como cualquier otro, excepto tal vez por el batifondo que venía de la calle. Desde las doce comenzaba la primera huelga general contra el gobierno de Carlos Menem, y una columna del sindicato de judiciales metía bochinche con algún que otro petardo, mientras se concentraba en las escalinatas de la calle Talcahuano. A las diez pasó el empleado del correo. En realidad, lo supongo, porque mi escritorio estaba lejos de la mesa de entradas. Un meritorio me acercó un sobre alargado y manuscrito, sin sellos oficiales, despachado como correo certificado. Lo miré con la curiosidad de encontrar un mensaje que lucía personal, mezclado en el fárrago de comunicaciones entre reparticiones públicas al que vivíamos acostumbrados.

Distraído, busqué los anteojos de leer hasta que advertí que los llevaba puestos. No reconocí la letra. ¿Había leído alguna vez esa cursiva elegante que se elevaba recta, vertical y prolija? No lo recordaba. Lo que sí recordaba (aunque había creído que nunca más iba a evocarlo), era el nombre del remitente y su historia: Ricardo Agustín Morales, que resucitaba después de veinte años de distancia y silencio.

Antes de abrir el sobre, volví a mirar el destinatario. Era yo, sin duda. "Benjamín Miguel Chaparro. Juzgado Nacional de Primera Instancia en lo Criminal de Instrucción n.º 41, Secretaría n.º 19". ¿Cómo sabía Morales que iba a encontrarme allí? Me disgustó un poco ese envío intempestivo, aunque... ¿qué era exactamente lo que me molestaba? De hecho no lo hacía responsable por mi huida desesperada de 1976. Al respecto siempre tuve claro que eso se lo debía al malparido de Romano. ¿Me perturbaba que me escribiese tantos años después? Tampoco. Guardaba de él un recuerdo afable, casi cariñoso. ¿Qué era entonces? Demoré un rato en caer en la cuenta de que lo que verdaderamente me ofuscaba era ser tan previsible, tan monótono, tan igual a mí mismo, como para que alguien pudiera ubicarme en el mismo Juzgado, la misma Secretaría, el mismo cargo y el mismo escritorio dos décadas después de nuestro último contacto.

Era una carta relativamente larga, y estaba fechada el 21 de septiembre en Villegas. De modo que se había ido de la Capital Federal. ¿Habría podido reconstruir su vida? Deseé sinceramente que sí, y empecé a leer.

Ante todo le pido disculpas por importunarlo después de tanto tiempo.

Demoré un segundo en hacer un cálculo sencillísimo: eran, nomás, veinte años y unos pocos meses.

Si en todos estos años no me comuniqué con usted fue, más que nada, por temor a ocasionarle más contratiempos aún que los que ya le había causado. Supe de su partida a San Salvador de Jujuy, unos meses después de producida, cuando me comuniqué telefónicamente a su Juzgado. De más está decir que no pregunté sobre los motivos de su alejamiento, pero no tardé en advertir que mis actos debían ser los responsables.

Un pinche me hizo una pregunta estúpida. Pedí en voz alta, a él y a todos, que por un rato no me interrumpieran.

Si lo molesto a estas alturas, tantos años después, es porque me veo en la obligación de aceptar el ofrecimiento que me hizo usted en nuestro último encuentro, cuando me relató las circunstancias que habían originado la puesta en libertad de Isidoro Gómez.

"De nuevo ese nombre", pensé. ¿También haría muchos años que Morales no lo pronunciaba? ¿O nunca se lo habría sacado realmente de la cabeza?

En aquella ocasión me dijo que si en algún momento yo pensaba que usted podía serme útil, no dudase en convocarlo. ¿Tomará como una osadía que me aferre, ahora, a ese ofrecimiento? Lo digo pensando en el enorme sacrificio que le impuse, involuntariamente, cuando en 1976 usted tuvo que irse. Dudo que sirva de consuelo, pero le juro que pasé largos días buscando el modo de librarlo de semejante percance.

Me pregunté qué cara tendría ahora Ricardo Morales, para imaginarme el rostro que había detrás de esas palabras. Aunque me lo propusiera, no conseguía envejecerlo: seguía siendo el muchacho alto y rubio, de bigote pequeño, de ademanes lentos, de expresión aterida, que había conocido casi treinta años antes. ¿Seguiría vistiéndose igual? Su estilo no tenía nada que ver con el de los muchachos de su edad, a principios de los años setenta. Me imaginé que sí, y noté que su manera de expresarse por escrito también sonaba antigua.

Es evidente que nunca encontré el modo de sustraerlo a esas dificultades, aunque me agradó saber, varios años después, que había retornado a su puesto en su Juzgado de antaño.

No lo decía, pero podía suponerlo: Morales habría llamado de tanto en tanto al Juzgado, preguntando por mí, hasta que le dijeron que había vuelto. ¿Pero por qué no había querido hablar conmigo? ¿Por qué se había conformado con esa constatación? ¿Y por qué ahora sí me convocaba? Y por otra parte: ¿a qué me convocaba? Seguí leyendo.

De más está decir que, si usted me guarda rencor por el modo en que alteré su vida —reitero que sin proponérmelo en absoluto—, creo que lo asiste absoluta razón como para romper y olvidar estas líneas ahora o en cuanto termine de leerlas. En los próximos días recibirá otras dos idénticas a esta. Le ruego no lo tome como una abusiva insistencia: el temor a que la carta se extravíe me ha hecho conducirme de este modo. Despacharé una con fecha lunes 23 y la restante con fecha martes 24, ambas certificadas también. Si recibe y lee esta, le ruego destruya las restantes.

No sé por qué —o sí— me vino a la memoria la imagen de Morales sentado en el copetín al paso de la estación de Once. La misma minuciosidad, idéntica obstinación. Sentí algo de pena.

A veces la vida encuentra caminos extraños para resolver nuestros enigmas. Disculpe si me torno aquí torpemente filosófico. No sé si le conté, alguna vez, que de muy joven fui un fumador empedernido, hasta que Liliana me convenció de que me hacía daño, y dejé de fumar de inmediato.

Liliana Emma Colotto de Morales. Ese nombre sí guardaba un registro muy desvaído en mi memoria. Claro: su paso por mi vida había sido fugaz, durante el año que siguió a su muerte. Después mi recuerdo se adhería solamente a Morales, su viudo, y a Gómez, su asesino. Ahora volvía, traído por el hombre que más la había querido.

Después de su muerte, como si fuese un acto de despecho o, peor, como si ese acto de despecho sirviese de algo, volví a fumar y de manera cada vez más abusiva. Pues bien, dos atados diarios han concluido con mi buena salud y mi resistencia. Y paradójicamente, solucionan tal vez antes de tiempo mi último dilema.

"Pobre tipo", pensé, "encima va y se muere de cáncer". Siempre que me entero de la muerte de alguien, o de la inminencia de esa muerte, hago un rápido cálculo de su edad, como si la juventud y la injusticia de la muerte fueran directamente proporcionales, y como si valiese de algo mi indignación frente a las muertes tempranas. Esta vez no fue la excepción: deduje que Morales andaría por los cincuenta y cinco años.

Sería necio si le dijera que la muerte me preocupa. Ni mucho ni poco. Tal vez si usted llega a considerar cabalmente mi situación hasta coincida conmigo en que se trata de un alivio. Si no lo toma a mal, quisiera transmitirle mis condolencias por la muerte de su amigo, el señor Sandoval. Me enteré por los obituarios de La Nación. No sabe cuánto lo lamenté. Tampoco con él hallé modo de retribuir lo que hizo por mí, o por Liliana y por mí, o como sea. Por motivos que le explicaré más adelante (si antes no siente que abuso de su paciencia y abandona prematuramente esta larguísima epístola), me resulta imposible ausentarme de mi lugar de residencia por lapsos prolongados. Por eso concurrí al cementerio de la Chacarita unos meses después de la muerte del señor Sandoval, a rendirle un modestísimo tributo. Habría deseado, en ese entonces, hacerle llegar a su viuda algún tipo de auxilio monetario, mucho más contundente y provechoso que mis respetos, pero en esa época yo atravesaba una situación económica muy ajustada, producto de importantes deudas que había contraído. Ahora bien: si usted está dispuesto a hacerme ese favor (en realidad, debería decir si está dispuesto a sumar este a la ingente cantidad de favores que voy a pedirle enmascarados en uno solo), voy a rogarle que le haga llegar a esa señora un dinero que he reunido, y que sería para mí un honor tributarle como muestra de gratitud a la memoria de su esposo.

Este Morales era maravilloso. Pretendía que yo me presentara en la casa de Alejandra, a la que veía de Pascuas en Ramos, con un paquete de guita de parte de un vengador anónimo que se sentía en deuda con su marido, muerto catorce años atrás. ¿No pasaba el tiempo, para este hombre? ¿Todo era un eterno presente que se sumaba a los anteriores? Para mis adentros respondí, rendido, que sí, que aceptaba llevarle a la viuda de Sandoval el dinero que Morales se proponía enviarle.

Pero bueno, lo que le mencioné de la muerte del señor Sandoval lo hice para que no me atribuya la insolencia de juzgar tan livianamente todas las muertes. Nada de eso. Apenas me atrevo a considerar así la mía propia. Y en verdad no diría que la encaro como algo liviano, antes bien podría calificarla de algo reparador, algo por fin sereno. Releo lo escrito y siento que me voy por las ramas y que lo fatigo con nociones inconducentes. Ya bastante tiene usted con que yo aparezca emergiendo del olvido, y encima para solicitarle un favor, como para que además deba tolerar mis divagaciones. Discúlpeme. Volvamos al asunto. Decía más arriba que en el caso de que no acoja favorablemente mi pedido destruya por favor esta, aparte de las otras cartas que van a llegarle. No obstante, le ruego se comunique con el escribano doctor Padilla, de aquí de Villegas, en las próximas semanas, pues en mi testamento me he tomado el atrevimiento de legarle a usted mis pocos bienes. Espero no lo tome como una impertinencia. No es gran cosa lo que dejo, salvo la propiedad en la que vivo, que hoy en día debe valer sus buenos pesos, porque son treinta hectáreas de buenos campos.

Me sorprendió. Lo hacía viviendo en el casco urbano. Nunca me había dado la impresión de que fuera hombre para el campo. También me halagó su generosidad, aunque me incomodó levemente: a esa altura había decidido ayudarlo sin recompensas de por medio.

Eso y un automóvil en buen estado de conservación pero muy antiguo.

El Fiat 1500 blanco. Los recuerdos nunca vuelven solos. Siempre retornan en grupo. La imagen de ese auto me vino con la de Báez, sentados él y yo en la estación de Rafael Castillo, mientras el policía narraba el testimonio de los viejos de Villa Lugano que habían visto a Morales cargar en el baúl de ese coche a un Gómez desvanecido pero aún con vida, veinte años antes.

No hay más, salvo unos cuantos muebles viejos, cuyo destino final pongo a su albedrío. Ahora bien, en el caso de que pueda contar con su colaboración para poner en orden, aquí en Villegas, mis últimos asuntos, debería rogarle que haga lo posible por llegarse a mi casa en el transcurso del día sábado 28. Espero no lo tome como otra insolencia de mi parte. Casi le diría que lo hago por usted, para evitarle una incomodidad mayor a la que se me torna imposible dejar de provocarle.

Creí entender. Era atroz pero simplísimo. Morales iba a matarse, y me pedía que fuera el sábado para que no me encontrase con un espectáculo todavía peor el domingo o el lunes. No me lo decía en la carta, pero había planificando hasta el detalle de que a mí me resultaría más cómodo disponer de un fin de semana que pedir un par de días libres en el Juzgado. ¿Sabría que estábamos lejos del próximo turno, y por lo tanto bastante aliviados de tareas? No me habría extrañado que se hubiese tomado el trabajo de averiguarlo.

A estas alturas habrá adivinado —por lo menos en parte— con qué se va a encontrar cuando llegue a mi casa. Le ruego sepa disculparme. Y le reitero que entenderé perfectamente una negativa. Se trate de uno u otro caso, lo saludo con mi más atenta consideración, y le reitero mi más profunda gratitud por todo lo que hizo por nosotros.

Ricardo Agustín Morales

Terminé de leer y guardé la carta. Tardé unos cuantos minutos en reaccionar. El escribiente me preguntó qué me pasaba, que tenía esa cara. Le respondí con evasivas. En eso salió el secretario del despacho. Aproveché para decirle que tenía que retirarme temprano para llevar el auto al taller a que lo revisaran, porque el sábado tenía que viajar por un asunto personal. Me contestó que no había inconveniente.

41

Manejé desde la madrugada porque quería llegar antes de mediodía. Me parecía la hora menos horrenda para penetrar en una casa vacía o peor, en una casa en la que me esperaban los despojos de un hombre al que había conocido y apreciado.

Las instrucciones que cerraban la carta de Morales eran concretas y sencillas. Pasar de largo el acceso a la ciudad, dejar atrás también la YPF que aparecía luego a mano derecha sobre la ruta. Cuatro kilómetros y vería tres silos muy altos a mi izquierda. Un kilómetro más y el camino vecinal pavimentado, abierto también a la izquierda. Dos kilómetros más, los últimos, atento a la tranquera que debía aparecer ahora a la derecha, entre los pastos altos.

Creo que eran las once cuando me apeé para abrir la tranquera. La crucé con el auto y volví a cerrarla. Seguía una senda de ripio regularmente conservada. Avancé lo que supuse eran dos o tres kilómetros, aunque tal vez exagero: andaba lentamente por el estado del camino, y los pastizales altos de los lados no me ofrecían puntos de referencia. Si Morales había querido mantener su privacidad, lo había conseguido. Por fin la senda se abrió en una explanada bastante amplia, delante de una casa. Era sencilla, de una planta, con ventanas altas y enrejadas, rodeada por una galería sin ornamentos ni macetas ni sillas ni nada. A un costado estaba estacionado el Fiat, protegido por la galería. No me detuve a mirarlo en detalle, pero se lo veía tan impecable como entonces.

Sabía —Morales me lo había dicho en su carta— que el campo tenía en total poco más de treinta hectáreas. Supuse que para comprarlo el viudo debía haberse endeudado hasta las orejas. Me sonaba lejanamente haber leído en su esquela alguna alusión a sus deudas. Caí en la cuenta: el dinero para la viuda de Sandoval. Eso. En su momento no había podido ayudarla, pero evidentemente quince años después había saldado sus compromisos. Supuse que Morales se habría recompuesto a fuerza de grandes sacrificios. Como tesorero de una sucursal bancaria no debía ganar demasiado dinero, y sospeché que esas tierras no debían ser baratas. La estrechez financiera en la que se había aventurado para comprar la propiedad explicaba el deterioro controlado pero evidente de la construcción y del camino de acceso.

Estacioné cerca de la casa y caminé hasta la puerta. Tal como Morales me había anticipado, estaba sin llave. Cuando abrí, me asaltó una esperanza pueril.

—¡Morales! —llamé en voz alta.

Nadie contestó. Maldije para mis adentros, porque supe que iba nomás a encontrarlo muerto. Avancé por la sala. Pocos muebles, una biblioteca bien provista, ningún adorno. Dos escopetas colgadas de la pared. No me aproximé a examinarlas (siempre he sentido una fuerte aprensión frente a las armas), pero lucían limpias y listas para el uso. Sobre la mesa, apoyado con pulcritud sobre un cenicero de cerámica, un sobre abultado a nombre de la "señora de Sandoval". Me acerqué, lo tomé y lo guardé en el bolsillo interior del saco, porque me dio pudor contarlo. Al fondo había un pasillo al que se abría la puerta del baño, y detrás la cocina. ¿Y el dormitorio? Giré sobre mis pasos. Había pasado por alto una puerta cerrada que daba a la sala, a un lado de la biblioteca. Ese tenía que ser el dormitorio. Abrí la puerta con el alma en vilo.

Lo que vi resultó menos terrible de lo que había supuesto. Los postigos de la ventana estaban abiertos y la luz del sol entraba a raudales. Evidentemente, Morales sabía que la claridad no iba a molestarlo esa mañana en particular. Nada de sangre ni de sesos estampados contra la cabecera de la cama, que eran las escenas que mi tórrida imaginación había tenido tiempo de construir desde el momento en que había leído la carta. Apenas el cuerpo del viudo, boca arriba, tapado hasta el cuello con las cobijas.

No voy a cometer la imbecilidad de escribir que parecía dormido, porque nunca entendí a los que a la vista de un difunto afirman cosas semejantes. Para mí los muertos parecen muertos, y Morales no era la excepción. Además, su piel había adoptado una marcada tonalidad azulada. ¿Tendría que ver con el modo que había elegido para matarse? Aún lo ignoraba. Pero seguro era reciente. Aprecié su delicadeza de evitarme los signos más chocantes de la corrupción de su cadáver, con los que me habría indefectiblemente topado de haber mediado más tiempo entre su deceso y mi llegada.

El mobiliario era mínimo. Un ropero de dos cuerpos, un baúl cerrado, una mesa desnuda con una silla recta y la cama de una plaza con una mesa de luz sencilla a un lado, abarrotada de medicamentos, jeringas descartables, frascos de suero. Recién entonces caí en la cuenta de lo difícil que debía haber sido atravesar la enfermedad para ese hombre solo, librado a sus propias fuerzas para menguar el dolor.

Porque había iniciado mi inspección buscando abarcar el conjunto, o porque en mi cobardía evité observar con demasiada insistencia el cadáver, o porque mis ojos se posaron con mayor facilidad en una fotografía de casamiento que emergía, a duras penas, sobre la cordillera de frascos de remedios que poblaban la mesa de luz, lo cierto es que tardé en advertir el sobre blanco y alargado que colgaba del velador, de un lazo hecho con cinta. Me aproximé para recogerlo. Estaba dirigido a mí. Y en grandes letras, bajo mi nombre: "Por favor, léala antes de llamar a la policía".

42

Este tipo no cesaba de sorprenderme. Ni muerto. ¿Qué podía querer decirme en esa segunda carta? Volví sobre mis pasos, cuidando de no tocar nada. Lo único que me faltaba era quedar involucrado en una muerte sospechosa. Me dije que no tenía motivos para preocuparme: llevaba conmigo la carta que me había enviado a Tribunales, que terminaba poco menos que con un "no se culpe a nadie" dirigido a las autoridades. Volví a la sala con la nueva epístola en la mano. Me senté en el único sillón, cerca de la estufa.

Estimado Benjamín:

Si estas páginas llegan a sus manos es porque me hizo usted el enorme favor de llegarse hasta mi casa. De manera que antes de seguir debo agradecerle. De nuevo y como tantas otras veces, gracias. Se estará preguntando el motivo de estas líneas. Vayamos despacio, como siempre que uno está en la obligación de darle a otro noticias que pueden resultarle, en cierto sentido, desagradables.

Empecé a sentirme raro. ¿Era posible que con este hombre jamás terminaran de suceder las cosas?

Notará en el fárrago de frasquitos y demás yerbas que tengo sobre la mesa de luz una jeringa usada, con la aguja colocada. Le ruego que no la toque, aunque supongo que mi advertencia es innecesaria. Calculo que en la autopsia saltará a la vista que me apliqué una dosis elefantiásica de morfina y listo el pollo. Aunque tal vez el médico forense que haga la autopsia se las vea en figurillas para separar la paja del trigo: he tenido que suministrarme tal cantidad de fármacos en estos meses que supongo que mi hígado debe asemejarse a una droguería, pero bueno, allá él, que bastante tengo yo con mis propios asuntos.

Era Morales puro: un divorcio perfecto entre las palabras y el dolor, una pizca de ironía, una melancolía sincera sin las claudicaciones de la autocompasión.

Pero eso no es lo importante. Todavía no le he pedido lo que tengo que pedirle. Quiero que sepa dos cosas antes de que lo haga. La primera es que se la encargo a usted porque a mí no me quedan fuerzas para acometerla por mí mismo. No dejé cierto asunto inconcluso hasta el final por desidia, sino por principios. Pero sobreestimé el alcance de mi resistencia. Es decir, pude haberlo hecho yo, si lo hacía dos o tres meses atrás. Pero me pareció incorrecto hacerlo entonces. Pensé que debía esperar hasta lo último. Pero, ahora que ha llegado ese final, mi cuerpo no resistiría el esfuerzo.

¿Para qué cuernos necesitaba fuerza física? ¿De qué me estaba hablando ese hombre que acababa de morir?

La segunda es que no quiero que se sienta obligado a nada. Si no puede, mala suerte. Que la policía se encargue de todo. Porque sinceramente el pedido que

tengo para formularle tiene que ver con una cierta vani-
dad, un irrisorio deseo de conservar aquí mi buen nom-
bre. Usted ha pasado por el pueblo sin detenerse. Pero en
las próximas horas empezará a cruzarse con gente que tal
vez le hable de mí. Creo no equivocarme si le digo que
tendrán un recuerdo apacible, tal vez agradable de mi
persona. Tenga en cuenta que llevo veintitrés años vi-
viendo en este campo, trabajando en este pueblo. Por
motivos que muy pronto advertirá, porfié durante todos
estos años por permanecer aquí, sin que me trasladaran
a otra sucursal del banco. Fue difícil, porque muchas ve-
ces mis jefes insistieron en proponerme para ascensos. Se-
gún parece, resulté, en general, un empleado eficiente.
Otras tantas me negué, tratando de no quedar como un
descortés, o un desagradecido. No voy a mentirle: nadie
en el pueblo puede decirle que me conozca en profundi-
dad. Ni pude ni quise prestarme a ello. Pero creo que
quien más, quien menos, guarda de mí la imagen de un
misántropo cordial e inofensivo. Y en este tránsito final
hacia la nada (ojalá tuviese otras creencias que me res-
paldasen), me agradaría contar con la benevolencia de
un recuerdo afable de quienes aquí me trataron durante
todos estos años.

¿Adónde quería llegar con todo eso? ¿Por qué no mostrarle estas líneas a la policía? ¿Tan mal consideraban en Villegas a los suicidas? Contuve mi inveterada impaciencia lectora, que me lleva en general a leer saltando de línea en línea, por temor a perderme lo principal en uno de esos saltos.

Debo pedirle, mi estimado amigo (y permítame que
lo llame así, porque así lo siento), que me haga la enorme

gauchada de llegarse hasta el galpón. Son quinientos me-
tros, por los fondos. Si llueve, encontrará unas botas junto
a la puerta de la cocina. Úselas, porque de lo contrario se
pondrá los zapatos y los pantalones a la miseria.

No entendía nada, o no entendía qué tenía
que ver ese pedido con la muerte de Morales.

Hasta aquí llegan mis instrucciones. Disculpe si
no avanzo más en la materia. Su inteligencia me libera
de otras aclaraciones, y su hombría de bien espero me
ponga a salvo de su condena ética.
Sinceramente suyo,

Ricardo Agustín Morales

¿Y con eso? Di vuelta la hoja, buscando una
posdata, una aclaración, una pista. No había nada.
Dejé la carta en el sillón y caminé hasta la cocina. Por
la ventana se veían varias hileras de árboles frutales y a
un costado, cerca de la casa, una escueta quinta de hor-
talizas. Salí. Vi las botas, que con ese día espléndido no
me hacían falta. Para dar en estas páginas imagen de
buen observador, de cabal analista, supongo que me
convendría decir que iba construyendo, barajando y
descartando hipótesis sobre lo que Morales había cifra-
do en esa segunda carta. Pero no es cierto. Lo que pensé lo pensé después, cuando las preguntas (que mientras avanzaba entre los limoneros y los naranjos ni
siquiera me formulaba) se respondieron solas.

43

El huerto estaba trabajado con esmero. Vista desde los fondos, la casa lucía más desmejorada que por el frente. Tal vez su dueño había administrado la estrechez como para brindar una imagen de cierto decoro, para el caso de que algún visitante se aventurara a llegar, aun sin ser invitado. No había un horno de barro, ni una parrilla, ni una mesa con sillas. Me pareció entender que a Morales lo tenía sin cuidado hacer vida de quinta en las afueras. A las claras seguía siendo un bicho de ciudad. No había cambiado.

Detrás de los frutales se apreciaba, a unos cincuenta metros, un monte de eucaliptos cerrado y frondoso. No soy bueno para calcular la edad de los árboles, pero supuse que Morales los habría plantado al llegar. ¿Veintitrés años, había dicho? Lo que sí pude calcular es que entonces se había venido para Villegas poco después de la amnistía del '73.

Los eucaliptos formaban, al parecer, una densa cortina de unos doscientos metros de largo que cortaba el campo en una línea oblicua a la de la casa y el huerto. Más tarde entendí que seguían la orientación de la ruta vecinal, a la que ofrecían un obstáculo paralelo a su traza. Desde el deslinde del huerto seguía hacia el monte una huella marcada sobre la tierra, de esas que se hacen con pasos frecuentes de ida y de vuelta. Cuando me interné entre los árboles, la luz matinal se oscureció en una húmeda penumbra. Al otro lado se divisaba claramente un galpón de dimensiones respetables. Me costaba calcular el tamaño, porque estaba levantado unos doscientos o trescientos metros más allá de los árboles. De todos modos, no estaba del todo seguro de las distancias. Yo también soy un hombre de ciudad, y me faltaban puntos de referencia urbanos para hacer estimaciones más o menos precisas. La edificación estaba hecha sobre una pequeña lomita, tal vez para evitar anegamientos, aunque todo el campo se veía alto, y con una suave pendiente hacia el norte, es decir, hacia el lado opuesto al camino vecinal.

Me aproximé a la construcción de chapa. El portón corredizo estaba cerrado con tres enormes candados. Las llaves colgaban de un gancho en el exterior. No parecía un sistema de seguridad demasiado elaborado, eso de poner las llaves de los candados a la mano de cualquier intruso. ¿Habría perdido, con la edad, sus viejos reflejos de ajedrecista?

El portón chirrió cuando lo empujé hacia el costado. La luz del sol penetró con violencia en el sitio a oscuras. Miré adentro. A medida que entendía la escena se me fueron aflojando las piernas y una sensación de asco corporal me obligó primero a recostarme sobre la chapa y por último a sentarme en el piso de cemento.

El galpón era bastante grande: unos diez metros de frente por quince de fondo. Contra las paredes había algunas herramientas, una escalera de aluminio desplegable de dos tramos, una máquina portátil que me pareció una amoladora, un par de estanterías.

En realidad, todo eso lo vi después, desde el piso de cemento sobre el que me derrumbé jadeante. Porque durante varios minutos no pude sacar los ojos de la celda, la celda construida en el centro del recinto, la celda cuadrada de barrotes gruesos desde el piso hasta el techo, con una puerta de dos cerraduras sin picaportes y una portezuela pequeña en un rincón, de esas que se usan para meter y sacar cosas en un calabozo, la celda con un lavatorio y un inodoro en una esquina y una mesa y una silla en otra, con un camastro sobre la reja del fondo, la celda con un cuerpo acostado y vuelto de espaldas sobre ese camastro.

Supongo que en ese momento sentí horror, incredulidad, aprensión, pasmo. Pero, por sobre todas las cosas, sentí una descomunal sorpresa que me golpeó con la ferocidad de unas mandíbulas hambrientas, y que poco a poco me obligó a convertir en polvo todo lo que yo había pensado de Morales y su historia en los últimos veinte años.

Cuando noté, después de varios minutos, que mis piernas eran capaces de sostenerme, me incorporé y caminé rodeando el cuadrado de rejas. Sobreponiéndome a la impresión, me puse en cuclillas, cerca de los barrotes, para ver el rostro del hombre que yacía en ese calabozo.

El cadáver de Isidoro Antonio Gómez tenía el mismo tinte azulado que el de Morales. Estaba un poco más gordo, naturalmente más viejo, ligeramente canoso, pero por lo demás no estaba muy distinto a como era veinticinco años antes, cuando le tomé declaración indagatoria.

44

Me senté en la lomita de pasto cortado y prolijo que rodeaba el galpón.

Me lo había dicho. La última vez que nos vimos Morales me lo había dicho, cuando yo poco menos que le propuse que se vengase pegándole cuatro tiros. ¿Qué era lo que me había contestado? "Todo es muy complicado", o algo así. No: "Las cosas nunca son sencillas". Eso me había dicho. Me acordé de Báez. Él tampoco se habría imaginado que Morales les imprimiese a los hechos una vuelta semejante. Sandoval tampoco. Pero ¿quién sí? Únicamente Morales. Nadie más que Morales.

Entré de nuevo en el galpón para buscar una pala. Caminé con ella en la mano alrededor del edificio, observando el entorno. La cortina de eucaliptos que había atravesado para llegar era, en realidad, un amplio cerco, de más de mil metros de perímetro, con el galpón dentro. No ocupaba el centro, estaba construido cerca de uno de los laterales, supuse que el menos expuesto a miradas externas. Intenté calcular cuántos árboles habría plantado Morales en total. Desistí. No tenía la menor idea. Pero debían haber sido meses y meses de trabajo, seguramente hecho a la vuelta del banco y los fines de semana. Para construir el galpón habrá requerido manos especializadas. Es probable que a los constructores les haya llamado la atención esa manía de levantarlo tan lejos de la casa, del mismo modo que a los vecinos les habrá parecido extraño que a lo largo de años y años Morales hubiese dejado sin cultivar esas tierras, de la misma manera que a la gente del pueblo, empezando por sus compañeros del banco, les habrá resultado raro que Morales fuese tan retraído, tan refractario a las visitas y a la vida social en general. Recordé el pedido contenido en su última carta. Supongo que todos necesitamos percibir al menos alguna de las formas del afecto. Pese a sus excentricidades Morales habría terminado por caerles bien, y el viudo deseaba mantener intacto el buen recuerdo. Por eso yo avanzaba con esa pala en la mano.

En el amplio terreno delimitado por el cerco de eucaliptos se levantaban, salpicados aquí y allá, montecitos de árboles de otras especies. Fui hasta uno que combinaba algunos álamos con dos robles gigantescos, que debían estar allí desde mucho antes de la llegada de Morales. Me detuve en medio y abarqué de un vistazo todo el contorno. No parecía posible que me estuviesen observando miradas indiscretas. Clavé la pala y la hundí con el pie. El suelo no era demasiado duro. Empecé a cavar.

Con la policía vinieron también algunos curiosos. Muy pocos, por suerte, porque el aviso lo di a la hora de la siesta, y entre eso y que unos cuantos potenciales mirones debían haber aprovechado el día esplendoroso para salir a cazar o a pescar, el alerta no se esparció lo suficiente. No vi rostros consternados o incrédulos. El oficial principal de la Bonaerense que encabezaba el procedimiento conocía a Morales. No solo él. Todos llevaban años y años viéndolo detrás del vidrio de la caja del tesorero de la sucursal Villegas del Banco Provincia, o cruzándoselo por el pueblo. También lo habían visto enfermarse, y adelgazar, y pasar cada vez con más frecuencia por la clínica y por la farmacia.

—No pensé que la cosa fuera tan grave —dijo uno de los dos bancarios que llegaron con la comitiva policial.

—Sí. Estaba muy mal, pero prefería no andar divulgándolo —le respondió el otro, sin levantar la voz.

También había dos tipos maduros con pinta de comerciantes. Ninguno sabía bien dónde pararse, y miraban la casa como quien ve algo por primera vez. Evidentemente ninguno de los allí presentes la había visitado antes.

Apenas pude, le acerqué al policía la carta que Morales me había enviado al Juzgado. Se sentó a leerla en el mismo sillón que yo había utilizado para leer la otra, la que por las dudas había guardado en el fondo de mi valija, en el baúl de mi coche. Estaba terminando cuando llegó la ambulancia. Uno de los policías salió de la habitación llevando, en una bolsa de plástico transparente, la jeringa que había usado Morales para matarse.

—¿Qué hacemos, jefe?

—¿Gutiérrez ya sacó las fotos?

—Ajá.

—Bueno. Ahí vinieron los de la ambulancia. Ya lo levantamos. Aguanten un cachito —se volvió hacia mí—: Así que usted...

—Benjamín Chaparro —me presenté. Y no me pareció mala idea tejerme un salvoconducto—: Prosecretario del Juzgado en lo Criminal de Instrucción n.º 41, de Capital Federal —agregué, mostrando mi credencial.

—¿Se conocían de hace mucho, señor? —el tono había virado ligeramente al respeto cortés y dispuesto a la sumisión. Me sentó bien el cambio.

—La verdad que sí, aunque hace años que no nos veíamos. Desde que se vino para acá —dudé sobre si correspondía decir lo que me venía a los labios—. Éramos amigos en Buenos Aires —no lo éramos, me dije. Pero si no lo éramos, ¿qué habíamos sido? No supe responderme.

—Entiendo. ¿Le molestaría acercarse a la habitación? Digo, para tener otro testigo de la diligencia de remoción del cadáver.

—Vamos.

Lo habían destapado. Tenía puesto un pijama a rayas, de corte anticuado. Era un pensamiento inútil, pero me asaltó la imagen de Liliana Emma Colotto de Morales, en torno de cuyo cadáver se habían establecido ritos parecidos, de los que yo también había tomado parte involuntaria. En esta ocasión éramos menos, y no había un corrillo de curiosos interesado particularmente en contemplar el cuerpo.

Habían estado removiendo los frascos de la mesa de luz, para secuestrarlos como prueba. Como los habían acomodado en el piso, en la desnudez de la mesa el portarretrato con la foto de Morales y su mujer, vestidos de novios, era mucho más visible. ¿Dónde había visto esa foto? ¿En la mesa de café en la que Morales clasificaba imágenes para mostrármelas antes de romperlas? No. La había visto en el dormitorio de la casa de ellos, casi treinta años atrás, a pocos pasos del cadáver de Liliana Colotto. Me asombró, como tantas otras veces, la férrea paciencia que despliegan los objetos para sobrevivirnos. Creo que por primera vez pensé en ellos dos vivos, tomando el café en la cocina de su casa, charlando y sonriéndose; y la vida me pareció insoportablemente cruel y pendenciera. Fue también la primera y la última vez que se me humedecieron los ojos pensando en ellos.

Salimos detrás de la camilla hasta la ambulancia, en una procesión minúscula e improvisada. Detrás de la ambulancia arrancaron los autos en los que habían venido los colegas de Morales y los dos hombres mayores. Cuando se perdieron por el camino hacia la ruta, el oficial se volvió hacia mí:

—Usted pensaba irse hoy mismo, supongo.

—En realidad, creo que voy a quedarme hasta mañana, o el lunes. Por lo que puedan necesitar ustedes, oficial.

—Ah, macanudo —la noticia pareció alegrarlo, porque se libraba de pedírmelo—. De todos modos,

307

no se preocupe. Yo hablo hoy con el médico que nos hace las pericias y con el juez. Es un tipo macanudo, Urbide, de apellido, no sé si lo conoce.

Moví negativamente la cabeza.

—Bueno. No importa. Igual, esto está más que claro.

—Supongo que sí —confirmé, satisfecho de escucharlo decir eso.

En ese momento oí que llamaban al jefe desde la parte trasera de la casa. No me había percatado de que un par de policías habían ido hasta el galpón.

—Sin novedad, señor —dijo uno con insignias de suboficial. Supuse que se las daba de formal porque se había enterado de que el forastero, o sea yo, entendía del asunto—. Un galpón bastante grande, con herramientas y algunos muebles viejos.

—De acuerdo.

—A que no sabe, mi oficial —terció el otro agente. Era joven, morochazo, con cara de recién salido de la escuela de policía—. Este tipo debía tener mucho miedo de que le robaran la herramienta. La puerta del galpón tenía más candados que no sé qué, y lo peor ¿sabe qué?

—¿Qué?

—Adentro del galpón se armó una jaula para guardar las cosas más caras. Una máquina de cortar pasto naftera, una amoladora, un par de guadañas, unos taladros bastante polenta. Se ve que tenía miedo de que se las robaran, ¿vio?

—Y... si todos los policías de acá son tan chambones como vos, no ha de ser un sitio muy seguro... —lo embromó el oficial. El pibe era novato pero no tanto como para no saber que tenía que callarse y aceptar el chiste.

Caminamos de nuevo hacia la casa. No habían dicho nada del lavatorio y del inodoro que seguramente habrían encontrado arrinconados contra una de las paredes, a un lado de las estanterías. Había tapado, dentro de la celda, los desagües de los sanitarios con tierra hasta el ras del piso de cemento. Me tranquilizó advertir que no guardaban la mínima sospecha. No tenían ni idea de nada. De todos modos, ¿quién podía haberla tenido?

—Vallejos —llamó el oficial—. Quedate de consigna, por si el juez quiere pegarse una vuelta entre hoy y mañana.

Vallejos lo miró con una expresión que casi delataba su fastidio. El otro pareció apiadarse.

—O bueno. Hagamos una cosa. Yo lo llamo al juez, y si me dice que le demos para adelante, te llamo al radio y te pegás la vuelta. ¿Te parece?

—Gracias, jefe. La verdad que gracias. Siendo sábado... ¿vio?

—¿Así que tenía una jaula adentro para guardar la herramienta? —preguntó el oficial volviéndose al agente jovencito. No existía el menor rastro de alarma en su voz. Hablaba de eso como podría haberlo hecho acerca de cualquier otra cosa; por el gusto sencillo de no dejar posar el silencio.

—Como lo oye, señor. Con dos brutas cerraduras. Mire que la gente hace cosas raras, ¿eh?

El oficial levantó la gorra que había dejado sobre la mesa de la sala. Miró la estancia con la expresión del que sabe que no va a volver a visitar el lugar que está mirando.

—Es cierto. La gente hace cosas raras.

No se habló más. Subieron a los móviles y yo los seguí en mi auto. Consiguieron ubicar velozmente al médico pericial, que les hizo la gauchada de practicar la autopsia esa misma noche, y el juez les dio la orden de darle para adelante y cerrar todo el asunto.

El entierro de Morales fue el lunes a la mañana. Una lluvia fina y persistente que cayó desde la madrugada hasta la noche le dio un toque melancólico. No asomó ni el mínimo rayo de sol en todo el día. Me pareció bien que sucediera de ese modo.

Devolución

"Ahora sí", piensa Chaparro. Ahora sí ha terminado y no tiene nada más para contar. Nada que tenga que ver con Morales y con Gómez. Ahora sí siente que la historia lo abandona definitivamente. Chaparro se pregunta si las vidas de los seres humanos, una vez extinguidas, no se prolongan en la vida de los otros, los que aún viven y los recuerdan. Sin embargo, siente que las vidas de esos dos hombres están definitivamente concluidas, porque Chaparro está seguro de que nadie más que él los tiene presentes.

Los últimos vestigios de su paso por el mundo habrán desaparecido, o falta poco para que lo hagan. ¿Cuáles son las últimas huellas de Morales? Algún papel con su firma y su sello en el archivo del Banco Provincia, sucursal Villegas. Las de Gómez son aún más lejanas. Un juego de fichas dactiloscópicas, tal vez, en el paquidérmico archivo de la cárcel de Devoto, junto a una orden de libertad fechada el 25 de mayo de 1973. Algo todavía los reúne y los sobrevive. Las firmas que rubrican sus declaraciones judiciales de hace treinta años. La de Morales al pie de sus testimoniales. La de Gómez al final de su indagatoria. Todas bien sujetas en un expediente amarillento, cosido con maestría por el oficial Pablo Sandoval durante alguna de sus resacas. Quedan también los huesos de los dos. Los de uno en el cementerio de Villegas. Los del otro en un pozo sin marcas, en pleno campo, al pie de un par de robles. Pero tampoco los huesos hablan.

"Este es el final de la historia", piensa Chaparro. En el deslinde entre esas vidas devastadas y la suya propia. Y no siente deseos de decir nada a este respecto. Es más, no está seguro de si algo de su propia vida no se le ha filtrado, contra su expresa voluntad, en esas páginas que descansan prolijamente apiladas a un lado de la Remington.

Baja los ojos hasta las hojas mecanografiadas y siente que lo interrogan. Debe decidir, ahora sí, qué hacer con ellas. ¿Intentar publicarlas? ¿Guardarlas en un cajón para que alguien las encuentre, luego de su muerte, y se enfrente a idéntico dilema? ¿Para quién son, a fin de cuentas, esas páginas?

También debe decidir sobre la Remington. La ha pedido prestada, no se la han regalado. Debe devolverla. Al Juzgado. Es patrimonio del Estado. ¿Importa que ese artefacto prehistórico no valga nada para nadie salvo para un prosecretario retirado que lo ha estado aporreando durante casi un año para darse aires de novelista? No, igual debe regresarla, y que luego hagan con ella lo que quieran.

Debe llevar la Remington a la Secretaría, saludar a los empleados, arrimar una de las sillas de madera para subir el catafalco al anaquel del fondo, y explicarles, como parte de su inquebrantable manía de enseñarles a trabajar, que deben mandar un oficio a la intendencia para que vayan a retirarlo. ¿Y luego? Nueva ronda de saludos y a casa.

¿E Irene? ¿No va a ofenderse si se entera de que estuvo allí y no pasó a saludarla? "Una pena", se dice Chaparro, porque no, no va a pasar a saludarla.

No tiene las agallas como para decirle que la adora, pero tampoco el aguante como para seguir tolerando el ardor de callárselo.

Se pone de pie. Apoya un diccionario bien pesado sobre el original de su libro, no sea cosa que una corriente de aire venga a barajarle los recuerdos. Se da una vuelta por el baño, se lava los dientes y se ordena el pelo blanco pasándose las manos salpicadas en loción de lavanda y luego un pequeño peine negro.

Duda, de pasada por el dormitorio: ¿corbata o cuello abierto? Decide lo segundo. Ya no es el prosecretario. Ahora que es escritor —no pierde la oportunidad de burlarse de sí mismo— le sientan mejor la ropa informal y el pelo sin fijador. Consulta el reloj. ¿Sale algún tren vacío desde Castelar tan cerca de mediodía? Sospecha que no, y no tiene ganas de cargar la máquina de pie durante todo el trayecto. Camina hasta la estación. Dios parece compadecerse: son las once y cinco y el último tren local de la mañana lo agasaja con un montón de asientos libres. Se sienta del lado derecho para distraerse viendo correr los autos por la avenida Rivadavia.

De repente se sobresalta. El tren avanza, ruidoso, entre los paredones lúgubres que se levantan a los costados de las vías entre Caballito y Once. ¿En qué ha estado pensando la última media hora? No puede recordarlo. ¿En Morales? ¿En Gómez? No. Ellos ya descansan. Llamativamente, desde que ha contado todo, ya no lo asaltan, no lo perturban, no lo increpan a cada rato. ¿Y entonces? Baja del tren en la terminal de Once y le entra una repentina curiosidad por pasar delante del local donde funcionaba el copetín al paso en el que dos veces se encontró con

Morales, en la noche de los tiempos. ¿Seguirá existiendo? Pero cuando sale a la vereda del lado de Pueyrredón vuelve a experimentar la sensación extraña de haber perdido de vista su propósito. ¿Cuál era? El copetín, claro. El copetín. Puede echarle un vistazo a ese local a la vuelta, pero lo inquieta esa incipiente tendencia a extraviarse en insólitas ausencias, como si lo estuviese ganando una decrepitud repentina.

Cavila estas cuestiones mientras rumbea hacia la parada del 115. La máquina le pesa, aunque la cambie una y otra vez de mano. No quiere que le vuelva a ocurrir esto de nublarse. De modo que paga el boleto y se sienta pensando, sobre todo, en qué es exactamente lo que está pensando. Durante tres o cuatro cuadras funciona. Pero de nuevo se extravía, apenas el colectivo toma por Corrientes. ¿Dónde, Dios santo, en qué recodo mental está perdido? Ni la curva bamboleante que hace el colectivo cuando abandona la avenida para torcer por Paraná logra conducirlo de vuelta a la realidad. Es casi una casualidad que atine a bajar justo antes de que el conductor cierre la puerta trasera.

Se observa en una vidriera. Benjamín Chaparro está de pie en una vereda estrecha. Es alto, canoso, flaco. Todavía tiene sesenta años. Sostiene en la mano izquierda una máquina de escribir del tiempo de María Castaña. ¿Qué le queda por hacer en la vida? Ya no su novela. Ya ha terminado de escribir la historia de esos dos hombres desangrados. La respuesta se abre paso lentamente en su cabeza, como todas las decisiones difíciles.

Está en la vida para hacer lo que ha venido rumiando, sin saber que lo ha venido rumiando, desde que tomó el tren en Castelar a las once y cinco, o desde que pidió prestada la Remington hace once meses, o desde que le dijo a una joven meritoria recién ingresada cómo debía atender el teléfono, hace tres décadas.

Por eso se pone finalmente en movimiento y sube saltando de dos en dos los escalones de la entrada de Lavalle. Toma el ascensor hasta el quinto piso. Camina a grandes trancos por el pasillo de baldosas blancas y negras dispuestas en rombo.

No pasa a saludar por la Secretaría n.º 19. Ya no es por temor a que adviertan el amor que le incinera las entrañas. Es porque por primera vez sabe que hoy sí, sin falta y sin demora, tiene que ir directamente a golpear la puerta del despacho; a escuchar la voz de ella diciéndole que pase; a plantarse como un hombre delante de la mujer a la que ama; a ignorar la pregunta trivial que suelten los labios de ella cuando lo reciba sonriendo; a pagar, o a cobrar, la deuda que tiene pendiente y que es el único motivo válido que encuentra para seguir viviendo. Porque Chaparro necesita responderle a esa mujer, de una vez y para siempre, la pregunta de sus ojos.

Ituzaingó, septiembre de 2005

Nota del autor

En febrero de 1987 ingresé a trabajar como empleado en el Juzgado Nacional de Primera Instancia en lo Criminal de Sentencia "Q", de la Capital Federal. Una mañana cualquiera mis compañeros más experimentados me contaron una vieja anécdota: a raíz de la amnistía para presos políticos que el gobierno de Cámpora dictó en 1973, y en circunstancias que siempre quedaron en la más completa oscuridad, salió en libertad un preso común que estaba detenido en la cárcel de Devoto a la orden del Juzgado. Se lo acusaba de delitos muy graves, y lo aguardaba una larguísima condena. Sin embargo, y sin que nadie supiera nunca el motivo, salió en libertad aquella jornada.

Tiempo después recordé esa historia, y en mi imaginación se le sumaron innumerables hechos y situaciones que, aunque inventados, podían encajar como posibles antecedentes y consecuencias de la liberación injusta de un homicida convicto.

Por lo demás, la historia que se narra en estas páginas es enteramente ficticia, como lo son todos sus personajes. De hecho, a fines de la década de los sesenta las secretarías n.º 18 y n.º 19 pertenecían a un Juzgado de Sentencia, y no a uno de Instrucción. Además, no existía ningún Juzgado en lo Criminal de Instrucción, en la Capital Federal, que llevase el n.º 41. En cuanto a la sangrienta Argentina de los años setenta, que de tanto en tanto se asoma como telón de fondo de estas páginas, ojalá fuese igual de ficticia, igual de inexistente.

De todos modos, no puedo terminar estas líneas sin dedicar un afectuosísimo recuerdo a quienes trabajaron conmigo en el Juzgado de Sentencia "Q"; sobre todo a mis compañeros de la Secretaría n.º 19: Juan Carlos Travieso, Evangelina Lasala, Jorge Riva, Edy Pichot y Cristina Lara. Para esta última valga también mi profundo agradecimiento por la inapreciable ayuda que me brindó a la hora de precisar un sinnúmero de detalles jurídicos y procedimentales que resultaron necesarios para dar solidez y verosimilitud a esta historia. Si guardo un recuerdo tan grato de aquella época se lo debo fundamentalmente a todos ellos.

E. S.

Todos tus libros en

www.puntodelectura.com